D1486372

WEG VAN HET RODE OOG

WEG VAN HET
RODE OOG

Ann Halam

Clavis

Voor Jacinta Elisabeth Jones

Ann Halam
Weg van het rode oog
© 2005 Ann Halam
© 2009 voor het Nederlandse taalgebied: Facet,
een imprint van Clavis Uitgeverij, Hasselt – Amsterdam
Omslagontwerp: Studio Clavis
Vertaling uit het Engels: Beatrijs Peeters
Oorspronkelijke titel: *Siberia*
Oorspronkelijke uitgever: Orion Children's Books
Trefw.: dieren, koude, wildernis, wetenschap, achtervolging
NUR 284
ISBN 978 90 5016 535 8
D/2009/9424/009
Alle rechten voorbehouden.

www.clavisbooks.com

Dit boek is gedrukt op papier met een certificaat
van de Forest Stewardship Council,
die verantwoord bosbeheer stimuleert.

Zaad van het koren mag niet vermalen worden.

Goethe

AANKOMST ...

Het kleine meisje en haar moeder stappen van de trein op een leeg perron in een godverlaten gat. De mannen in uniform die al die tijd op hen hebben gelet, die nooit van mama's zijde zijn geweken, stappen ook uit. Er staat een kleine hut, op de deur hangt een mededeling die half verborgen is door een spat bevroren modder. Ernaast staat een tractor te wachten met een metalen kar erachteraan. De spoorweg vormt een litteken dat tot aan de horizon loopt. Er is niets anders te zien, behalve de sneeuw, de wijde hemel en aan alle kanten een grens van duisternis, waarvan het meisje weet dat het 'woud' is, al weet ze niet precies wat een 'woud' is. De mannen helpen mama en het meisje in de kar en zetten er daarna hun tassen bij. Dan draaien ze zich zonder een woord om.

'Tot ziens!' roept het meisje. 'Dank je wel en veilig thuis!'

De aardigste van de vier mannen draait zich om en glimlacht triest.

De tractor vertrekt. Ze kunnen nergens zitten, behalve op hun tassen of op de vuile metalen vloer. Het kleine meisje bedenkt dat dat vreemd is, maar alles is vreemd sinds papa weg is gegaan; ze went er stilaan aan. De kar hotst en rammelt over de bevroren grond en het kleine meisje is al snel gefascineerd door het hele gebeuren. De tractor is als een reusachtig speeltuig; er zijn geen tractors in de stad, tenzij in speelgoedwinkels. De vlakke open ruimte om hen heen is ongelooflijk *enorm*. Ze ligt op haar rug op de vloer en het schokken en springen is als een ritje in een kermisattractie. De hemel is zo leeg dat hij stilletjes lijkt te zoemen.

'Rosita!' klinkt mama's stem. 'Rosita, ga rechtop zitten. Je jas wordt vuil.'

Het kleine meisje gaat rechtop zitten en wrijft met haar wanten voorzichtig haar kersenrode jas schoon, de jas waar ze zo van houdt. De reis gaat voort en lijkt oneindig lang te duren. Ik heb honger, ik heb dorst, denkt Rosita, maar ze klaagt niet, dit is niet het moment om te klagen. Ze nestelt zich tegen mama aan. De leegheid van het koude land lijkt wel magisch; zo wijd, zo wild. Het grijpt in het hart van het kleine meisje en vervult haar met een verlangen dat ze niet kan verwoorden.

Eindelijk verschijnen er zwarte vlekken in het oneindige wit, die langzaam een kluitje ineengezakte hutten vormen, zoals die bij de trein. Sporen leiden van de ene hut naar de andere, vuil en diep uitgegroefd tussen muren van sneeuw. Op de achtergrond kun je grotere gebouwen zien. De grens van woud is nog steeds waar ze was, niet verder, niet dichter.

De tractor stopt. Er staan mensen te wachten, maar niemand in uniform. Het lijkt verkeerd dat er geen bewakers zijn: het is vast gevaarlijk om zo ver van de stad op avontuur te zijn.

Rosita spreekt, voor het eerst in uren. 'Waar zijn de bewakers, mama?'

De moeder kijkt naar het kleine meisje met een trieste glimlach, die Rosita doet denken aan de aardige man bij de trein. 'Hier zijn geen bewakers nodig.'

'Dat is *goed*,' zegt het kleine meisje, omdat ze denkt dat mama opgebeurd moet worden.

Iemand tilt de tassen uit de kar. Zo meteen is het Rosita's beurt. Ze tuurt over de rand van de kar, kijkt naar beneden, naar het gekreukte, met ijs bepakte oppervlak waarop ze zal worden neergezet als een pakje. Midwinter is een droog seizoen hier: er zullen geen nieuwe buien vallen voor de lente eraan komt. De sneeuw is oud, maar dat weet Rosita niet. Ze kijkt naar haar voeten, haar rode schoenen. Ze kan voelen hoe dun de zolen zijn. Opeens weet ze hoe het zal zijn om op die ijzige sneeuw te lopen. Het zal zijn alsof ze helemaal geen schoenen aanheeft! Er gaat een schok door haar heen. Ze wil iets zeggen: mama, je hebt je vergist, we kunnen hier niet blijven … Ze zegt niets. Ze wil haar mama niet overstuur maken, die is zo droevig sinds papa weg is gegaan. Ze *kijkt* alleen maar.

De moeder neemt het kind in haar armen. Ze is een kleine vrouw en de lange, koude reis heeft haar stijf en onhandig gemaakt, maar ze slaagt erin om zonder hulp uit de kar te stappen. De mensen om hen heen zijn dikke bundels van groezelige kleren met holle gezichten; ze zien er niet als mensen uit, ze lijken eerder lelijk speelgoed. Is dit Speelgoedland? Is dit waar kapot speelgoed naartoe gaat? Rosita verbergt haar gezicht. Mama draagt haar, langs een pad en een van de hutten in, en zet haar dan neer.

1

Het kleine meisje, dat was ik, Sloe. Ik was Rosita. Ik moest mijn naam opgeven; ik leg later wel uit waarom, als ik aan dat stukje kom. De rit met de tractor is mijn eerste herinnering. Ik denk er vaak aan en koester elk detail ervan, want ik kan me niets herinneren van de tijd ervoor. Er is me veel verteld en ik heb foto's gezien, maar ik kan me mijn vaders gezicht niet herinneren. Het lijkt alsof mijn leven die dag begon, onder de wijde, lege, zoemende hemel, met de aardige bewaker die glimlachte, de kou, mijn kersenrode jas. Het vreemdste is dat ik me herinner dat ik niet wist dat er iets mis was. Toen ik me realiseerde dat mijn schoenen te dun waren voor de sneeuw, was ik bang, omdat mijn mama zich had vergist – en mama vergiste zich nooit! Ik wist niet wat er met ons gebeurd was, ik wist niet wat er aan de hand was.

Ik wist helemaal niets – ik was pas vier.

Ik herinner me niet wat ik zag toen mijn moeder me neerzette, maar ik weet hoe onze hut er moet hebben uitgezien toen ze nog leeg was. Ik weet dat Rosita een vrij lange, smalle kamer zag (ik vond dat ze groot was, tot ik wist dat dit ons hele huis was) met een betonnen vloer. Aan de ene kant stond een donkergroene tegelkachel met een schoorsteen die langs de muur naar boven liep. Naast de kachel waren houten schuifdeuren, die een alkoof in de muur afsloten, waar zich het bed bevond dat mama en Rosita deelden. De vloer rondom het kastbed was bedekt met een soort vlot van houten planken, heerlijk warm aan je voeten in vergelijking met het beton (waardoor het leek alsof je winter en zomer op grijs ijs liep). Aan de andere kant van de kamer bevond zich een donkergroene gootsteen met een vreemde buis ernaast en geen kranen. De muren waren stoffige, naakte planken, hier en daar gebarsten, zodat je de aarden bakstenen erachter kon zien. Er was geen zoldering, alleen kale balken van het dak en daar waar de muren en het dak elkaar ontmoetten een legplank die helemaal rondom ging.

Halverwege de kamer was een tussenschot met schuifdeuren zoals het kastbed, maar donkergroen en glanzend zoals de kachel en de gootsteen. Daarachter lag de werkplaats waar Rosita's mama elke dag uren en uren zou doorbrengen om spijkers te maken van oud metaal. De spijkers werden gebruikt om hutten te maken zoals de onze en meubels voor hutten zoals de onze in alle Nederzettingen in de wildernis. Maar dat wist het kleine meisje niet. Ze wist ook niet wat het rode licht aan de muur in de werkplaats betekende. Ze dacht dat de machines nog meer lelijke speeltuigen waren en ze haatte het wanneer mama erop stond om met ze te spelen. Al wat ze wilde, was naar buiten gaan in de sneeuw, in de wilde leegte ... Maar als ze binnen moest blijven, waarom speelde mama dan niet met haar?

Toen we aankwamen in onze hut, hadden we niets, zelfs geen matras voor ons kastbed. Mama had een rolletje startbonnen, beter dan het normale papiergeld van de Nederzettingen (dat *scrip* werd genoemd en waarmee je zo goed als niets kon kopen, zoals we later ontdekten). We gingen naar een van de grote gebouwen met onze rijkdom en kochten een matras, een tafel en twee stoelen, een olielamp en wat lampolie. Er was genoeg om de tafel en de stoelen aan huis te laten leveren. Mama sleepte onze matras zelf naar huis op een slee, met mij erbovenop in mijn dunne, kleine babyschoenen. Daarna bracht ze de slee terug naar de winkel. We moesten naar een ander gebouw om eten en keukenspullen in te slaan. We hoefden geen brandstof te kopen voor de kachel: de warmte kwam door de pijpen van een rokerige, stinkende bruine koolkrachtcentrale. We hoefden ook geen water te kopen. Het kwam uit de buis van onze gootsteen als je met de hendel pompte, behalve op de koudste dagen van de winter, wanneer we sneeuw moesten smelten en koken.

We dachten dat we het goed gedaan hadden op onze eerste winkeltrip. Feitelijk duurde het nog weken voor we alles hadden wat we nodig hadden. Mama wist niet hoe ze zo moest leven. Ze wist niet dat je chemicaliën nodig had om in het grondtoilet te gooien om de stank te verdrijven. Ze wist niet wat een blikopener was. We wisten niet dat we zaadjes voor groenten nodig hadden of een zak zand om in de vergaarbak bij de deur te bewaren. Er was niemand die ons die dingen vertelde. Er kwamen geen buren langs om ons te helpen. We hadden geen vrienden. Dat kwam pas veel later.

Er waren die maand geen warme kleren of schoenen met dikke zolen voor kleine meisjes in de winkel en er was maar één klerenwinkel, dus moest ik binnen blijven. Mama trok elke dag een uur uit om me te leren lezen en met cijfers te spelen. De rest van de tijd zat ik me te vervelen en pruilde ik veel. Ik bracht uren door tegen de deur van de werkplaats gedrukt, huilend dat mama eruit moest komen. Maar de nachten waren gezellig. Ik vond het heerlijk om samen met mijn mama ingestopt te zijn onder onze nieuwe, ruwe dekens tussen onze nieuwe, jeukende lakens.

Op een van die nachten (dit is mijn tweede echte herinnering, de tweede schat) werd ik wakker van de kou, en mama was niet bij me. Ik ging rechtop zitten en zocht naar mijn sokken, die ik tijdens mijn slaap had uitgetrapt (we sliepen met onze sokken aan, voor extra gezelligheid). Ik trok ze aan en stapte uit bed op het vlot van planken. De schuifdeuren van de werkplaats stonden op een kier en ik kon een bewegende schaduw zien. Mama was daar aan het spelen, in het holst van de nacht. De kachel brandde op een laag pitje. Ik trippelde naar de deur toe, de ijzige kou sneed door mijn sokken en mijn kleine pyjama, en ik gluurde door de spleet. Mijn mama was aan het werk, maar de machines waren stil. Ze zat gehurkt op de vloer, *onder* de bank. Voor haar lag een ronde witte tas; ze was open. Ik kon buisjes en druppelaars in een rekje zien, en een rij glazen schoteltjes, allemaal heel klein, als porselein uit een poppenhuis. Zodra ik die dingen zag, wilde ik ermee spelen. Ze waren zo sierlijk, zo klein, zo perfect … En ik hield van de manier waarop mama keek, als een kind, een klein meisje zoals ik, dat op haar knieën zat te spelen, onder de volwassenendingen. Ze had een strook wit gaasachtig spul voor haar mond en neus, en haar vingers glinsterden, alsof ze waren verpakt in magie. Ik zag hoe ze de druppelaars pakte en hoe ze iets vloeibaars in elk schoteltje druppelde …

Ik rilde tot mijn tanden klapperden. Ik moest ze op elkaar zetten of mama zou me hebben gehoord, maar ik was ongelooflijk opgewonden. Ik was er zeker van dat mijn mama aan het toveren was. Ik was doodsbenauwd en tegelijk zo opgewonden. Ik wist dat er iets afschuwelijks of iets wonderbaarlijks te gebeuren stond. Ik keek, mijn ogen puilden bijna uit mijn gezicht, tot elk van de schoteltjes een druppel donkere drab bevatte en een snufje van het bleke poeder uit de buisjes. Toen hield ik het niet meer. Ik sloop zo snel ik kon terug naar het kastbed en verstopte mijn hoofd onder de dekens, mijn hart klopte snel.

De volgende ochtend was er niets veranderd. Ik repte met geen woord over wat ik had gezien. Wilde paarden hadden het zelfs niet uit me kunnen sleuren: ik was doodsbang dat ik een mama had die kon toveren. Het leek alsof ik haar had zien veranderen in een zwaan, of een wolf, of een heks. En toch hield ik daardoor alleen nog maar meer van haar. Maar ik was zo klein dat ik het vergat. Toen het weer bedtijd was, was het hele voorval verdwenen uit mijn hoofd – als een droom. Ik dacht niet meer aan de magie tot Nivvy verscheen.

In de winter kon je het niet echt zien, maar onze hutten waren gebouwd op betonnen pilaren. Was dat niet zo geweest, dan zou de hitte van onze kachels hen in de zomer hebben doen wegzinken in de moerassige grond. Als je door de voordeur naar buiten keek, stond je boven aan een reeks trapjes, die begraven lagen onder de winterse sneeuw. Elke ochtend bestrooiden we ze met zand (wijze mensen deden er ook zout bij), zodat ze minder glad waren. Mama had me dat klusje opgedragen. Het was de enige manier waarop ik een beetje buitenlucht kreeg tot ik laarzen had, dus zorgde ik ervoor dat het lang duurde.

Een paar dagen na die vreemde nacht zat ik op mijn knieën op onze deurmat, ik strooide het zand uit en spreidde het daarna uit met mijn handen, die stevig verpakt waren in mijn wanten. Het proefde naar zout toen ik ervan likte. Mijn wanten werden smerig, maar mama zei er niets van. We wisten allebei dat deze stadswanten hier niet lang zouden meegaan. Opeens zag ik iets bewegen (en dat is de derde schat). Een piepklein dier met een bruine pels en heldere ogen zat op de deurmat naast me. Ik durfde niet meer te ademen. Ik had nog nooit een wild dier gezien of van zo'n mooi dier gehoord, behalve in sprookjes.

'Mama!' gilde ik. 'Kijk!'

Ik staarde hem aan. Hij staarde terug, zonder een spoortje angst. Toen sprong hij naar mijn wanten en *beet* me met tanden als kleine, withete naalden. Instinctief greep ik hem beet.

'Mama!' Ik rende de hut in, het dier tegen mijn borst gedrukt, terwijl er bloed van me af druppelde. 'Mama! Ik heb een wild dieter gevonden!' (Ik kon *dier* nog niet uitspreken) 'Mag ik hem houden? Mag ik hem houden, alsjeblieft, zeg dat ik hem mag houden!'

'O, ik weet niet of we huisdieren mogen houden,' zei mama twijfelend. 'Waar komt hij in vredesnaam vandaan? Heb je gezien waar hij vandaan kwam?'

'Ik denk dat hij uit een tunnel in de sneeuw kwam. Mama, laat me hem houden! Ik kan spelen met mijn dieter, en dan laat ik je met rust!'

'Dier,' zei mijn moeder. 'Hij is een *dier*, Rosita. Nou ja, je mag hem houden, tenzij iemand ons zegt dat het niet mag. Zet hem neer, eens kijken wat hij doet.'

'Hij zal weglopen,' protesteerde ik. Ik wist niet veel van dieren, maar ik wist wat *ik* zou doen. Als ik gevangenzat, zou ik altijd proberen weg te lopen.

'Nee, dat doet hij niet,' zei mama. 'Hij is een wijs klein ding. Hij heeft scherpe ogen en kijkt voor hij springt. Laat hem van deze hut zijn territorium maken en hij zal nooit weggaan.'

Dus zette ik hem neer. Hij keek voorzichtig om zich heen en dook toen onder in mijn hoop speelgoed. Mijn speelgoed, dat mama had meegebracht van de stad en waarmee ik niet had willen spelen.

'Niet bewegen,' zei mama. We knielden waar we stonden, ik durfde bijna niet te ademen, tot zijn kopje verscheen achter het raampje van een speelgoedautootje. Geleidelijk aan, kronkelend met zijn slanke lijfje, maakte hij zich de speelgoedhoop eigen, waarbij hij elke spleet onderzocht. Toen ging hij rechtop zitten, zijn chocoladeneus trilde, en hij schoot naar me toe.

Hij sprong op mijn knieën, greep mijn vingertop (niet de vinger waarin hij had gebeten, die hield ik verborgen!) en keek op met een heldere, aandachtige blik.

'Ik ben je vriend,' fluisterde ik. Mijn dier snuffelde en likte aan mijn vingertopje, maar hij beet niet. Hij maakte een sjirpend geluid in zijn keel, rolde zich op en kroop in de palm van mijn hand alsof het zijn nest was.

Toen gebeurde er iets dat ik niet kan verklaren. Tenminste, ik kan het gedeeltelijk verklaren. Zie je, ik wist dat Nivvy niet echt uit een tunnel in de sneeuw was gekomen. Ik had hem niet gezien tot hij naast me op de deurmat zat, maar ik wist dat hij vanuit de hut moest zijn gekomen. Hij was als iets uit een sprookje, en ik had mijn mama zien toveren. Ik keek van haar naar het warme, kleine schepsel in mijn hand en duizelde.

'Mama, heb jij hem *gemaakt?*'

Mama keek naar me alsof ze me voor het eerst zag. (Dit is het stukje dat ik niet kan uitleggen, hoe het voelde toen mama zo naar me keek; zo aandachtig, zo plechtig). 'Nee,' zei ze. 'Het leven heeft hem gemaakt, net zoals het leven jou en mij heeft gemaakt. Maar je hebt een belangrijke vraag gesteld en ik zal je het antwoord vertellen ...'

Ik moet er heel bang hebben uitgezien, want ze glimlachte en kuste me.

'Niet nu, maar binnenkort. Maak je geen zorgen, Rosita, het is een mooi antwoord.'

Zo kwam Nivvy in ons leven (ik leg dadelijk nog uit hoe hij aan zijn naam kwam). Al snel koos hij een huis voor zichzelf: een kleine mosterd-pot met een smalle opening, die we ondersteboven op de dakplank bewaar-den. Maar ik was altijd zijn meest geliefde territorium. Hij kon dagen be-zig zijn met over me heen te kruipen, soms sliep hij uren in mijn zak. Soms werd ik hard gebeten, maar ik vond dat niet erg. Hij groeide snel, tot hij iets langer was dan mama's hand. Hij had een slank, lenig lichaam en een bontachtige staart. Hij speelde met me, hij waakte over me, hij be-waakte me terwijl ik sliep. En net zoals ik mama beloofde, bleef hij me blij maken, zodat zij kon werken. Niemand behalve mama en ik wisten van hem. Hij ging nooit de hut uit en niemand kwam bij ons op bezoek in die tijd, behalve meneer Spijkerophaler.

Op een dag werden we betrapt door meneer Spijkerophaler. In het begin was ik beleefd tegen de man, omdat hij een uniform droeg zoals me-neer Veiligheid, die in de gang van ons appartementsgebouw in de stad stond en die altijd aardig was. Maar meneer Spijkerophalers 'uniform' was slechts een versleten kraag met een nummer erop, die gestikt was op een jasje dat gemaakt was van oude, harige dekens. Ook al fronste hij niet zo kwaadaardig als de geüniformeerde dames in de winkels, hij was wel onbeleefd tegen mama. Hij kwam vaak op bezoek die eerste maand, hoewel we hem niet uitnodigden (en dat vond ik ook onbeleefd).

De eerste keer gooide hij de dozen die mama gevuld had met spijkers, op de grond in de werkplaats, en hij riep dat ze niet wist wat werken was en dat hij haar zou aangeven. Het werd beter, maar hij bleef telkens wel iets mis vinden aan minstens één doos.

Gewoonlijk kwam hij binnen via de deur van de werkplaats achteraan en ik bleef dan uit het zicht, hoewel ik door de kier in de deur spiedde om te zien wat er gebeurde. Die keer toen hij Nivvy zag, had hij ons verrast, omdat hij zijn motorslee bij de trapjes voor onze hut parkeerde. Hij praatte daar met mama en toen kwamen ze beiden naar binnen. Ook al glimlachte ze naar hem, ik wist dat mama ontsteld was omdat hij in onze woonkamer stond. Ik dacht, o nee, dadelijk gooit hij haar spijkers weer op de grond. Ik besloot dat ik over zijn voet zou rijden met mijn speelgoedtractor, die vrij scherpe wielen had.

Toen herinnerde ik me Nivvy.

Ik kon *voelen* dat mama bang was. Het leek alsof er een draad van haar naar mij ging, een draad die te strak gespannen was ... Ik bleef op de vloer tussen mijn speelgoed zitten en keek niet op, want ik voelde de ogen van de Spijkerophaler op me rusten. Uit mijn ooghoek kon ik Nivvy op de dakplank zien zitten. Hij had er zitten spelen – in spullen gekeken, rondgesnuffeld, uitgezocht of er niets nieuws was. De Spijkerophaler ging zitten en mama gaf hem een kopje thee. Hij vroeg met een vleiende stem of ze misschien iets zoets had, een beetje jam misschien?

'Deze keer niet,' zei mijn mama met een glimlach in haar stem en een dodelijke angst achter die lach. 'We hebben momenteel geen extra's ...'

'Dat komt omdat je niet weet hoe je moet werken,' zei de Spijkerophaler. Ik voelde hem naar me kijken en hij kuchte even. 'Je zou het speelgoed van het kind kunnen verkopen.'

'Dat is een *goed* idee,' zei mama. 'Ik zal dat eens bekijken.'

Ik was niet boos. Ik gaf niet om oud speelgoed, ik wilde alleen dat Nivvy veilig was. Ik probeerde hem in de gaten te houden zonder op te kijken en ik wist dat mama hem ook in de gaten wilde houden. Ik bad dat hij bang zou zijn en weg zou blijven. Maar Nivvy kende geen angst. Hij was nooit ofte nimmer bang. Hij kwam naar de rand van de plank, vlak bij zijn mosterdpot. Ik zag hoe hij nieuwsgierig naar het hoofd van de Spijkerophaler gluurde en ik moest op mijn tong bijten om niet naar adem te snakken van afgrijzen. Ik wist wat Nivvy kon zien. Hij zag een groot harig ding – de bovenkant van de bontmuts van de Spijkerophaler – dat zachtjes heen en weer deinde terwijl de Spijkerophaler zijn thee dronk. Ik wist wat er stond te gebeuren. Nivvy zou het niet kunnen weerstaan. Hij kon er nooit aan weerstaan om te springen naar iets wat bewoog! Hij zou de hoed aanvallen.

En Nivvy sprong. Ik kon de hoed zien schokken en ik wist dat hij daar lag te kronkelen, stevig te bijten en de vijand te bewerken met zijn klauwen. Ik bad nog harder, met al mijn moeders toverkracht ... Maar het had geen zin. De Spijkerophaler kreeg een wel erg verwarde uitdrukking op zijn gezicht, hij zette zijn kopje neer, greep naar zijn hoofd en nam zijn muts af. Zijn hoofd was rond als een bal en het was volgeplakt met zwarte stroken haar. Hij hield de muts vast, zijn wenkbrauwen vormden een diepe frons en zijn gezicht, barstensvol vuile rimpels, vertrok van verbazing. Hoewel ik doodsbenauwd was, moest ik nog harder op mijn tong bijten om niet in lachen uit te barsten. Ik *bad* dat Nivvy die naakte, vette vingers niet zou aanvallen ...

Nivvy staarde twee seconden terug naar de man, zonder angst in zijn heldere oogjes, en verdween toen, een strook bruin die te snel was om met je ogen te volgen.

'Wat voor de duivel was dat?' riep de Spijkerophaler uit.

Mama was uiterst kalm. 'Ik weet het niet. Een soort rat die tussen de muren leeft. Hebben niet alle hutten daar last van?' Ze haalde haar schouders op, alsof het een saai onderwerp was. 'Het zorgt voor minder ongedierte hier.' Er zaten veel grote, gemene insecten in onze hut. Ze beten ons terwijl we sliepen en het insectenverdelgingsmiddel dat je in de winkel kon kopen, hielp niets.

'Ik zou je aan een rattenval kunnen helpen,' zei de Spijkerophaler, terwijl hij op dezelfde manier zijn schouders ophaalde en zijn muts weer opzette. 'Het is niet goedkoop, maar wel een goed product, met echt vergif erin. Niet zoals dat van de winkel. Maar dat houden we wel onder ons.'

Mama glimlachte weer. 'Dank u wel. Misschien volgende maand.'

Toen hij vertrokken was met haar dozen spijkers, ging mama met opgetrokken knieën naast me op de planken naast het bed zitten. Er was genoeg plaats voor ons beidjes op de warme houten kust bij de ijzige betonnen zee. De geur van de Spijkerophaler bleef hangen en leek nog sterker dan de geur van een opgewonden Nivvy. Mama zette mijn prinsessentiara op haar hoofd en trok een gek gezicht naar me.

'Ben je bang voor de Spijkerophaler?' vroeg ik haar.

'Nee,' zei mama en ze legde mijn verkleedcape om haar schouders en maakte de met juwelen belegde gesp vast, die maar net om haar nek paste. 'Hij wil ons geen kwaad doen, Rosita. Dit is de veiligste plek van de wereld.'

Ik wist dat ze vreselijk bang was geweest, maar ik vond het niet erg dat ze loog.

'Wat betekent: *je quota verhogen*?' Ik had de Spijkerophaler dat horen zeggen. Hij zou mama's quota verhogen.

'Het betekent dat ik meer spijkers moet maken en dan krijg ik meer scrip. Het is aardig van hem. Maar het is niet waar dat we daardoor meer jam kunnen kopen. De jam is gerantsoeneerd.'

Ik knikte, alsof ik wist wat *gerantsoeneerd* betekende. Mijn moeder deed prinsessenarmbandjes om haar polsen en bekeek ze aandachtig terwijl ze ze vastmaakte. Haar polsen waren dikker dan de mijne, maar de armbandjes pasten. Ik vond dat ze er prachtig uitzag. Ze sloeg haar ogen op, die helder en donker waren, zoals die van mij.

'Speelgoed en boeken,' zuchtte ze, 'speelgoed en boeken. Ik bracht de dingen mee waarvan ik vond dat ze waarde hadden, en niet de dingen die we nodig hadden. Ik wist niet, ik dacht niet … Je hebt een erg domme moeder, Rosita.'

'De bewakers waren gehaast,' zei ik. 'Ze gaven je niet veel tijd.'

Nivvy kwam tevoorschijn gehuppeld en sprong op mijn knie. Ik voelde dat hij wist dat hij stout was geweest, dus gebood ik hem weg te gaan. 'Niet bijten naar hoeden! Je mag niet in hoeden bijten!' zei ik en ik zwaaide mijn vinger naar hem. Dat was gevaarlijk (ik denk dat ik mama probeerde af te leiden van haar zorgen), maar Nivvy was niet in bijtstemming. Hij greep mijn vinger beet en kroop eromheen, likte, knorde en kietelde met zijn snorharen.

'Mama,' vroeg ik, 'waarom hebben we hem Nivvy genoemd? Heb ik dat bedacht?'

'Nee, het is zijn eigen naam,' zei mama. Met het topje van haar vinger raakte ze de glanzende neus van mijn lieve Nivvy aan, en hij knorde nog wat harder. Hij hield van mijn moeder. 'Zijn volledige echte naam is *Mustela Nivalis Vulgaris*, wat betekent dat hij de koning van de sneeuw is.'

'Maar hij mag niemand ooit zijn ware naam vertellen,' fluisterde ik.

'Behalve aan ons.' Ik wist, van de sprookjes die mama me vroeger vertelde, dat echte namen magisch waren.

'Dat klopt. Hij mag hem nooit vertellen, en jij ook niet, Rosita.'

Die nacht, of misschien de nacht daarna (ik weet dat het was voor ik laarzen had), wekte mama me lang nadat ik was gaan slapen (en dat was mijn vierde schat). Ze deed me mijn jas aantrekken over mijn pyjama, pakte een deken van het bed en droeg me naar de donkere werkplaats. Ze zette me neer op de vloer, stevig ingepakt in de deken.

'Zo,' zei ze. 'Weet je nog dat je me vroeg of ik Nivvy had gemaakt? Ik zal je dat nu laten zien. Ben je er klaar voor, Rosita?'

Soms sliep Nivvy bij me, maar die nacht sliep hij in zijn mosterdpot.

'Ga je hem pijn doen?' fluisterde ik. Echt, ik was er zeker van dat mama Nivvy nooit pijn zou doen, maar ik was bang.

'Natuurlijk niet. Blijf hier.'

Mama ging weg om de olielamp te halen en zette die bij me op de vloer, op een laag pitje. Daarna greep ze onder de werkbank en trok ze een spijkerdoos weg onder de andere gehavende dozen die daar op elkaar gestapeld lagen. Ze zag er net als alle andere uit. Toen ze de doos opendeed, zag ik de ronde, glanzende witte tas.

Ik zei geen woord. Ik beefde van ontzag. Mama keek me aan en knikte, zodat ik wist dat ik stil moest blijven. Ze deed iets met de tas, zodat die openvouwde in een glanzende witte bloem. Mama pakte dingen uit de tas, liet ze me zien en zette ze op de opengevouwen bloemblaadjes. Er was een envelop bij die vol zat met dunne witte pakjes, die naar iets schoons roken. Ik kreeg een vreemd gevoel van die geur, alsof er een herinnering geboren wilde worden over een andere tijd, een andere plaats, mijn mama en papa …

Toen kwamen de poppenhuisdruppelaars, -buisjes en -schoteltjes in het kleine rekje, dat net de perfecte maat voor hen had, en als laatste kwam er een kleine doos, die de vorm van een verrimpelde noot had, een noot die groot genoeg was om behaaglijk in mama's hand te passen.

De andere dingen waren stadsspullen die vage herinneringen aan ons vroegere huis meebrachten. Ik was zo klein, alles van voor de rit met de tractor was al wazig en lang geleden. Maar ik wist dat de noot magie betekende. Het was precies als iets uit een sprookje.

Over het midden van de noot liep een dunne, donkere lijn. Mama ging er met haar vingertoppen over: de noot viel open in twee helften en binnen-in, genesteld in een zijdeachtige stof, zag ik kleine, harige levende schepsels. Ze keken naar me op met ogen die niet groter waren dan speldenknoppen. De dapperste ging op zijn achterste poten staan en hief zijn miniatuurpootjes op, zijn bijna onzichtbare snorharen trilden van opwinding.

Ze waren zo klein, als huisdieren in een poppenhuis! Ze konden er niet uit, er was een duidelijke afsluiting. Maar ik wilde ze aanraken, ik wilde ze vasthouden, en ik *wist* dat ze wilden dat ik hen aaide, met het uiterste topje van mijn vinger.

Ik staarde, mijn hart bonsde luid van verlangen.

'Vind je ze leuk?' klonk mama's stem.

'Ik *houd* van hen.'

'Goed,' zei ze. 'Het is goed dat je van hen houdt.'

'Wat zijn ze?'

'Dat zal ik je vertellen. Maar eerst moet je weten dat jij op een dag hun beschermer zult zijn. Ik ben dat nu, ooit ben jij het misschien.'

Ze sloot de noot en zette ze neer. Ik was vreselijk teleurgesteld, maar ik vertrouwde mijn mama. Ik wist dat ze me niet zou pesten. Ze zou me die kleine pelsachtige diertjes spoedig laten aanraken als ik flink en stil was en luisterde.

'Nu dan,' zei ze. 'Weet je waarom er bijna geen wilde dieren meer zijn?' Natuurlijk waren er geen dieren in de stad: alles was er binnen. Maar er was me verteld dat er ook geen leuke dieren waren in de wildernis. Er waren alleen maar *ondieren* en *muties*: gore namen voor gore beesten. Ik had erover gehoord in mijn crèche.

'Komt dat door de ondieren en de muties?'

Muties waren vreselijke schepsels, lelijke monsters die je zouden opeten of ziek maken. Ik had er nooit een gezien. Ik had ook nooit een rat of een kat of een meeuw gezien in de stad (dat waren de ondieren), maar ik was bang voor hen.

'Nee, al is dat een goede redenering. Je bent een erg slim meisje, Rosita. Het komt door de kou, en door andere dingen die mensen een tijd geleden deden, dingen waardoor alle plekken waar dieren vrij konden leven, verdwenen. De enige dieren die nu nog leven, zijn degene die kunnen overleven van ons afval. Maar de lente zal terugkomen. De echte lente. De kleine schepsels in de incubator – dat is de tas die ik je daarnet heb laten zien – zijn als zaadjes. Het zijn de zaadjes van alle wilde dieren die ooit in ons land geleefd hebben.'

Ik knikte plechtig, ook al begreep ik er niet veel van.

'We moeten voor hen zorgen en hen beschermen, tot het seizoen van hun terugkeer komt. Nu zijn ze hier veilig. Op een dag, misschien al snel, of misschien pas over jaren en jaren, wanneer jij volwassen bent, is het tijd om hen naar de stad te brengen. Niet onze stad, een andere stad, waar de zon altijd schijnt. Het is een lange reis, honderden kilometers naar het noorden en het westen door de wildernis en het woud, naar de zee en over het ijs naar de andere kant …'

Ik was verrukt. Er was niets dat ik liever zou doen dan rennen in die schreeuwende stilte van de wildernis. Toen zonk het hart me in de schoenen.

'O … Maar we kunnen niet zo ver lopen, mama.'

'We zullen niet hoeven te lopen, Rosy. Het land ziet er leeg uit, maar dat is het niet. Er leven veel mensen daar, en sommigen zullen ons helpen.'

Daar twijfelde ik aan. Ik geloofde dat de enige mensen die in de wildernis konden leven, de lelijke speelgoedmensen in deze hutten waren.

'Zal het ijs op de zee sterk genoeg zijn?'

'Er is altijd ijs op die zee. In de zomer kunnen er soms speciale schepen door. Maar we zouden geen tickets kunnen bemachtigen. Als we in de winter gaan, zal het ijs veilig zijn.'

'Wanneer kunnen we vertrekken? Morgen?'

'Niet morgen. Ik weet niet precies wanneer.' Ze glimlachte naar me. 'Maar ik zal je leren hoe je moet zorgen voor de Lindquist-kits – zo noemen we de zaadwezentjes. Je moet me alleen beloven dat je het nooit aan iemand zult vertellen. Je mag hier nooit ofte nimmer met iemand over praten, behalve met mij. Je begrijpt dat wel, niet?'

Ik knikte heftig. 'Ik zal het niemand vertellen.'

'Braaf meisje.' Ze keek me weer aan met die plechtige, magische uitdrukking, zoals toen ik haar vroeg of ze Nivvy had gemaakt. Toen maakte ze de kraag van haar nachthemd los (waarbij ze haar jas uitschudde die ze over haar hemd droeg, net als ik). 'Kijk hier, Rosita.'

Terwijl ik mijn deken goed vasthield, stond ik op en keek ik. Op de blanke huid onder aan haar keel zag ik een patroon. Het was een mooi cirkeltje van veerachtige groene blaadjes, verpest door een zwart kruis.

'Dat is de Kervelring-tatoeage,' zei mijn mama. 'Kervel is een kruid dat mensen vroeger als eerste plantten als de lente kwam, of als ze ergens nieuw gingen wonen. Het is het teken van het leven. Het betekent dat ik van het Instituut ben, een plaats voor mensen die hebben gezworen dat ze zullen leren over het leven en alle levende dingen zullen dienen en beschermen.'

'Wat betekent het zwarte kruis erover?'

'Het staat er niet zomaar,' zei mama. 'Het is om aan te duiden dat ik daar niet meer bij hoor.' Ze sprak zo kalm dat het wegvallen van haar stem me niet verontrustte.

'Kan ik het levensteken krijgen?'

Mama glimlachte. 'Misschien, op een dag, wie weet … Onthoud dat je geheimen geheim moet houden, Rosita, dan kunnen we hier wonen. Ik denk dat niemand ons hier kwaad wil doen, zelfs niet de Spijkerophaler. We zullen voorzichtig moeten zijn, en niemand mag iets weten van Nivvy, maar ik zal je stilaan leren wat je moet weten en dan zal alles goed zijn.'

Toen ik mijn laarzen had en buiten kon spelen, sprak ik niet over Nivvy met de andere kinderen die ik ontmoette, en ik sprak nooit over mama's magie. Er zijn dingen die kleine kinderen beter begrijpen dan de meeste volwassenen denken. Ik wist niet waarom we hier waren komen wonen, maar ik wist dat we op vijandig territorium waren, mijn mama en ik. En hoewel ik van nature geen braaf meisje was (ik was vaak erg stout, ik kon er niets aan doen), wist ik dat een belofte een belofte is.

Nivvy was mijn beste vriend en dierbare metgezel. Zelfs tijdens de koudste nachten, wanneer de verwarming zo laag stond dat er bijna geen rood streepje op de kachel te zien was, kon ik wakker worden met een warm, zijden gewicht in de holte van mijn sleutelbeen, en dat was Nivvy, dicht tegen me aan genesteld. Hij maakte tunnels achter de planken van onze muren en ik joeg hem dan op, klopte op de muren en fluisterde: 'Waar is Nivvy?' tot ik deed alsof ik het opgaf. 'Ach,' zei ik dan met een bedroefde stem, 'Nivvy is weg. Tot ziens, Nivvy ...' Meteen kwam zijn kopje dan tevoorschijn uit een van de kieren tussen de planken. Hij lachte dan naar me met dat sjirpende geluid van hem, sprong door de kamer, wipte in mijn hand en rolde zich erin op, terwijl hij mijn vinger knuffelde en spon als een katje.

De maanden gingen voorbij zonder dat er iets gebeurde, behalve de voorraadtrucks die aankwamen met troepen gewapende bewakers, die voedsel en goederen naar onze winkels brachten, en de bezoeken van Nicolai de Spijkerophaler, die onze 'Brigade Chef' was, zowat hetzelfde als een gevangenisbewaarder.

De lentestormen kwamen en uiteindelijk de dooi. En weer kon ik niet naar buiten, omdat de modder onze straat veranderd had in een vieze, slijkerige rivier. Ik huilde omdat de prachtige sneeuw weg was, en toen was ik stomverbaasd om te zien hoe de witte leegte groen werd en danste met de bloemen in de groene wildernis. In de stad hadden we tuinen, maar ik had gedacht dat het buiten altijd winter was. Nicolai de Spijkerophaler gaf mama en mij een groenteperceel aan de rand van de Nederzetting, waar mensen extra voedsel mochten verbouwen. We hadden dat eerste jaar niet veel succes, maar we probeerden. Een paar weken later was de zomer alweer voorbij en begon een volgende, lange winter.

De kleine koning van de sneeuw leefde anderhalf jaar in het geheim bij ons, toen werd hij oud en stierf hij. Mama had me toen al veel lessen in magie gegeven. Ze probeerde me uit te leggen dat Nivvy – de echte Nivvy – niet voor eeuwig weg was, niet meer dan een plant voor altijd weg is wanneer zijn zaad ontsproten is en weer verwelkt aan het einde van het seizoen. Maar ik huilde en huilde en wilde niet luisteren. Het was zomer. Mama stopte de arme, kleine overblijfselen in een van mijn stadswanten en we begroeven hem onder de dwergwilgen bij de groentepercelen. En het leven ging verder, dag na dag: een hard, leeg en hongerig leven, maar het enige dat ik kende.

2

Het jaar nadat Nivvy stierf, moest ik aan het eind van de zomer naar school. Ik wilde niet. Mama zei dat het zoals mijn crèche zou zijn, maar ik was alles van de stad al vergeten en ik *wist* dat de Nederzettingskinderen me zouden pesten. Het ging goed als we op straat speelden, maar dat was omdat ik naar huis kon rennen zodra ze me begonnen uit te schelden. Mama had me thuisgehouden zolang ze durfde. Ik was zes, ik moest onderwezen worden. Toen ze me vertelde dat ze problemen zou krijgen als ik thuis zou blijven, moest ik wel toegeven. Een volwassene die 'in de problemen raakte', betekende dat Nicolai de Spijkerophaler een gesprek zou hebben over de radiozender. Dan kwamen er bewakers en die namen die persoon mee en je hoorde er nooit meer van …

De kinderen vielen uiteindelijk nog mee. Ze zeiden weleens: 'Je bent niet zo speciaal meer, hè, snotlaars?' omdat ik in de stad had gewoond, en ze sloegen me soms of maakten mijn werk kapot of pikten mijn eten. Maar ik had zowel vrienden als vijanden. Hoewel ik klein was, gaf ik er niet om terug te slaan, en ik kon rennen als de wind. Het ergste was mevrouw Malik, de onderwijzeres van de eerste klas. Ze was groot en mager en zag er uitgedroogd uit. Ze had borstelig zwart haar en ze gebruikte rode lipstick, wat haar onderscheidde van de andere vrouwen in de Nederzetting. Maar het maakte haar niet mooier. Ik *haatte* haar. Ze wist helemaal niks. Ze wist niet dat de aarde om de zon draaide, ze wist niet dat er ooit dinosaurussen waren geweest. Ze was zo dom als een ezel en ze wist dat ik op haar neerkeek, dus strafte ze me telkens als ze er de kans toe kreeg. Ze had een metalen liniaal, die *de regel* werd genoemd, en dat was haar favoriete wapen. Ze haalde je uit de groep en je moest voor haar gaan staan met je handen gespreid, zodat ze op je handpalm kon meppen. Als je erg stout was geweest, mepte ze op beide palmen.

Ik sjokte verbitterd terug naar onze hut na een van mijn strubbelingen met Malik. Het was het begin van de winter, een sprookjestijd. Alles wat lelijk was, lag verborgen onder een mantel van verse sneeuw. De rook van de krachtcentrale veranderde de mistige lucht van de middag in een mysterieuze nevel, waarin onze weinige gele straatlampen zwevende gouden hemellichamen leken. Het kon me niet schelen. Ik kon me alleen maar afvragen hoe ik nog een dag met Malik zou overleven. Ik begreep maar niet waarom mijn mama niet voor me opkwam, waarom ze aan Maliks kant stond. Op een dag, bedacht ik, zal ik groot genoeg zijn en dan loop ik weg ...

Mama zat zoals altijd te werken. Ik wist dat ze niet kon ophouden om me te komen begroeten. Gedurende haar werkuren moest ze daar zijn waar het rode oog haar kon zien, anders kregen we geen scrip, ook al haalde mama haar quota. Maar ik kon haar nog steeds niet vergeven. Ik deed de schuifdeuren naar ons bed open, ging zitten en staarde naar de koude, miserabele, eenzame kamer, tot al het bloed naar mijn hoofd steeg.

'IK HAAT HET HIER!' schreeuwde ik zo hard ik kon en ik gooide me op de grond en brulde en stampte tegen de muren tot de planken ervan rammelden.

'IK WIL NIVVY! IK WIL MIJN NIVVY, IK WIL HIER WEG, WEG, WEG!'

Mama kwam de werkplaats uit. Toen ik mijn ogen opendeed, die dichtgeknepen waren van ellende, stond ze daar met haar vuile schort om zich heen geslagen en haar vette werkhandschoenen aan haar handen. Ik had twee grote beloftes verbroken (dat ik niet stout zou zijn als zij moest werken en dat ik nooit ofte nimmer over Nivvy zou praten als andere mensen het konden horen). Maar ze zag er niet boos uit, toch niet op mij.

Ik ging beschaamd rechtop zitten.

'Mama,' zei ik, 'het spijt me dat ik zijn naam schreeuwde, maar zorg er alsjeblieft voor dat Nivvy terugkomt. Ik kan het hier niet uithouden zonder hem.'

Mama ging op het bed zitten en trok haar handschoenen uit. 'Dat kan ik niet, Rosita. Ik kan geen nieuwe kit laten groeien. Dat is ons één keer gelukt, maar weet je nog dat Nicolai hem zag? Wat als de mensen zouden denken dat we een mutie in onze hut hadden?'

Mama had uitgelegd waarom de muties zo gevreesd waren, ook al had ik er nog steeds geen gezien. Wezens die ooit tamme dieren waren, werden nu gemaakt in fabrieken, voor voedsel en andere belangrijke dingen als wol en pels en leer. Er waren zo veel veranderingen aangebracht om ze gemakkelijk te kunnen gebruiken, dat als ze ontsnapten en zich voortplantten met de wilde dieren die er nog overbleven, het resultaat een plaag van monsters zou zijn. Daarom mocht niemand de fabrieksdieren buiten de fabrieken brengen, of ze kopen en verkopen. Er was een speciale politiemacht, de Ordepolitie, die in de wildernis patrouilleerde en ervoor zorgde dat iedereen zich aan de wet hield en elke mutie die ze vond, doodde. Ik was bang voor de Ordepolitie, omdat iedereen dat was. Ik was ook bang voor ondieren. De ratten en meeuwen en wilde katten die rondspookten in de winkels en op de stortplaats waar we ons afval opstapelden, vielen geen mensen aan – behalve aan het eind van de winter wanneer ze verhongerden – maar ze waren vuil en wild. Ik was bang voor *honden*, een soort tam ondier dat ik nog nooit had gezien, behalve op foto's. Er waren honden in de pelsboerderij, een boerderij in de wildernis en de dichtstbijzijnde menselijke woonplaats bij onze Nederzetting. In de zomer roken we soms de stank ervan. En de waakhonden kwamen vaak voor in de verhalen die aan kinderen uit de Nederzetting werden verteld. Ze hadden wrede ogen, enorme tanden en een stinkende adem, en ze aten een kind als ik in één hap op.

Behalve de zomermuggen, de afschuwelijke insecten, de ratten, de meeuwen en de katten, had ik nooit een ander dier of een vogel gezien, behalve Nivvy. 'Ik geloof niet dat muties *bestaan*. Het is gewoon een verhaal om ons bang te maken.'

Mama legde haar handschoenen neer en pakte me vast, warm en stevig. Haar kin rustte op mijn haar. 'Sst, Rosita, zeg dat niet. We moeten in muties geloven, dat is de wet van de Nederzettingscommissie. En mensen roddelen, weet je.'

Ik wist nu al wel dat de Nederzetting een gevangenis was zonder muren. Ik wist dat het rode oog in de muur dat mama bespiedde om er zeker van te zijn dat ze altijd aan het werk was, een deel van haar straf was. Natuurlijk geloofde ik dat we hier bij vergissing terecht waren gekomen, op een dag zou de politie de waarheid ontdekken en zou ze ons komen redden. Ik had medelijden met de andere kinderen, omdat hun moeders echt slecht waren: ze waren getrouwd met moordenaars en dieven … Maar behalve mama en ik waren er nog meer mensen die hier niet leken te horen. Zo was er madame Imrat, die in ons steegje woonde en die ooit een ambassadeur was geweest. Er waren ook onderwijzers die niet meer onderwezen, en er was een heel trotse heer die hoofdchirurg was geweest. Het was allemaal erg verwarrend, en het werd nog verwarrender toen ik ouder werd en meer dingen ging opmerken.

Ik zuchtte en pulkte aan een gat in mijn trui. Het was een rafelige, lelijke trui met de kleur van vuil. Ik was allang uit al mijn stadskleren gegroeid. Geen kleine rode schoentjes meer, ik zat al aan mijn derde paar Nederzettingslaarzen. Ze zagen er dik en stoer uit, maar ze waren het niet. Ze deden pijn aan mijn voeten en de zolen waren versleten. Jammer genoeg konden we ons geen nieuw paar veroorloven deze winter.

'Op een dag lopen we hier weg, hè, mama? Waarom loopt niet *iedereen* hier weg? Ik begrijp het niet.'

Mama lachte, een beetje wrang. 'Waar zouden ze naartoe gaan, Rosita? De dichtstbijzijnde stad is hier honderden kilometers vandaan en de steden zijn gesloten, niemand komt erin van buitenaf. Wie het probeert, wordt zonder pardon neergeschoten. De mensen in de wildernis hebben hun eigen manier van leven. Ze zouden een opstand van gevangenen niet dulden. Sommigen gaan ervandoor en sommigen overleven zelfs. Maar de meesten onder ons ondergaan het gewoon. We hebben eten en verwarming en werk. We zijn beter af dan veel "vrije" mensen daarbuiten.'

'Maar jij en papa deden toch niets verkeerd?'

'Is dat zo?' zei mijn mama. Ze praatte tegen mij, maar in werkelijkheid praatte ze tegen zichzelf. Soms deed ze dat en het joeg me de stuipen op het lijf.

'Al die tijd dat we binnen leefden, waar het warm en licht was, met goede kleren en genoeg te eten …'

'En warm water,' mompelde ik, 'en echte zeep en geen insecten …'

'Ja. We hadden wel gehoord van de Nederzettingen en de vele, onschuldige mensen die buiten leefden. Alle kinderen die honger hadden, vuil waren, kou leden en doodgingen aan vreselijke ziektes. We dachten dat we *goed* waren, Rosita, maar we deden niets.'

Ze knuffelde me weer en liet me toen los. 'Laat ons hier niet meer over praten. Kijk, het is donker, en mijn quotatijd is voorbij. Tijd voor nog een magieles.'

We gingen naar de werkplaats en gingen op de vloer zitten met de lamp op een laag pitje. Mama pakte de geheime spijkerdoos en de witte tas, die ze openvouwde tot de witte bloemenvorm. De noot was kleiner, ze was gekrompen omdat er geen kleine diertjes in zaten. Het zaad dat de dieren deed groeien, zat in de kleine glazen buisjes, elk met een gekleurd dopje erop.

Elk van die buisjes had een vreemde naam, die ik me moest herinneren (ik kon al goed lezen, maar niets van de magie mocht worden opgeschreven). *Insectivora … Lagomorpha … Rodentia … Artiodactyla … Carnivora … Chiroptera …*

'Vertel me er iets over, Rosita,' zei mama.

'De Insectivora is meestal klein en haar pels is als fluweel,' zei ik en ik voelde me enorm interessant. 'Je kunt haar herkennen aan haar lange neus en haar slechte ogen. Ze eet insecten en heeft de beste reukzin. Ik noem haar "Neusje", is dat goed, mama?'

'Het past bij haar. En Lagomorpha?'

'Er zijn maar twee soorten Lagomorpha. Ik noem hem "Oren", want hij heeft grote oren. Hij heeft grote achterpoten waarmee hij kan stampen en wegrennen. Een van hen leeft in tunnels, de ander leeft in de open lucht, en hij wordt wit in de winter.'

Ik pakte het derde buisje voorzichtig op. 'Deze zijn de Rodentia, ze stoppen nooit met hun tanden te knagen en ze veenmuldigen zich heel snel …'

'Vermenigvuldigen,' zei mama. 'Ze vermenigvuldigen zich.'

'Veel. Je krijgt er veel van, heel erg snel. Ik noem haar "Tandje".'

Het vierde buisje was de Artiodactyla, wat ik het moeilijkst vond om te onthouden. Ik kreeg het woord nooit helemaal gezegd. Ik noemde haar 'Artikel': ze was groot en leefde in een kudde. Het vijfde buisje was mijn favoriete, want Carnivora was Nivvy's soort. Carnivoor betekent 'vleeseter', maar ik noemde dat buisje natuurlijk 'Nivvy'.

Als laatste was er de Chiroptera, een pelsachtig diertje dat kon vliegen. Dat was opwindend, maar ook beangstigend, want het klonk een beetje als een mutiemonster. Ik noemde deze 'Piepje', omdat hij in het donker zijn weg kon vinden door te piepen, al begreep ik niet hoe dat kon. 'Heel goed,' zei mama toen ik mijn naamafroeping had gedaan.

Daarna gingen we verder met wat ik allemaal nog moest leren, ook al was ik nog niet oud genoeg om de echte magie al toe te passen. Je moest een paar druppels van het donkere vloeibare voedsel (dat *nieuwtriet* heette) in zes kleine schoteltjes doen, een snufje zaadpoeder van elke buisje erover sprenkelen, wachten tot ze begonnen te groeien en daarna de schoteltjes voorzichtig in de incubator zetten. Het volgende moment zaten daar zes kleine kits in. Ze werden *Lindquists* genoemd, een ander vreemd woord dat ik moest onthouden. Ze zouden dicht op elkaar gepakt leven, snel sterven en weer in de schoteltjes belanden, waar ze veranderden in cocons. (Ik wist dat pelsdieren dat niet deden, rupsen die in vlinders veranderen, maken cocons – maar dit was magie). Daarna moest je de cocons verkruimelen tot poeder en dat poeder opnieuw in een buisje met het juiste gekleurde dopje doen.

Wanneer ze kits waren, leken ze allemaal op elkaar. Als ze groeiden, werden ze verschillende soorten dieren. Nivvy was een volwassen kleine Carnivoor geweest. Soms moest je ze laten groeien tot hun volledige lengte om er zeker van te zijn dat de zaadjes in goede staat waren. Maar dat durfden we niet, dus we hoopten dat het zo ook goed kwam.

'Ooit waren er Lindquists voor alle acht soorten,' zei mama. 'De twee die er niet bij zijn, heten *Cetecea* en *Pinnipedia*. Maar de zeezoogdieren hebben we verloren.'

Ik knikte en maakte me niet druk dat ik niet alles begreep. Ik wist dat ik de magie nog niet kon begrijpen. Maar ik kon leren. 'Wat bedoel je met "verloren"?'

'Ze werden gepakt.' Mama's mond werd strak en hard, en haar stem klonk grimmig. 'En ik denk dat ik weet wie ze heeft gepakt ...'

'Het was toch niet ... Was het mijn papa?' beefde ik, bang van haar toon.

Ik had rare ideeën over waarom mijn papa weg was nu ik wist dat andere moeders hier zaten omdat hun mannen misdadigers waren. 'O nee!' zei mama. 'Het was je papa niet! Dat mag je niet denken, Rosita. Als je ouder bent, zal ik je het hele verhaal vertellen. Ik zal je een heleboel uitleggen, wat ik nu nog niet kan.' Ze viel stil, keek me ernstig aan en nam mijn handen in de hare, haar ogen donker en droevig. 'Luister, mijn kindje. Op een dag sta je er misschien alleen voor, heb je niemand die je kan helpen om te beslissen wat je moet doen. Dan moet je diep in jezelf kijken. Probeer de geest van het leven te vinden. Die leeft overal en in jouw hart. Probeer te doen wat hij je vertelt. Dat is je enige hoop, Rosita. Je enige hoop.'

Ik dacht dat ze het over de lessen in magie had. Kleine kinderen begrijpen meer dan mensen denken. Ik wist dat ze me haar geheimen had toevertrouwd, ook al was ik nog een klein kind, en ze hoopte dat ze daarmee juist deed. Ik wilde haar zeggen dat ik haar nooit ofte nimmer zou verraden. Maar haar plechtige woorden deden me denken aan de dag dat de bewakers gekomen waren, een dag die ik me niet kon herinneren, en mijn geest vulde zich met een angstaanjagende, verwarrende mist.

Ik wist dat we niet terug naar de stad konden. Je had een speciale bon nodig om met de tractor naar het station te rijden. Zelfs als we zo ver zouden komen, en zelfs als we een kar vol scrip hadden, dan zouden ze ons nog niet op de trein laten stappen. We zouden geen tickets mogen kopen. Wij waren de mensen die buitengesloten waren. En wat had het voor zin terug te gaan naar een huis dat ik niet meer kende? Wie zou daar voor ons zijn?

'Zullen we mijn papa ooit vinden?'

'Ik weet het niet,' zei mama zachtjes.

'Is hij in een andere Nederzetting?'

'Nee,' fluisterde ze. 'Dat denk ik niet. Ik weet niet waar hij is. Ga de ketel eens op het vuur zetten, liefje.' Ze begon alles op te bergen, zonder me aan te kijken. Ik zag dat haar ogen gevuld waren met tranen. Ik zag er een verdriet in dat ik nooit zou kunnen bereiken, dat ik nooit zou kunnen verzachten, en mijn hart deed pijn. Ik zwoer dat ik *ooit* mijn vader zou vinden. Ik zou hem terug naar mama brengen en dan zou ze gelukkig zijn.

Ik was maar een kind. Ik was trots als ik de grappige, lange woorden kon onthouden en ik hield ervan om met de poppenhuisbuisjes en - schoteltjes te spelen, maar ik begreep niet wat mama me aan het leren was. Ik zei het haar niet, maar ik dacht dat de incubator een tovernoot was, zoals die in het sprookje. De prinses doet de noot open en er komt een prachtige jurk uit om mee naar het bal te gaan. Al het vreemde en magische bracht me in verrukking. De verwarrende, beangstigende dingen die ze me soms zei, gingen het ene oor in, het andere weer uit. Maar die avond, toen we naar bed gingen, besefte ik dat ik had willen vragen: Denk je dat hij dood is? Maar dat kon ik niet gezegd krijgen. Grote snikken barstten uit mijn borst, ik kon ze niet tegenhouden. Het gewicht van wat ik niet kon begrijpen en de dingen die ik me amper herinnerde, viel boven op me en ik voelde me zo eenzaam en zo hulpeloos als een baby die te vondeling is gelegd. Mijn papa, mijn papa … Mama drukte me tegen zich aan en wiegde me tot ik weer rustig was.

We maakten een afspraak: als ik braaf was op school en niet brutaal was tegen mevrouw Malik, kreeg ik extra magielessen van mama. Als ik extra braaf was, zouden we de Lindquist-kits nog eens laten groeien voor mijn verjaardag, tegen het einde van de winter. Soms werd ik in het holst van de nacht wakker en dan was ze weg en ik wist dat ze was gaan toveren. Ik stond niet op om haar te bespieden, maar na zo'n nacht bekeek ik haar met andere ogen en ik probeerde te raden wat ze had gedaan, voor ons of voor iemand anders. Misschien had ze een zware sneeuwbui gemaakt midden in de winter, zodat de sporen weer zacht en mooi waren en madame Imrat hoefde dan niet zo bang te zijn om uit te glijden en te vallen. Misschien had ze een vloek uitgesproken over de Nederzettingscommissie, zodat die nu onverwacht een grote lading jam zouden brengen …

Ik was erg verward en mama wist dat, want ik vroeg haar over de goede daden die ze de Nederzettingscommissie had opgelegd. Ze verbeterde me niet. Het belangrijkste – besef ik nu – was dat ik de vaardigheden oefende die ik nodig zou hebben. Elke stap van het Lindquist-proces moest ik uitproberen, met mijn handen, mijn ogen en mijn geest, steeds opnieuw, tot ik het onmogelijk nog kon vergeten.

Na school, wanneer ze haar quota voor die dag had gehaald en we gegeten en opgeruimd hadden, kwam er weer een magische les (niet elke nacht: mama zorgde ervoor dat die lessen speciaal bleven). Of ze vertelde me over andere opwindende dingen. Dan gingen we naar bed en vertelde ze me verhalen over onze grote reis naar het noorden over de besneeuwde vlakten, door het woud en over de zee. We brachten onze schat naar de prachtige stad waar de zon altijd schijnt. Niet nu, maar binnenkort, als ik groter was … Ik viel in slaap met de klank van haar stem en droomde van mevrouw Malik en sprookjesdieren en het verre avontuur aan de andere kant van volwassen worden.

Mama en ik, alleen en vrij in de wilde, witte leegte.

*

Korte zomers en lange winters gingen voorbij. Voorraadtrucks kwamen door de opgepakte sneeuw met hun bewakers (ze kwamen nooit in de zomer, want dan was de wildernis een moeras en de wegen waren dan onberijdbaar voor trucks). Soms pleegden de bandietenfamilies die in de woestenij woonden, een verrassingsaanval op onze voorraden en dan sloeg de honger toe. Het was onmogelijk voor ons om genoeg eten te verbouwen in de arme grond van onze kleine percelen. Geruchten over verandering bereikten ons, vreselijke verhalen over duizenden rebellen die de stad uit waren gehaald en die naar ergens ver weg in het niemandsland waren gedreven en daar waren achtergelaten om te bevriezen in hun lichte kleren. Maar waar wij woonden, veranderde er niets.

Toen ik negen werd, mocht ik naar de tweede klas. Ik was erg trots, ook al betekende het alleen maar dat je van de ene kant van de schoolhut naar de andere verhuisde. Ik pakte mijn twee papperige oefenboeken van voddenpapier, mijn potloden, mijn oud brood dat ik als gom gebruikte en mijn kostbare slijper (een van de overblijfselen van mijn stadsspeelgoedkist). Ik liep de eerste klas uit, dolgelukkig dat ik mevrouw Malik kon achterlaten, en ik voelde de respectvolle blik van de andere kinderen in mijn rug. Ik liep voorbij de smalle ramen die in het putje van de winter ijzig werden, voorbij de kachel in het midden van de kamer, waar de grote tieners hun dag doelloos doorbrachten, en naar de twee rijen echte bureaus van de tweede klas. De meester van die klas was meneer Buryat, maar iedereen noemde hem Snurk. Hij had een longziekte en kon niet praten zonder een snurkend geluid te maken in zijn keel. Hij was aardig. Hij stond iets op het versleten bord te schrijven, dus liep ik naar de boekenplank, die ik allang had willen bestuderen. Er stond een gekleurde wereldbol tussen de haveloze boeken, waar ik een gepassioneerde bewondering voor had. Ik zette hem aan en straalde van geluk toen alle steden oplichtten als sterren.

Toen merkte Snurk me op en hij liet me naast Rose zitten, een heel mooi meisje met golvend blond haar en groene ogen, die daarvoor de jongste van de klas was geweest. Ik legde de beste van mijn oefenboeken op de plank onder de bureautafel met mijn extra potlood erbij. Rose negeerde me. Ze sneed een nieuwe punt aan haar potlood met een bot zakmes. Verlegen duwde ik mijn slijper over het bureau naar haar toe. Rose keek om zich heen, een gloed van boosaardigheid in haar groene ogen. Ze glimlachte koud en draaide zich van me weg, haar rug naar me toe. Mijn potloodslijper was verdwenen. Ik zag hem nooit meer terug.

Ik hield van de lessen in de tweede klas. Meneer Buryat kon niet ademen zonder te snurken en we lachten wreed om hem, maar hij was een goed en geduldig leraar. Mijn pauzes waren eenzaam. De meisjes lieten zich leiden door Rose, ook al was ze de jongste, en de jongens volgden de meisjes. Ze behandelden me met volledige minachting. Ik was te trots om terug naar de eersteklassers te kruipen, dus wanneer mijn lunch op was, had ik niets anders te doen dan rondwandelen over het modderige schoolplein met mijn armen gevouwen, mijn neus in de lucht en een natte voet omdat er een gat in mijn laars was.

Ik hoopte dat het ijs aan het smelten was, toen Rose naar me toe kwam. 'Wat is je naam?'

'Rosita,' zei ik schouderophalend om er niet te gretig uit te zien. 'Net zoals gisteren.'

Ze krulde haar lip om. 'Dat is geen naam,' zei ze luid. 'Dat is geen *naam*.'

Dat was waarschijnlijk een teken, want de tweedeklassers kwamen dichterbij. Alle zes gingen ze in een kringetje om me heen staan en ik was bang. De grote tieners (die meestal aardig waren) waren niet op het plein. Snurk kwam nooit buiten en ik wist dat Malik me niet zou beschermen. De twee grootste jongens, Storm en Soldaat, waren twaalf en dertien en ze zagen er gigantisch uit vergeleken met mij. Touw, die ouder was, was klein en traag in zijn hoofd, maar hij kon gewelddadig zijn. De twee meisjes naast Rose waren Esp en Sneeuw. Ze waren allebei ongeveer twaalf, ruw en gemeen. Hier gaan we, dacht ik, en ik zette me schrap. Misschien zou Snurk ons zien door het raam en naar buiten komen om ons uit elkaar te halen als ze me allemaal tegelijk te grazen namen.

'Je kunt je stadsnaam niet meer houden,' zei Esp. 'We willen dat niet, het is verkeerd.' Ze was een erg dun kind (we waren allemaal erg mager, behalve Rose), met een lang, bleek, gelig gezicht en ze was snel geïrriteerd. Ik hield haar handen in de gaten, die aan haar bleke vlechten draaiden en rukten.

'Je moet een gewone naam hebben. Je kunt geen opgedirkte naam hebben,' zei Sneeuw, die kleiner was en dik donker haar had. Sneeuw was erg bijziend. Ze loerde fronsend naar me van onder haar pony.

'Rosita is een foute naam,' zei Rose zelfvoldaan.

'Wie zegt dat dat niet mag? Rosita is hetzelfde als Rose ... Niet zo mooi als Rose,' liet ik er snel achter volgen. 'Het is minder chic, het is de kleine versie van Rose.'

De jongens mompelden alsof ze het al met me eens waren. Maar de meisjes staarden me aan, dus bleef iedereen in de kring staan. Storm zei vrij aardig: 'Je kunt niet Rose zijn. *Zij* heet Rose. Kies een andere naam. Wat denk je van Suiker?'

Dat was als compliment bedoeld en ik had moeten inzien dat hij me probeerde te helpen, maar ik had het verstand niet.

'Ik wil helemaal niet veranderen. Het is de naam die ik van mijn mama en mijn papa heb gekregen en ik zal mijn papa nooit terugzien. Laat me iets anders doen. Wat kan ik nog doen? Ik zal jullie om de andere dag mijn lunch geven ...'

Ze keken elkaar aan. 'Haar mama,' prevelde Rose, en ze rolde met haar

ogen, 'Madame Dikke Nek, de *peegee*. Haar pa was het niet waard om opgehangen te worden.'

'Ze doen alsof ze beter zijn dan wij,' zei Sneeuw. 'Toen ze hier kwamen,
waren ze rijk. Ze hadden ons dingen kunnen geven. Maar ze hebben al
hun chique spullen verkocht aan de bandieten.'

Mama had mijn speelgoed en mijn boeken aan de school gegeven, maar
ze waren verdwenen, net als mijn potloodslijper. Als ze bij de bandieten
terecht waren gekomen, was dat niet onze schuld.

Ik zei niets. Ik beet op mijn tanden en wachtte op hun slagen.

'Denk erover na,' zei Soldaat en ze drentelden van me weg.

Ik vroeg aan mama wat dat allemaal betekende. Ze zei dat de kinderen van de Nederzettingen wisten dat dit hun wereld was, de enige wereld
die ze zouden krijgen, en ze wilden regels maken om erbij te horen, zoals
stammen en volkeren doen. Daar kwam die bevlieging voor 'gewone' namen vandaan. Ze zei dat mensen die hierheen waren gestuurd toen ze
volwassen waren, of ze nu gewone misdadigers of bannelingen waren, zich
niet hetzelfde voelden.

'Ze zeiden me dat ik een naam moet kiezen zoals die van hen.'

'Dat is goed,' zei mama. 'Ze hebben je uitgenodigd in hun stam. Wat
ga je kiezen?'

'Ik wil geen nieuwe naam. Ze nodigen me niet uit, ze pesten me gewoon omdat Rose hun dat opdraagt. Ze heeft mijn slijper gepikt. Ze kribbelt op mijn boeken en doet alsof ik het heb gedaan. Ze is jaloers omdat
ik een tweedeklasser ben geworden en jonger ben en omdat ik betere punten haal dan zij.'

'Waarom laat je Rose niet de hogere punten halen?' zei mama fronsend. 'Als dat haar gelukkig zou maken. Wat doet het ertoe?'

'Het doet ertoe voor mij.'

Mama fronste omdat Roses moeder een van de mensen was die veel
roddelde. Zij en haar dochter woonden in een hut als de onze en ze hadden geen uniform, maar ze hadden mooiere kleren en beter eten, dat een
belangrijk iemand hun opstuurde, misschien een ambtenaar van de Nederzettingscommissie, misschien een bandiet. Zelfs Nicolai was beleefd tegen

Roses moeder en probeerde haar niet voor het hoofd te stoten. Maar ik wist dat ik in mijn recht was.

'Ik kan je thuis toch nog Rosita noemen.'

'Ik wil het niet. Ik zie niet in waarom ik het zou doen. Het is geen schoolregel. Mama, wat betekent *peegee* eigenlijk?'

'Het betekent politiek gevangene.'

Ik wist dat dat slecht was, slechter dan een gewapende overvaller. Maar daar maakte ik me geen zorgen over. Ik had geleerd dat het nutteloos was om je te schamen in de Nederzetting. 'Ze noemen je zo. Zijn wij *politiek gevangenen*, jij en ik?'

Mijn mama was moe van het spijkers maken de hele dag, te moe om zich ook nog zorgen om mij te moeten maken, bedacht ik. Ze trok haar handschoenen uit en wreef over haar pijnlijke en vuile vingers. 'Ik heb me nooit met politiek beziggehouden,' zei ze. 'Je papa deed iets wat de regering niet leuk vond, maar hij wist niet dat het verkeerd was, hij dacht dat het zijn plicht was. Rosita, kies een nieuwe naam. Dit kun je niet winnen. Probeer niet alles op de harde manier te leren.'

Storm schoof me stiekem een briefje toe waarop stond: VER+NDER J NAAM V+R J EIG+N GD. Ik bedoel stiekem in de zin dat Rose het niet mocht zien. Niemand hoefde geheimen te hebben voor Snurk. Hij was te onschuldig. Ik beantwoordde het briefje niet en bracht mijn pauzes nog steeds alleen door, wandelend. Ik wist dat het niet voorbij was, dat gedoe met die gewone naam, maar de anderen kwamen niet in mijn buurt, dus wist ik niet wat te doen. Het was het ergste seizoen van het jaar. De hele Nederzetting, behalve degenen die te ziek waren, hadden de zomer doorgebracht met het verwoed bewerken en oogsten van de aardappelpercelen (we plantten alles wat wilde groeien, maar vooral aardappelen). Nu de warme dagen voorbij waren, was de opwinding voorbij en het smaakvolle eten was opgeborgen. Maar we leefden nog steeds in een onbevroren moeras en de insecten beten nog. Iedereen verlangde naar de vorst en elke dag hoopten we dat de eerste sneeuw zou vallen.

Ongeveer een week nadat ze me hadden gezegd dat ik mijn naam moest veranderen, werden we voor de lunch naar buiten gestuurd in een natte, koude hagelbui. De eersteklassers mochten binnen blijven met de grote tieners en de leraren. Ik wandelende heen en weer en at mijn lunch op, een stuk roggebrood met een taaie gedroogde tomaat. Het brood was rantsoen van de winkel en smaakte vies, maar de tomaat was door ons geplant en gedroogd, en ze was erg lekker. Daarna ging ik water halen. Ik stond bij de pomp en dronk uit de metalen kop die met een ketting aan de hendel was vastgemaakt, toen mijn schouderbladen begonnen te jeuken.

Ik keek om me heen en daar kwamen ze.

Ze vormden een cirkel om me heen.

De pomp stond bij de muur van het schoolplein. Ik keek omhoog naar de kapotte stenen en een roekeloos plan drong binnen in mijn geest. De poorten van het schoolplein waren altijd gesloten en de muren waren hoog. Maar als ik erin slaagde om te ontsnappen en naar huis te rennen, wat zou er dan gebeuren? Ik had nog nooit gehoord dat iemand dat had gedaan, dus wist ik het niet. Ik kon van school gestuurd worden. Dan zou ik thuis moeten blijven en mama helpen … Dat klonk niet al te slecht.

'We hebben beslist,' zei Sneeuw, loerend van onder haar pony. De mensen zeiden dat haar vader en haar oudste broers geëxecuteerd waren omdat ze een paar vreselijke moorden hadden gepleegd. Daarom waren haar moeder en de jongere kinderen hierheen gestuurd. Het was de wet: als iemand in je familie schuldig was, dan was jij ook schuldig. 'Je hebt ons uitgedaagd en moet daarvoor worden gestraft. Maar we zullen genadig zijn. Je geeft ons drie weken elke dag je lunch, je geeft Storm nu een kus en we zullen je Suiker noemen. Is dat een afspraak?'

'Ik wil niemand kussen,' zei ik. 'En ik kan jullie niet elke dag mijn lunch geven. Dan word ik ziek. Ik ben pas negen.'

'Je zit in de tweede klas,' legde Rose uit. (Ik was zeker dat dit allemaal haar idee was.) 'Dat wil zeggen dat je een tiener bent. Je moet sterk zijn als je bij ons wilt horen.'

Ik wist dat ze het zouden doen. Ze zouden mijn eten afpakken. Ik twijfelde nog over die kus, maar ik durfde niet naar Storm te kijken en ik begon te beven.

'Ik ga aan Snurk zeggen wat je net hebt gezegd. *Jij* krijgt problemen, ik niet.'

Ze lachten. 'O, ze gaat het aan Snurk vertellen!'

Rose boog voorover en grabbelde een hoop modder bij elkaar. Ze maakte zichzelf nooit vuil, dus ze verraste me en de eerste kwak trof me midden op mijn borst. De volgende kon ik ontwijken. Ik kreeg er opnieuw een tegen me aan en ze lieten me rennen. Ik rende over het plein en kreeg modder naar me toe gesmeten en vreselijke namen en ook stenen. Ik huilde niet en ik gilde niet om hulp. Ik galoppeerde rond, bukte me en dook weg, terwijl de hagel in mijn gezicht beet. Het was bijna leuk. Ik kon het hebben. Als ik hun liet zien dat ik het kon hebben, zouden ze me misschien aardig vinden ... Maar mijn plan zat al klaar. Toen ik mijn kans zag, ging ik ervoor. Ik sprong naar de muur in de hoek van het plein en kroop erop, steunend tegen de beide kanten van de hoek. Toen was ik boven. Ik stond op de gladde afdekstenen, zwaaiend met mijn armen om in evenwicht te blijven. Het was een diepere val aan de andere kant. Opeens was ik er niet meer zo zeker van of dit zo'n goed plan was. Ik wist dat mama het vreselijk zou vinden als ik van school werd gestuurd ...

Mevrouw Maliks grote, magere lichaam verscheen aan de deur van de schoolhut. Ze kwam aangemarcheerd door de hagel op haar pantoffels, zonder hoed of jas ...

'ROSITA! Kom naar beneden! Hier krijg je een pak slaag voor!'

'Ze hebben met modder naar me gegooid.' Ik zou geslagen worden, wat ik ook zei. Ik stelde het alleen maar uit. 'Ze zeiden vreselijke dingen!'

'KOM NAAR BENEDEN!'

Haar mond, rood als bloed, leek me aan te gapen, haar handen waren als klauwen. Ik was zo bang dat ik mijn evenwicht verloor en viel. Mijn rechterbeen sloeg dubbel onder me.

'Sta op! Meteen! Terug naar de klas, meteen, jullie allemaal!'

Mijn hoofd bonsde. Ik slaagde erin op te staan zonder te huilen, maar mijn been deed vreselijk veel pijn. Maar ik zou niet smeken. Ik probeerde te lopen, met mijn hoofd rechtop.

'Stop met manken, kleine aansteller. Vooruit en een beetje snel.'

Ik raakte het plein over en de school in. Ik herinner me arme, ouwe Snurk, een gloeiend beeld, ver weg, die bij het versleten schoolbord een stukje krijt wisselde van de ene hand in de andere. Malik greep haar liniaal.

'Steek je handen uit!'

Ik zag haar woedende gezicht dreigend naderen en weer verdwijnen, de losse huid van haar keel gerimpeld als het vel op koude pudding. Ik voelde de eerste slag, maar de tweede niet. Ik hoorde iemand Rosita zeggen, ik weet niet wie het was, en de wereld verdween in het niets.

Toen ik mijn ogen weer opendeed, lag ik in een bed.

Mijn been deed pijn, maar alles leek heel ver weg. Er zat een dikke vrouw bij me met een hard, vierkant gezicht. Ze had een uniform aan en een verpleegsterskapje op haar hoofd, dus ik wist dat ik in het ziekenhuis lag.

'Mama?' zei ik. 'Waar is mijn mama?'

'Jemamamagjekomenbezoekentijdensdebezoekuren,' zei de dikke vrouw met een grommende, monotone stem.

'Wanneer zijn de bezoekuren?'

'Volgende week.'

Ik hoorde later dat mama me had proberen te redden. Maar ik was van de school naar het ziekenhuis gebracht op Nicolais tractor voor ze wist wat er was gebeurd, en daarna kreeg ze de kans niet om me eruit te halen. Mijn knieschijf was gebroken en mijn scheenbeen ook. Het waren geen zware breuken, ze waren wat men noemt 'gedeeltelijke breuken', maar de dokter behandelde ze niet zoals het hoorde. Hij wikkelde mijn hele been in met dik gipsverband en liet me voor weken het bed houden. Hij gaf me medicijnen die me slaperig en zwak maakten en mama moest haar quota verhogen om mijn behandeling te kunnen betalen.

Niemand vertrouwde de dokters van de Nederzettingscommissie, die door de wildernis reisden en de nutteloze gevangenisziekenhuizen van de Nederzettingen bezochten, die moesten aantonen hoe goed de regering wel was. Iedereen die ziek of gewond was, deed zijn uiterste best om thuis te blijven. Er waren vrouwen tussen de gewone gevangenen die meer wisten van geneeskrachtige kruiden. In onze Nederzetting was er ook zo'n mama, en mevrouw Imrat, en de trotse meneer die chirurg was geweest. Zij konden je tenminste goede raad geven. Maar die kreeg ik niet. Ik denk niet dat het de bedoeling was van de ziekenhuisdokter om me kreupel te maken. Hij wist gewoon niet veel.

Ik was in een kamer met vier bedden en die noemden ze de Orthopedische Afdeling voor Kinderen. Ik kon het bordje lezen vanuit mijn bed en ik hield me uren bezig met het herlezen en me vragen stellen bij die lange naam. Meestal was ik alleen. Het was heel koud, de winter kwam eraan, veel kouder dan in het kastbed dat ik met mama deelde. Ik lag neer, zag de sneeuw vallen en dacht aan de wildernis die zich daar uitstrekte, als een oneindige droom. Wat nu met de grote reis die mama had gepland? Hoe kon ik honderden kilometers lopen? Hoe zou ik de wildernis kunnen doorkruisen?

Het zou niet meer gebeuren nu.

De stormen aan het eind van de winter rukten uit toen ze me eindelijk naar huis lieten gaan. Ik kon mezelf toen al behelpen, al moest ik wel die lelijke krukken gebruiken. Mijn rechterbeen was een dunne witte stok met een vreemde kromming erin. Mama hielp me oefenen en al snel kon ik redelijk goed lopen. In maart, op mijn verjaardag, mankte ik in mijn eentje naar ons aardappelperceel. Het was hard, maar het lukte me.

Ik ging zitten tussen de dwergwilgen, bij de plek waar we Nivvy hadden begraven. Ik dacht aan hoe ik niet meer zou kunnen rennen, nooit meer. Ik was tien jaar, maar ik voelde me een miljoen jaar ouder. Als ik maar naar mama had geluisterd en Rose de hogere punten had laten hebben. Als ik maar niet zo trots was geweest. Ik zag mijn leven uitgestrekt voor me liggen, een sombere woestijn, en ik wist dat mama en ik nooit weg zouden lopen, dat was nog slechts een droom. Ik zou in de Nederzetting blijven, in het vuil en de kou, voor altijd en altijd. En nu was ik ook kreupel.

De sleedoornhaag die iemand hier had gezet tegen de wind, was half begraven in de lentesneeuw, maar een paar bloemen gingen open op de doornige takken. Mama had me verteld dat de sleedoorn een van de bomen is die zich dingen herinnert. Hij probeert te leven zoals vroeger, voor de winters zo lang en koud werden. Ik dacht aan de zure, kleine pruimen, die *sloes* werden genoemd en die de mensen verzamelden om er likeur van te maken. Dat past bij me, dacht ik. Stomme bloemen die proberen te groeien in de winter. Bitter fruit.

Ik ging terug naar school. Mijn been sleepte, maar niemand lachte me uit toen ik naar de tweede klas mankte. Toen ik ging zitten, reikte Storm naar me vanaf de bank die hij deelde met Soldaat en hij stopte een pakje van zacht oefenboekpapier in mijn hand. Er zat een stuk echte chocolade in; ik weet niet waar hij dat vandaan had gehaald.

De geur was geweldig.

'Wat moet ik hiervoor doen?' vroeg ik, zonder hem aan te kijken.

'Niets,' mompelde Storm, zonder mij aan te kijken. 'Het is … gratis.'

'Ik ga mijn naam veranderen,' zei ik, nog steeds zonder hem aan te kijken, of Rose, die stil naast me zat. 'Je kunt het de anderen vertellen. Vanaf nu noem ik mezelf Sloe.'

Ik had geen problemen meer op school van toen af aan. Niet met Rose of met iemand anders. Ik was een van hen geworden en dat wisten ze. Ik had hetzelfde gewicht op mijn ziel liggen, dezelfde hardheid vanbinnen, die voortkomt uit een leven zonder hoop.

Snurk had me mijn lessen opgestuurd en had me in het ziekenhuis bezocht wanneer dat kon, dus ik was niet achteropgeraakt. Ik was altijd de eerste van de klas. Niemand vond dat erg nadat ik terugkwam met mijn kromme been. Voor de zomervakantie van dat jaar moesten we een test afleggen. Dat was nieuw, niemand had ooit Nederzettingskinderen getest. Je moest in school blijven tot je veertien of vijftien was, of je nu iets leerde of niet. Daarna kreeg je quota als je een meisje was en dan begon je spijkers te maken. Jongens werden naar het werkkamp gestuurd. Zo was het altijd al geweest, maar nu niet meer, blijkbaar. Niemand zei ons waarom we die test moesten afleggen. Snurk keek de papieren na voor hij ze opstuurde naar de Examenraad en hij was erg opgewonden. Hij zei dat Rose en ik de beste leerlingen waren die hij ooit had gehad en dat we een aanwinst waren voor de Nederzettingscommissie.

Ik was niet opgewonden, maar het raakte me dat mama niet trots op me was omdat ik de hoogste punten had behaald. Ik hoorde haar erover mopperen tegen mevrouw Imrat, de oudere dame die ambassadeur was geweest en die soms de avond bij ons doorbracht. Ze zuchtten allebei, alsof ik iets verkeerds had gedaan, en keken me medelijdend aan. Maar mama zei niets en op school legde niemand iets uit. Het eerste ding dat me uitlegde wat het betekende, was de brief die mama kreeg.

We hadden al zes jaar geen brief meer gehad. De buitenwereld (wat eigenlijk de binnenwereld is, omdat wij degenen waren die erbuiten stonden, buitengesloten van het comfort van de stad) leek niet meer te bestaan. Ik was bij mama toen Nicolai, als Brigadechef, niet als Spijkerophaler (hij had verschillende officiële functies), de envelop overhandigde. Hij was vuil en gekreukt van de reis tussen zijn kleren, maar er stond een stempel van de Nederzettingscommissie op. Mama's gezicht werd helemaal wit. Toen scheurde ze hem open.

Papa, dacht ik. Mijn papa …

Ik dacht dat er in de brief zou staan dat papa gestorven was, in een gevangenis ergens ver weg. Maar de brief ging over mij. Ik moest weg, naar een school, een *echte* school, speciaal voor de slimste en beste Nederzettingskinderen. Het was honderden kilometer ver weg. Ik zou mijn mama moeten achterlaten. Ik mocht niet meer naar huis komen, behalve tijdens de lange zomervakantie.

3

Op een warme, rustige dag aan het eind van de zomer maakte mama een picknick. We wandelden voorbij de aardappelpercelen, langzaam omwille van mijn been, naar de moerassige groene vlakte die me altijd als verkeerd voorkwam, alsof sneeuw en winter de enige kleren waren die de wildernis mocht dragen. Wouden bakenden de rand van de hemel af; de zon stond al lager dan voordien. Mama was nog nooit zo ver van haar werkplaats weggegaan sinds we hier waren aangekomen. Zes jaar had haar leven gedraaid om onze hut, de winkels en de aardappelpercelen.

Nicolai had mama deze vrije dag grootmoedig toegestaan, omdat ik wegging. Ik wist ook dat hij haar daarvoor meerdere dagen boete gaf. (Zo was onze Brigadechef. Op zijn manier was hij vrij aardig, maar als hij iets voor je deed, kostte je dat veel.) Ik probeerde vrolijk te zijn, om te laten zien dat het de uitgave waard was. Ik bleef maar kwebbelen over de vogels en de bloemen en de zoete, verse lucht. Mama was erg stil. We vonden een paar rotsen, die als verloren in het opgeschoten gras en het ratelende riet lagen, en maakten het er ons gezellig. Er zaten muggen, maar dat waren we gewend. Ze haalde de picknick tevoorschijn, ik ging mankend op zoek naar besjes. Toen ik terugkwam, had ze een servet uitgespreid en koude vruchtenthee in onze bekers geschonken. Ik legde bergbraambessen in een cirkel om de homp roggebrood, de stukken geconcentreerde 'kaas', de tomaten en de kleine, luxueuze pot jam heen. Ver weg riep er een vogel, één noot, telkens opnieuw, helder boven de zoemende insecten uit.

'Doet je been pijn?'

'Nee, het gaat goed. Het voelt prima.' (Ik loog, een beetje.) 'Maak je geen zorgen, mama. Kolya zal het wel opschrijven dat je deze dag vrij hebt gekregen. Hij zou onze scrip niet aannemen zonder er iets voor te doen.' 'Kolya' was kort voor Nicolai. Ik vertrouwde hem niet *echt*, je kon niemand ooit officieel vertrouwen, maar ik wilde mama opmonteren.

Mama keek om zich heen, deed haar ogen ver open, alsof ze die baadde in het licht en de lucht. Ik zag dat mijn mooie mama er ouder uitzag, en dat deed me pijn. 'Het is niet erg, lieverd. Ik zal niet in de problemen komen. Het rode oog is er alleen om ons bang te maken. Tegenwoordig geeft niemand erom of we spijkers maken of niet … Onze wereld verandert, Rosita. De voorraadtrucks hebben meer bewakers nodig en de voorraden worden kleiner. Dingen die niemand een paar jaar geleden had durven zeggen, worden nu gefluisterd; de geruchten bereiken zelfs ons. Ik weet niet of de veranderingen goed of slecht zijn, maar misschien zal het leven zoals het er nu uitziet niet lang meer duren.'

Mama was de enige die me nog Rosita noemde. Ik knikte. Ze zal me later wel uitleggen wat ze bedoelt, dacht ik. Als ik ouder ben.

Daarna aten we onze picknick op en praatten we zo gelukkig als we konden over mijn nieuwe school en hoe ik aan de dingen zou komen die ik nodig had. 'Ondergoed zonder gaten erin,' zei mijn mama, weemoedig. 'Ik wou dat ik je kon laten gaan met ondergoed zonder gaten erin …' Ik had graag een nieuwe potloodslijper gehad. Het licht werd parelkleurig en de lucht kil. We wisten dat we terug moesten gaan, maar we rekten het; onze vrolijke babbel verviel in stilte.

Uiteindelijk zei mama: 'Lieverd, begrijp je dat als ik hier niet meer ben als je terugkomt, dat jij dan de verzorger wordt?'

'Ik kom volgende zomer terug,' fluisterde ik.

Ik was opgewonden geworden naarmate het einde van de zomer naderde. Ik wilde naar een echte school gaan, weg van deze modderige hutten, en een kans krijgen in dit leven. Maar o, ik wilde haar niet verlaten. Ik wilde haar nooit verlaten, ik wilde mijn Nivvy terug, ik wilde alles. Mijn ogen prikten, mijn mond trilde, ik stortte me in haar armen. We zaten daar en wiegden elkaar, diepbedroefd.

'Het zal niet gebeuren,' zei mama. 'Het zal niet … Maar als je terugkomt en ik ben er niet, dan moet je precies doen wat ik je heb geleerd. Zorg dat de Lindquists veilig zijn, kweek ze en oogst ze, zorg dat je het zaad ververst en leef rustig in onze hut tot …'

'Tot jij terugkomt?'

Mama bleef me knuffelen. 'Natuurlijk, ja. Tot ik je kom halen.'

'En dan brengen we de Lindquists naar de stad waar de zon altijd schijnt?'

'Ze zeggen dat het een prachtige plek is,' zei mama. 'Er zijn groene parken en fonteinen en boerderijen met schitterende tuinen. We zouden daar gelukkig kunnen zijn.'

Ik was mijn eerste thuis vergeten en ik geloofde niet langer dat steden fantastisch waren. Ik dacht aan een grote Nederzetting met een of ander dak erover en vol met mensen als Rose en haar moeder, die in luxe leefden van hun onrechtmatig verkregen goederen, terwijl de rest van ons honger had. Het was mama zelf geweest die me had doen inzien dat de manier waarop de 'bevoorrechte' mensen leefden, verkeerd was … Maar ik kon het verlangen in haar stem horen, dus zei ik niets. Voor mama betekende terug naar de stad gaan nog steeds alles.

'Maar als ik door een of ander toeval niet kan terugkomen,' hield mama aan, 'dan zal ik iemand sturen om je te helpen, zodat je de reis niet alleen hoeft te maken. Denk erom dat je in de winter moet reizen. Niemand kan tijdens de zomer reizen …'

'Naar het noorden,' zei ik. 'Over de wildernis, door het woud naar de zee.'

We pakten onze sobere picknick in en wandelden terug, elk van ons probeerde het sprookje te geloven en elk van ons zei alleen de dingen die de ander wilde horen.

Later die avond gingen we naar de werkplaats voor mijn laatste magieles.

Het was hoog tijd om de Lindquists opnieuw te kweken. Mama had gepland om ze me vorige winter te laten kweken, maar toen was ik in het ziekenhuis en later moest ik thuis eerst beter worden. Daarna was het lente en zomer, en dat waren foute seizoenen om deze vreemde zaadjes te zaaien. Mijn handen waren groter dan vroeger; ik kon de kleverige, glimmende handschoenen die in de witte enveloppen zaten al aantrekken, al waren ze nog een beetje te groot. Ik kon een van de gazen mondmaskertjes over mijn neus en mond trekken …

Mama keek nauwlettend toe toen ik helemaal alleen de schoteltjes nieuwtriet klaarmaakte en het zaadpoeder toevoegde. Ik zocht naar een teken van leven, plaatste daarna de schoteltjes in de daarvoor voorziene plek in de bodem van de noot en trok de afsluiting die mijn mama het *incubatormembraan* noemde erover. Toen de noot weer gesloten en verzegeld was, stopten we alles weg en herhaalde ik mijn naamafroeping. Ik straalde vanbinnen, want ik wist dat ik alles juist had gedaan. Ik herhaalde de vreemde namen van de verschillende soorten. Ik beschreef de verschillende soorten dieren.

'De noot zal groeien als de kits groeien,' zei ik.

'Incubator ...' mompelde mama.

'Ik moet vaak naar ze kijken en ik moet ermee omgaan wanneer ik heb geleerd om veilig met ze om te gaan. Als je vriendelijk voor hen bent, zal hen dat helpen groeien en hun eraan herinneren dat ik de verzorger ben, en dan zullen ze me vertrouwen. Ze krijgen genoeg voeding van de nieuwtriet om kits te worden, maar als je een kit laat groeien tot een volwaardig dier, dan moet je die extra eten geven. Wanneer de noot, eh, de incubator, ongeveer zo groot is als een appel, zullen de Lindquists slaperig worden. Op een dag zal ik naar ze kijken en ontdekken dat ze gekrompen zijn en opgekruld terug in hun schoteltje liggen en veranderd zijn in cocons. Ze kunnen geen vergissingen begaan. Ze weten welk schoteltje van hen is omdat er sporen van hen in zitten. Dan maak ik poeder van de cocons en stop dat in nieuwe buisjes met de juiste gekleurde dopjes. Maar ik gooi de oude buisjes niet weg tot ik het nieuwe zaad heb getest door een Lindquist-kit van elke soort door zijn volledige verschijningsvorm te laten gaan.'

Aan de onderkant van de witte tas was een afdeling met extra buisjes, extra pakjes handschoenen, nieuwtriet en schoonmaakpoeders.

'Je kunt niet voorspellen hoe lang ...' drong mijn mama aan.

'Je kunt niet voorspellen hoe lang het duurt voor de kits tot leven komen en weer sterven, of naar het tweede stadium gaan, naar een echt wild dier, zoals Nivvy. Het hangt af van veel factoren.'

'Wanneer je ze in het tweede stadium test, moet je erop letten dat ...'

'Je ze geen pijn doet, want als je dat wel doet, kunnen ze alles versnellen. Er zitten aanwijzingen in hen, ook al zijn ze nog zo klein, om veel verschillende soorten dieren te maken. Je moet nakijken of ze allemaal daar zijn om er zeker van te zijn dat de Lindquist goed werkt. Maar dat kunnen we niet doen, want we leven ondergedoken. Het zou niet veilig zijn … Daarom hebben we Nivvy nooit in gevaar gebracht of verdriet gedaan of zenuwachtig gemaakt. Hij was altijd gelukkig. Waarom zou het niet veilig zijn, mama?'

'Ah,' zei mama. 'Nou, er gebeuren vreemde dingen, wonderbaarlijk vreemde dingen met de Lindquists wanneer ze volledig tot uiting komen … Artiodactyla is groot, maar Nivvy is een speciaal geval. Wees uiterst voorzichtig met de Carnivorenkit als je die ooit naar het tweede stadium brengt.'

'Die breng ik niet naar het tweede stadium,' zei ik ongemakkelijk. 'Ik ga naar school. Volgende zomer kom ik naar huis en jij zult hier zijn en je zult me nog veel meer leren.'

'Ja,' zei mama, 'zo zal het zijn. Maar stel nu dat het niet zo is, je begrijpt alles toch, Rosita, niet? Je weet wat de Lindquists zijn en wat je moet doen en waarom ze zo belangrijk zijn?'

'Natuurlijk.'

Ik zei het om haar te plezieren. Mijn hoofd was helemaal niet bij de kits. Ik dacht aan de pijn in mijn hart omdat ik mama moest achterlaten en de opwinding voor mijn nieuwe school. Maar ik stopte alles weg terwijl ze naar me keek, en ik deed het allemaal juist. De volgende avond deden we de noot open en zes kleine schepseltjes staarden me aan, ze waren al bedekt met een bruine pels, ze hadden glinsterende speldenknopoogjes en trillende, bijna onzichtbare snorhaartjes. Toen kwam de verrukking pas bij me terug. Ik voelde me oppermachtig en vol liefde.

'Goed gedaan,' zei mama. 'Ik zal ze deze keer voor je oogsten. Volgende keer wanneer we ze kweken, ben jij al een grote tiener en kun je het alleen.'

Toen ik moest vertrekken, leefden mijn Lindquists nog, zacht en speels in hun miniatuurkoninkrijk. Mama had geprobeerd een ticket te krijgen voor de tractorrit, zodat ze mee naar het treinstation kon, maar Nicolai had haar verteld dat het niet toegelaten was, omdat ze een peegee was. Ik zat in mijn eentje op de metalen kar, mijn tas vol met schone en verstelde kleren en zoveel voedsel als mama bij elkaar had kunnen krijgen. Ik zwaaide tot ze uit het zicht was, toen ging ik op mijn hurken zitten en staarde ik voor me uit, terwijl Nicolais tractor me door de groeven en de modder schokte tot onze Nederzetting aan de horizon was verdwenen.

Het Nieuwe Dageraad Verbeteringscollege stond aan de rand van een stad die ook gewoon een Nederzetting was, al was ze veel groter dan de onze en niet zo afgelegen. Ik had vier dagen gereisd om er te komen, met bewakers die op me zaten te wachten op het station. Ik sliep in stationshutten en op harde rijtuigbanken. Ik kon niet zien hoe de stad er nu eigenlijk uitzag, want ik ving er slechts een glimp van op tijdens de rit van het station naar de school.

De Nieuwe Dageraad was vroeger een ziekenhuis. De gebouwen waren lang en grijs en omsingeld door een heel hoog hek. De gangen roken naar ontsmettingsmiddel en de zaalverantwoordelijken, die altijd over ons moesten waken behalve tijdens de lessen, droegen verpleegstersuniformen. Mama had zich geen zorgen hoeven te maken over mijn ondergoed. Alles wat ik bij me had, ook het eten, werd van me afgepakt zodra ik aankwam. Ik werd geschrobd, ontluisd, mijn haar werd geknipt en ik kreeg mijn eerstejaarsschooluniform: een saaie rode jurk en een rond kapje, een jeukende lange grijze onderbroek die tot onder mijn knieën kwam, grijze sokken, schoenen voor binnen, schoenen voor buiten, grijs ondergoed. Daarna werd ik naar mijn slaapzaal gebracht door een witgeklede zaalverantwoordelijke die een rinkelende bos sleutels vasthad en deuren bleef openen en sluiten.

Ik kreeg een bed en werd op de hoogte gebracht van de meest belangrijke regels, die allemaal begonnen met JE MAG NIET en HET IS VERBODEN.

Voor de dag voorbij was, wenste ik met mijn hele hart dat ik die stomme test niet zo goed had gedaan, zodat ik bij mama had kunnen blijven. We mochten het woord 'gevangenis' niet gebruiken en we mochten ook niet zeggen dat we in een gevangenisschool zaten. We werden nu heropgevoed. Maar de Nieuwe Dageraad voelde veel meer aan als een gevangenis dan de Nederzetting ooit had gedaan.

Het idee om een school te hebben voor Nederzettingskinderen was vrij nieuw, maar het was niet het eerste jaar van de Nieuwe Dageraad. Er waren al laatstejaars die neerkeken op de nieuwelingen, evenals tradities en speciale woorden die je maar beter snel leerde als je wist wat goed voor je was. Eerstejaars waren Kevers, in rood en grijs. Als je ouder was dan veertien, was je een Rat en had je een bruin uniform. De leraren waren Meeuwen, de bewakers waren Honden en de zaalopzichters waren Katten. Ik was bang geweest dat ik gepest zou worden om mijn kromme been, maar zowat het enige goede dat ik tijdens mijn eerste dagen ontdekte, was dat een heleboel eerstejaars – en ook laatstejaars – iets hadden wat mis was, en ik was lang niet het slechtste af. Ik werd ingeschreven in een fysiotherapieklas. Ze schroefden een beugel om mijn been om het recht te trekken waar het voorste scheenbeen scheef was gezet (aan mijn knie konden ze niets doen); en ze gaven me vitaminepillen, want ik was te klein en mijn tanden wiebelden. Ik moest ook in de rij gaan staan voor moutextract, een afschuwelijk brouwsel dat de Kat van de slaapzaal 's ochtends en 's avonds lepelde aan de zwakke meisjes.

Om etenstijd stroomden honderden nieuwe Kevers met luciferdunne benen de kantine van de eerstejaars binnen en ze gingen zitten met een lawaaierige wanorde om op te eten wat de Katten van de eetzaal op onze borden hadden gekwakt. Toen ik de draderige bruine brij op mijn bord zag, propte ik het in mijn mond zonder nadenken; alle anderen deden dat ook. Te laat merkte ik dat mijn mond vol zat met taai, slijmerig touw. Of boomschors gemengd met lijm. Ik kauwde en kauwde, maar er veranderde niets. De smaak vond ik niet erg (het meeste eten was vies, behalve wat je zelf kweekte). Maar ik kreeg het niet doorgeslikt! De zaalwachters patrouilleerden en ik wist dat je bord leeg moest zijn of je kwam in de problemen. Mijn paniek moet van mijn bolle gezicht te lezen zijn geweest.

'Het is *vlees*,' zei de jongen naast me zachtjes. 'Stop het in je wang en bijt er kleine stukjes af. Zo moet je het doen.'

'Dit is niet echt,' mompelde ik toen ik erin slaagde de prop te verkleinen. We mochten niet praten tijdens de maaltijd. 'Ik heb al echt vlees geproefd en het smaakt helemaal niet zoals dit.'

'Ik had in mijn hele leven nog nooit vlees gezien tot ik hier terechtkwam,' zei de jongen. 'Wat bedoel je, het is niet echt? Het is geen waanbeeld.'

'Ik bedoel echt vlees, als van een dier.'

De jongen lachte. 'Eet nou maar voort, grapjas. Dit is het beste eten dat je kunt krijgen om aan te sterken en je zult je spieren nodig hebben met dat kreupele been van je.'

Toen keek ik hem pas echt aan. Zijn gezicht was spierwit, zijn haar was kort en donker, en zijn ogen hadden de kleur van regen met dikke, zwarte wenkbrauwen erboven. Hij was zo mager als een bonenstaak en hij zag er ongeveer zo oud uit als ik (hij was een jaar ouder).

'Je klinkt redelijk,' zei ik. 'Hoe heet je?'

'Ze noemen me Regen. En jij?'

'Sloe.'

Hij kauwde op zijn eten en proestte: 'Je bent een echte grapjas, Sla.'

'Het is S-l-o-e, niet S-l-a. Sloe, zo noemen wij de vrucht van een wilde bloesemboom. Waar ik vandaan kom, leggen mensen die in wodka. Maar ik koos het voor de dubbele betekenis. Ik dacht, als ik een slecht been heb, dan kan ik er maar beter het beste van maken.'

'Geen bloesembomen waar ik vandaan kom,' zei Regen grinnikend. 'Het is de woestijn. Regent er nooit. Heb je hier al vrienden, Sloe?'

'Ik hoef geen vrienden,' zei ik en ik deed mijn best om stoer te klinken. Mijn enige vriend was mama en ik miste haar vreselijk, maar dat zou ik niet aan een vreemdeling vertellen. 'Vrienden zijn maar schijn. Ik weet wat er gebeurt op school. Als je iets goeds hebt, pakt een groter kind het af. Als je goede punten haalt, haat iedereen je en kopieert iedereen je werk en kribbelt erop. Niemand komt op voor iemand anders en alleen klikspanen hebben macht.'

'Je hebt helemaal gelijk.'

Toen durfden we niet meer te praten, want het was stil geworden in de zaal en de Katten in hun witte kleren slopen rond.

Toen het eten voorbij was, ontweek ik de opzichtster van de meisjes en volgde ik de rij van Regen, verborgen in de deinende massa. Ik wilde niet dat hij merkte dat ik geïnteresseerd was, maar ik wilde weten waar hij heen ging ... Uiteindelijk zag ik zijn rij van jongens-Kevers verdwijnen door een deur. Hun opzichtster snelde achter hen aan en sloot de deur achter zich. Ik bleef achter, vastgelopen in gangen die ik niet kende.

'Wat doe je hier, Kever?' zei een voorbijsnellende laatstejaars. 'Dit is de jongenskant.'

'Mijn vriend ging die kant op. Wat is er daar?'

De tiener keek naar het bordje op de deur en keek weer naar mij.

'Er staat PERMANENTE INTERNEN, jochie. Kun je niet lezen? Daar houden ze de verloren zielen vast die geen thuis meer hebben om naartoe te gaan. Ze wonen hier het hele jaar door, tot ze sterven en er mest en stoofschotel van ze wordt gemaakt.'

'Ik kan lezen,' zei ik. 'Ik wist niet wat het betekende.'

'Ben *jij* een Permanente?'

Ik schudde het hoofd.

'Dan mag je ook geen Permanente als vriend hebben.'

Maar ik had me al omgedraaid, vervuld van afschuw. Nooit naar huis mogen! Ik wilde niemand kennen die in zulke vreselijke problemen zat. Problemen konden besmettelijk zijn …

Ik werd pas veel later vrienden met Regen, toen alles was veranderd.

De eerste week was verschrikkelijk zwaar. De dagen waren al erg genoeg, maar de nachten waren vreselijk. Ik lag in mijn smalle, koude bed, omsingeld door vreemden; ik verlangde wanhopig naar mijn mama, maar ik *mocht niet* huilen. Het was wel duidelijk dat als je hier je ware emoties liet zien, je een vogel voor de kat was. Ik wist niet of ik kon overleven.

Na een week dook Rose op en ze werd in mijn klas gezet. Ze had tijd doorgebracht in de stad, met haar moeder en haar moeders belangrijke vriend, en ze hadden een aanval van koopwoede gehad. Haar uniform was op maat gemaakt, haar ondergoed was buitenaards, vergeleken met wat wij moesten dragen, en ze was ook uitgerust met verrukkelijke potloden, gekleurde pennen en een meetkundeset. Ik was verrast dat ze vrienden met me wilde zijn, maar ik was niet te trots om dat niet aan te nemen. Je kunt maar beter weten wie je vijanden zijn, dacht ik. Van Rose weet ik tenminste wat ik kan verwachten.

En het werd beter. Het feit dat we geen contact met onze familie hadden, zorgde ervoor dat het makkelijker was om de eenzaamheid te verdragen. Je richtte je op het heden. Ik sloot me aan bij de renclub voor gehandicapten, omdat ik mijn beugel mocht uitdoen als ik rende. De fysiotherapielerares zei me dat het me goed zou doen. Ik dacht dat niet in het begin, maar later kon ik *voelen* hoe ik sterker werd. Als ik 's nachts in mijn bed lag dat zo smal was dat je moest uitkijken wanneer je je omdraaide, dan zei ik tegen mezelf: 'Het gaat goed met mama, ze slaapt nu, gezellig en warm in ons kastbed ...' Wanneer ik me sterk voelde, schreef ik brieven aan haar in mijn hoofd. *Het gaat goed met me, mama. Ik word een braaf meisje en ik zal mijn best doen en je zult trots op me zijn. Tot volgende zomer. Ik hou van je ...*

De winter kwam veel sneller dan thuis. Sneeuw viel uit de hemel tot de steunpilaren die het gebouw ondersteunden, begraven waren. De slaapzaal was 's nachts ijskoud en de zaalverantwoordelijken patrouilleerden en trokken soms plots je deken weg om te controleren of je niet met iemand samen was gekropen of in je warme uniform sliep (beide waren strikt verboden). Tijdens de midwintervakantie ging niemand van ons naar huis en deden we saaie activiteiten in plaats van lessen te krijgen – ik kon twee keer rond de met sneeuw bepakte schoolpleinen lopen voor ik ineenzakte. Ik zag er niet uit, maar ik kon standhouden. We mochten één keer stoppen voor een adempauze naast de hoofdingang en terwijl ik op en neer sprong om warm te blijven, merkte ik op dat ik een boom kon zien – één magere, kromme boom, een stuk naast de weg die naar de stad leidde. Hij was nu kaal en bevroren, maar hij zou weer knoppen krijgen. Er zouden bladeren groeien die zich naar de zon zouden richten en wanneer die magere takken onzichtbaar werden door een groene wolk, was de tijd daar om terug naar huis te gaan.

Op een dag in februari hadden we een wetenschapsles in de laboratoria. Dat was een privilege waar we op hadden gewacht, maar het laboratorium was een teleurstelling. Het zag er versleten uit: er was geen elektriciteit en er waren gebroken ziekenhuisplaatjes die niemand had verwijderd. Ik was nog steeds opgewonden, omdat ik wist dat mijn mama en papa wetenschappers waren geweest toen we nog in de stad woonden. Ze had me interessante wetenschappelijke dingen geleerd (ik telde de Lindquist-kits niet mee, want die vond ik pure magie) en ik keek ernaar uit om mijn kennis tentoon te spreiden. Ik voelde me belangrijk. Geen andere Kever had het *recht* hier te zijn, behalve ik!

We werden in groepjes verdeeld, een groepje per bank. Ik was bij Rose en onze vrienden: Tottie (een meisje dat zo klein was dat ze maar tot mijn elleboog reikte, maar ze had een heftig karakter), een jongen die Ifrahim heette (niet iedereen had een gewone naam, het was zowat fiftyfifty), een jongen die Laventry heette, een meisje dat ze Vogel noemden (over haar hele gezicht had ze tatoeages), Vogels vriendin Miriam en een meisje dat niet bij ons hoorde, dat bij ons was gedumpt door onze leraar. We hadden een blad met verschillende materialen erop. We werden verondersteld op te schrijven of we konden voorspellen of ze konden branden en daarna moesten we op onze beurt wachten om de bunsenbrander te gebruiken en proberen ze te verbranden. We stelden ons op met onze stofbril, onze beker, onze spatels en onze schriften en ik noteerde wat we dachten dat er zou gebeuren.

Hout zou branden en steen niet.

Water kon niet branden en metaal ook niet.

Ik vond dit allemaal beneden mijn waardigheid. Ik zei dat *eender wat* zou branden als je het maar heet genoeg maakte, zelfs rotsen of staal, maar niemand was het met me eens. Vogel zei dat ik stom was. Eigenlijk had ze gelijk: een bunsenbrander is geen vulkaan. Het was niet zoals in Snurks lessen. Niemand misdroeg zich in de les op de Nieuwe Dageraad. De straffen die ze gaven, waren te vreselijk. Maar de leraar van wetenschappen vond het niet erg als we praatten, als het over ons werk ging.

Tottie zei dat aarde kon koken, zoals vlees.

'Maar koken is het tegenovergestelde van branden,' protesteerde Laventry. 'Koken doe je om dingen op te kunnen eten. Als iets verbrand is, kun je het niet meer opeten.'

'Branden is wanneer je iets te veel kookt,' zei het meisje dat we niet kenden. 'Hoe kan het te veel en tegelijk het tegengestelde zijn?'

'Betweter,' zei Tottie. 'Sloe, schrijf op wat ik heb gezegd.'

Ifrahim rook aan het staal aarde. 'Weet je wat? Ik durf te wedden dat dit vlees is. Dit is schoolvlees voor het wordt gekookt.'

Het vlees moest eigenlijk een luxeartikel voorstellen. Het was niet al te slecht, eens je wist hoe je moest bijten, doorslikken en kauwen, maar het *verontrustte* ons. Sommige leerlingen zeiden dat het dode lichamen waren. Je stierf hier, je werd fijngesneden en in schijfjes opgediend. Anderen geloofden dat het onze poep was die in de toiletten werd verzameld en in een groot vat werd verwerkt.

'Nee toch,' zei Laventry. 'Alle vlees komt van de fabrieken.'

'Vleesproducten kwamen niet altijd van fabrieken,' merkte ik op. 'Ze werden ooit gemaakt van rauw dierenvlees.'

'Eeeuugh!'

'Bedoel je van ratten en katten?'

'Alleen groter. Ze werden *koeien, varkens, schapen* genoemd. Ik had er vroeger speelgoedexemplaren van.'

'Je liegt,' zei het meisje dat niet bij ons hoorde en er misselijk uitzag. 'Dat is afschuwelijk, stel je voor dat je een rat opeet ...'

Ze kwam vast van een heel rustige Nederzetting ... Vogel hoonde: 'Hé, zwakkeling. Je zou wel een rat eten als je honger had. En je zou het nog lekker vinden ook.'

'Vroeger aten mensen ook wilde dieren,' zei ik, opgezweept. 'Daarom zijn ze uitgestorven en uit hun natuurlijke omgeving gerukt. Mijn mama heeft me dat verteld en zij is een wetenschapper ...'

'O, jij liegbeest. Je weet niet eens wat al die dure woorden betekenen.'

'Tja,' zei Vogel, 'jouw mama is geen *wetenschapper*. Je bent net als wij. Je moeder is een gevangene en je vader hebben ze opgehangen.'

Het was een gewone belediging op de Nieuwe Dageraad, maar ik was niet zo stoer als ik me voordeed. Ik was geraakt door de gedachte aan papa, wiens gezicht ik me niet meer kon herinneren, met een strop om zijn nek. Ik durfde mijn pijn niet te laten zien, dus keek ik zo trots als ik kon. 'Ze is *nu* een gevangene. Ze werd weggevoerd omdat mijn papa iets tegen de regering deed. Maar ze is nog steeds een wetenschapper; dat verandert niet. Ze leerde me over de aarde, die om de zon draait, en dinosaurussen en …'

Ik merkte dat ze stil waren geworden. Ik keek om me heen en onze leraar stond daar. Hij keek me aan met een geschrokken gezicht. Ik was verward. Wat had ik gezegd? Had ik iets ruws gezegd, of iets stouts?

'Dag meneer Pachenko,' zei Rose opgewekt. 'Sloe vertelde ons net over haar moeder die haar geleerd heeft dat de aarde om de zon draait en …'

'Wees stil en doe voort met jullie werk,' snauwde meneer Pachenko.

Hij ging weg. Ik zag de flits van teleurstelling in Roses groene ogen en ik had het gevoel dat ik had gescoord. Ik was er zeker van dat ze meneer Pachenko naar ons toe had zien komen en dat ze me niet had gewaarschuwd in de hoop dat ik in moeilijkheden zou komen. Zo was Rose: ze had een gemeen trekje. Maar deze keer was het mislukt.

Een week later werd ik uit de klas gehaald en naar het bureau van de Directeur gebracht.

Ik was doodsbenauwd. Ik kon niet bedenken wat ik fout had gedaan, maar ik wist dat dat niets uitmaakte. Als je naar de Directeur moest, werd je gestraft, en het zou iets vreselijks zijn. Ik was bang dat ik De Doos zou krijgen. Sterkere kinderen dan ik waren gestorven nadat ze een dag of een nacht in De Doos hadden doorgebracht. De zaalverantwoordelijke liep voor me uit, haar sleutels rinkelden. Achter me liepen er twee bewakers met een wapen in een holster aan hun middel, en dat was pas echt beangstigend. Wat kon ik mis hebben gedaan dat *zo slecht* was? Zonder het te weten dan nog. De haartjes in mijn nek stonden overeind. Ik stelde me voor hoe deze mannen me voortsleepten naar die doodskist van koude duisternis, terwijl ik stampte en schreeuwde, en dat ik erin werd opgesloten. Uren. Een hele dag. Ik was zo bang dat ik wilde wegrennen, maar dan moesten ze me neerschieten en was het meteen afgelopen.

De zaalverantwoordelijke deed een deur open, pakte mijn arm en duwde me naar voren.

Er lag een dik tapijt op de vloer, dat tot in de hoeken van de kamer liep. De kamer was warm en er scheen een heldere lamp, die de mistroostigheid van een mistige februaridag buitensloot. Al wat ik kon zien, was het patroon op het tapijt. Ik *kon* mijn ogen niet opslaan. De zaalverantwoordelijke gaf me nog een duw en ik strompelde voorwaarts.

'Dus dit is Sloe.'

'Kijk mevrouw de Directeur aan,' zei de bewaakster. 'Sta rechtop!'

Ik ging rechtop staan. Ik zag een grote, magere vrouw in een handgemaakt uniform. Ik had de Directeur al eens eerder gezien – een figuur in de verte, die boven een zee van hoofden met studentenpetjes uit kwam tijdens de Generale Bijeenkomst voor de Wintervakantie. Ik had nooit gedacht dichterbij te komen. Glimlachend kwam ze achter haar bureau vandaan en ze pakte me bij de hand en leidde me naar een bankje voor een gemakkelijke stoel vlak bij de kachel. Ik vroeg me af wat er in 's hemelsnaam aan de hand was. Een opzichtster in een nog wittere jas dan degene die me hier had gebracht, zette een dienblad op een kleine tafel.

Ik kon de gewapende bewakers achter me voelen.

'Nu, Sloe, je hoeft niet bang te zijn. Je wordt niet gestraft, je hebt niets verkeerds gedaan. Ik zou graag met je praten over je moeder.'

Ik knikte.

'Zeg "Ja, mevrouw de Directeur",' beet de vrouw die me had gebracht.

'Ja, mevrouw de directeur,' fluisterde ik, duizelend van de angst en de schok. Ik probeerde mijn stem niet te doen beven en geen emoties te laten zien. Wat was er gebeurd met mama? Ik viel bijna flauw van opluchting.

'Wil je een stukje cake?' stelde de Directeur voor. 'Met een beetje jam erbij misschien?'

Het voorstel was duidelijk. Ik moest praten over mama of ik zou niets krijgen. Ik had al mijn hele leven elke dag honger, zo lang als ik me kon herinneren. Ik had nu honger. Ze konden me met hete poken bewerken en ik zou nooit ofte nimmer iets zeggen over de Lindquist-kits, maar ik dacht diep na en ik zag geen graten in het voorstel van de Directeur. Natuurlijk had mama me dingen geleerd. Daar was niets mis mee. Ze had me alleen dingen geleerd die iedereen hier in Nieuwe Dageraad leerde …

'Wat voor dingen leerde ze je?' vleide de vriendelijke stem.

Ik strekte mijn hand uit. 'Nou, ze onderwees alleen mij, niemand anders, maar ze vertelde me, o, zo veel dingen. Over de planeten en de maan en de getijden en hoe het komt dat de winters zo koud zijn en hoe er ooit dinosaurussen waren ...'

'Jaja,' zei de Directeur en ze glimlachte triest.

Ik begreep het niet. Mama had altijd gezegd dat ze me later alles zou uitleggen, als ik ouder was. Ze had me nooit verteld waarom we in de Nederzetting zaten. Ik wist niet of wat papa fout had gedaan iets met wetenschap te maken had. Ik had nooit twee en twee samengeteld ... Ik was maar een klein meisje en ik geloofde dat de Nieuwe Dageraad anders was, ondanks de bewakers en de opzichters. Ik geloofde echt dat ik een kans kreeg. Mama had me geleerd respect te hebben voor leraren, zelfs voor mevrouw Malik. Ik had nooit kunnen vermoeden dat een Hoofdonderwijzeres een klein meisje haar moeder zou laten verraden.

Ik at twee stukken cake met een grote lepel jam erop. Ik kon niet geloven hoe lekker dat was. Ik dronk mijn melk op en ik beantwoordde de vragen. Daarna werd ik naar mijn volgende les geëscorteerd en naar mijn bank gestuurd. Mijn vrienden en vijanden staarden zoveel ze durfden, hun hersens kookten van nieuwsgierigheid en ze waren stomverbaasd dat ik levend terug was gekomen. Rose en Vogel en Tottie besprongen me zowat zodra ze de kans kregen.

'Wat is er gebeurd?' bracht Rose uit.

'We dachten dat je verloren was. We dachten dat we je pas terug zouden zien op een bord ...'

Ik haalde mijn schouders op. 'Niet veel. We hebben gepraat. Ik denk dat ze mijn mama nog heeft gekend.'

Ik begreep het niet.

Het nieuws van mijn ervaring verspreidde zich als een lopend vuurtje en al snel was ik beroemd. Sommige Kevers dachten dat ik naar de stad zou mogen gaan en daar een dure behandeling voor mijn knie zou krijgen. Sommigen zeiden dat de Directeur me wilde adopteren. Plots had ik een massa vrienden, die dicht bij me wilden zijn in de hoop dat mijn geluk op hen zou overgaan. Vogel en Ifrahim en Tottie waren er niet zo zeker van. Ik ook niet. Een bezoek aan het kantoor van de Directeur kon geen goed nieuws betekenen.

Maar ik leek er goed af te zijn gekomen, wat dat ook betekende.

Maart begon en ik werd elf jaar. Ik vertelde het aan niemand, want niemand vierde verjaardagen. Mijn uitje naar het kantoor van de Directeur vervaagde in mijn geest, er bleef alleen een vreemde, zeurende onbehaaglijkheid hangen … Toen begon er een sneeuwstorm die dagen duurde. De renclub werd opgeschort. Wanneer we tussen de gebouwen renden, verdwaalden we in een wereld zonder omtrekken, waar de lucht die je inademde van sneeuw was gemaakt. Als er al knoppen aan de takken van mijn boom waren, dan kon ik ze onmogelijk zien.

Op een avond tijdens de sneeuwstorm liepen we van de studiezaal naar de slaapzaal, de nachtwaakster met zwaaiende sleutels achter ons aan. Toen we in de zaal kwamen, zag ik dat mijn bed was afgetrokken. Mijn spullen waren uit mijn kastje gehaald en lagen op de matras. Een vreemde bewaakster, met andere strepen op de kraag van haar witte jas, vouwde het laken op. De andere meisjes keken naar elkaar en gingen heel stil naar hun eigen bed.

Ik hoorde iemand mompelen: 'Gaat ze echt naar de stad?'

Iemand anders siste: 'Sst!'

De vreemde bewaakster legde het laken neer, legde mijn spullen erop en knoopte het kordaat in een kleine bundel. Ze overhandigde het me.

'Neem dat met je mee naar Permanente Internen, Sloe.'

'Permanente Internen? W-waarom moet ik daarnaartoe?'

'Omdat je een Permanente Interne bent.'

'Maar waarom ben ik opeens een Permanente Interne?' Ik beefde, tranen welden op in mijn ogen. Ik had op school nooit gehuild, maar ik had een gevoel van een tragisch noodlot …

De mond van de bewaakster was een harde lijn. Ik kon zien dat ze een van de zachte was. Sommigen waren zo: ze moesten zich inhouden om niet te protesteren tegen de manier waarop we werden behandeld. Problemen zijn besmettelijk en je kunt niet voorzichtig genoeg zijn. Ze waren altijd het ergste soort.

'Het zijn mijn zaken niet, en de jouwe ook niet, maar ik geloof dat het iets met je moeder te maken heeft. Ze heeft haar beroep uitgeoefend, ook al was ze in ongenade gevallen, en dat is verboden. Ze is weggehaald. Er is geen huis voor jou om naartoe te gaan, dus je bent nu een Permanente Interne. Haast je een beetje, ik heb niet de hele avond.'

In een dodelijke stilte mankte ik de slaapzaal uit met mijn bundeltje tegen me aan gedrukt. Mijn mama was weggehaald, net als mijn papa. Ze was weg.

Ik veronderstel dat er dagen en nachten voorbijgingen. Ik denk dat ik lessen volgde, in de kantine zat, mijn eten opat. Ik weet dat ik een tweede keer naar het kantoor van de Directeur werd gebracht, waar me nu officieel werd meegedeeld dat ik vanaf nu een Permanente Interne was, omdat mijn moeder wetenschappen had onderwezen. Ze hadden een opname waarin ik dat zei, dus mama kon het niet ontkennen. Het was een zware misdaad, *een daad van criminele waanzin*, voor iemand die naar de Nederzetting was gestuurd omdat ze wetenschappen had onderwezen. Wat als ze gevaarlijke rebellen geleerd had hoe ze een bom moesten maken? Maar het was goed, het was voorbij nu en mijn moeder kreeg de aangewezen behandeling.

De Directeur zei dat ik me geen zorgen hoefde te maken, ik kwam niet in moeilijkheden. De Nieuwe Dageraad was trots om les te geven aan de dochter van zulke vooraanstaande wetenschappers, ook al hadden haar mama en papa een verderfelijke vergissing begaan. Ik kon een schitterende toekomst hebben en hun onfortuinlijke misdaden goedmaken. Ik kon het eerste kind zijn dat Gerehabiliteerd werd. Ik veronderstel dat ik dank u zei … Je moet dank u zeggen. Het is niet genoeg dat je knikt en naar de vloer kijkt. Je kunt niets voor jezelf houden, zelfs niet je woede. Ze willen het allemaal. Ze willen alles.

Ze vertelde me niet waar mijn moeder was. Ik vroeg het niet.

Ze was weggehaald …

Ze was weggehaald …

Weggebracht, zoals mijn papa, en opgehangen, of neergeschoten …

En ik wist wie daar de schuld van was. Niet de Politie of de Nederzettingscommissie of mevrouw de Directeur. Het was mijn schuld. Ik was elf jaar oud en ik had mijn moeder vermoord. Ze was doodgegaan voor twee plakjes cake en een veeg namaakbessenjam.

Aan het eind van maart was er een dag met een blauwe hemel. De vuilnisbelten van de stad, die je kon zien door het netwerk van de hoofdhekken, waren beklad met bruin op plaatsen waar smeulend afval door de sneeuw was gesmolten. Aasetende meeuwen zochten naar voedsel, schreeuwend naar elkaar in een schelle, buitenaardse taal. Ik kroop in elkaar op de plek waar de renclub stopte voor een adempauze. Mijn been was stijf geworden sinds ik het lopen had opgegeven. Vandaag had de fysiotherapieleraar me bevolen mee te doen met de anderen, maar hij had me niet gedwongen om bij te blijven. Ik kon mijn boom zien, maar ik kon niet opmaken of er knoppen aan de schamele takken stonden. Ik stopte mijn koude handen in de mouwen van mijn uniformjas en duwde mijn gezicht tegen het ijzige gaas.

Ik vroeg me af wat ik moest doen om neergeschoten te worden.

'Je bent beter af door hier te blijven staan,' zei een onwaarschijnlijk diepe stem achter me.

Het was een van de wachters. Ze zagen er allemaal hetzelfde uit in hun grijze uniformen: hun hoofden geschoren, brede schouders, harde gezichten. Maar ik dacht dat ik deze man nog niet eerder had gezien. Hij was groot. Een paar diepe lijnen sneden in zijn huid tussen zijn hoge wenkbrauwen, zijn neus was lang en recht. Hij zag er vrij oud uit voor een wachter. Zijn geweer hing over zijn schouder, een wapen in de holster om zijn middel en een fles weggestopt onder zijn arm. Zijn uniformjas was open, alsof hij de kou niet voelde. Het hemd eronder was erg sjofel.

'Ze noemen je Sloe,' zei hij met een grijns. 'Van de Wildernis Nederzetting 267, Derde Brigade, Oostsector?'

'En wat als ik dat ben?'

Hij trok de fles onder zijn arm uit, plopte de kurk eruit met zijn duim en nam een grote slok. Daarna gaf hij ze aan mij.

'Ik heet Yagin. Je ziet eruit alsof je een ontsnapping plant, dat is alles, en je bent beter af als je daar blijft staan.'

'Wat kan het jou schelen?'

'O, niets. Maar beeld je eens in. Vergeet de lessen. Denk aan drie maaltijden per dag, een slaapzaalbed, vitaminepillen. Er is ook de fysio. Je weet dat je dat goed heeft gedaan. Mijn advies? Blijf hier tot je groot bent. Je zult niet eerder klaar zijn voor de trektocht en waar kun je beter wonen? Terug in 267 zou je verhongeren. Je zou het er geen winter uithouden zonder haar om voor je te zorgen.'

Ik haalde mijn schouders op. Ik was te verdoofd om verrast te zijn. De geur van alcohol beet in mijn neus; ik vroeg me af wat ik moest doen met de fles.

'Je weet niet of je me kunt vertrouwen,' zei de vreemde bewaker. 'Ik weet het. Dus laat me je dit zeggen. De lente is een gevaarlijke tijd voor kleine dieren. Op vele manieren slechter dan de winter. De veilige deken van sneeuw smelt weg en al je vijanden hebben honger. Maar de dingen zijn niet zo erg als ze lijken. Het is niet zo erg als het lijkt, kleine meid. Volhouden, en je zult het zien. Hou vol en hou je gedeisd.' Hij tikte op mijn hoofd met zijn harde vingertop (hij had geen handschoenen aan).

'En ik zal er zijn. Kijk eender wanneer om je heen en ik zal over je waken.'

Ik nam een slok van de fles, gaf ze terug en mankte terug naar de schoolgebouwen. Ik hoorde hem achter mij lachen, diep en sterk.

Ik wist niet wat ik moest denken van deze vreemde ontmoeting. Maar later, toen de dag zorgeloos voorbijging, realiseerde ik me dat er ergens binnen in mij een vlam van hoop begon te flakkeren.

4

Nadat ze mijn mama hadden weggehaald, gaf ik het idee op om een goede opleiding en een kans in dit leven te krijgen. Ik behield de hoop die Yagin me had gegeven, maar ik verstopte ze diep in mijn hart en probeerde er nooit aan te denken. Op een dag zou ik oud genoeg zijn om deze zooi te verlaten en dan zou ik op zoek gaan naar mijn mama. Intussen was ik hier voor de drie maaltijden per dag, de warme kleren, de vitaminepillen en wat er nog te rapen viel.

Rose bleef een vriendin van me toen ik een Permanente Interne was geworden en ik bleef een vriendin van haar. Er was geen schoolregel die Permanenten en Tijdelijken verbood met elkaar om te gaan, dat was iets wat de leerlingen zelf hadden uitgevonden. Maar mijn zelfaangestelde bewaker vond het geen goed idee. Op een dag trof hij me aan toen ik achter de keukenafvalcontainers een wietje (dat is een gevangenissigaret) deelde met Rose. Hij deed geweldig veel moeite om me alleen te pakken te krijgen daarna en hij zei me dat Rose slecht gezelschap was en dat ze me kwaad zou doen.

Ik wist dat Rose niet te vertrouwen was. Het was de geur van het gevaar die haar interessant maakte. 'Ik ben zelf slecht gezelschap,' zei ik. 'Waarschuw Rose.'

Yagin waakte over me, zoals hij had beloofd. Hij had een vervelende manier van kijken, alsof hij elk slecht ding dat ik ooit had gedaan van me wist, maar me dat altijd zou vergeven. Ik vond het griezelig. Maar hij kon niet veel beginnen tegen mijn vriendschap met Rose. Hij kon niet te veel rondhangen bij de leerlingen zonder in ernstige problemen te komen. Ik kon hem soms wekenlang ontlopen.

Mijn boom naast de weg kreeg bladeren. Het was nooit als een groene wolk, maar hij gaf toch een mooie voorstelling. Ik ging soms naar het hek om hem te kunnen zien, tot de zomer weer weggleed. Nieuwe meisjes kwamen aan in de slaapzalen. Nadat ze hun uniformen hadden gekregen, pikten wij, oude Kevers, zoveel we konden om onze oude rommel te vervangen. We gooiden 's nachts met schoenen naar hen wanneer ze huilden en we waarschuwden hen dat ze vermoord werden als ze zouden gaan klagen … Diep vanbinnen, waar mijn hoop begraven lag, overleefde misschien de persoon die ik ooit was geweest. Maar ik had mijn moeder verraden en de enige manier om daarmee verder te leven, was door hard en hatelijk te worden, dus liet ik het gewoon gebeuren. Het huilen stopte tenminste toen de winter inviel. Het was een opluchting om niet meer zo gemeen te hoeven zijn. Op heel koude nachten sloeg ik mijn extra gestolen dekens strak om me heen, verstopte ik mijn hoofd onder mijn kussen en droomde ik dat ik in het besneeuwde woud was. Mama, fluisterde ik in mijn hart. Ik zal komen en je vinden.

Ik wist dat ze waarschijnlijk dood was, maar je moet ergens in geloven.

Ik wist dat ik niet meer dat kleine meisje was van wie ze had gehouden, maar dat kon ik niet helpen.

De winter ging voorbij. Begin maart kwam mijn boom weer tevoorschijn van achter de sneeuwstormen en al zag hij er ziekelijker uit dan ooit, hij leefde tenminste. Dus nu was ik twaalf.

In mijn derde jaar begon het echte stelen. Ik weet niet wat Yagin gedaan zou hebben als hij het had geweten, maar dat was niet het geval. Misschien was hij misleid doordat ik nog steeds hard werkte aan mijn lessen en hoge punten scoorde (dat deed ik omdat het gemakkelijk was en het was een goede dekmantel). Of misschien kwam het omdat het heel geleidelijk verliep.

Eerst pikten we spullen van de nieuwe Kevers, zoals het jaar daarvoor. Het was een gemeen spelletje, maar het hield ons warm en gevoed. Toen praatte Rose met een van de stadsmensen, een van de slechte zielen die rondhingen bij de Nieuwe Dageraad in de hoop iets te kunnen meepikken, en ze zette een handeltje in gang. Dat is tenminste wat ze ons vertelde. Misschien had het ook te maken met die vriend van haar moeder. Ik kwam het nooit te weten. Dat was Rose haar zaak.

Mijn taak was het organiseren van het stelen. De Permanenten hadden taken in de keuken en op de huishoudingafdeling en we werden niet

al te streng in de gaten gehouden. Ik rekruteerde Regen en een paar andere Permanenten. Later kwamen er meer mensen bij: Vogel, Laventry, Tottie en Ifrahim. We rekruteerden iedereen die bruikbaar was. Het groeide
uit tot een heus imperium. Op mijn dertiende verjaardag ging ik niet
naar mijn boom kijken, want die was ik al helemaal vergeten. We hadden
net een stel dekens en een doos blikvoeding verhandeld over het hek toen
ik wegsloop uit de slaapzaal (we hadden toen al een slotenopener in onze
bende) nadat de lichten uit waren en ik vierde mijn verjaardag met mijn
dievenvriendjes, met wodka en veel chocolade.

De derde zomervakantie duurde eindeloos. Onze rantsoenen werden kleiner omdat de Tijdelijken naar huis waren gegaan en we geen hersenarbeid
deden. Maar de Katten wilden ons graag uitputten, omdat we dan gemakkelijker te hanteren waren, dus lieten ze ons hard aan onze taken werken.
Uren vloeren schrobben die niet geschrobd hoefden te worden, en zelfs
geen volle maag om naar uit te kijken. En we pikten niet tijdens de 'vakan-
ties', zelfs geen eten voor onszelf. Het was niet veilig. Er waren maar een
paar studenten, wat betekende dat de Katten ons elke minuut in de gaten
konden houden … Regen was ook ziek en ze brachten hem naar de school-
kliniek. Ik probeerde er niet aan te denken, maar ik miste hem en ik was
bezorgd over hem.

Het was een opluchting toen de Tijdelijken terugkwamen en Regen uit
de ziekenboeg werd ontslagen. Ik concentreerde me een poosje op mijn
schoolwerk om tot rust te komen. Ik werd het stilaan beu een crimineel
te zijn. Maar dit was de vette periode van het jaar: er moest een nieuwe vloed
Kevers gevlooid worden, en in de keuken lagen kansen voor het grijpen
die zonde zouden zijn geweest om te laten liggen. Ik zei tegen mezelf dat
ik zou stoppen als de oogst voorbij was.

Een van de plekken waar we samenkwamen, was een oude wachttoren ten noorden van de Kazerne van de Honden. (De zaalopzichters waren nog steeds Katten, de bewakers Honden.) Het lag afgelegen, maar niet
te ver weg van de schoolgebouwen. Het was dus niet verdacht als we ernaartoe gingen en we waren niet bang voor de bewakers. Ze zouden niets

tegen ons ondernemen, tenzij ze er het bevel voor kregen. Het was voor de opzichters dat we bang waren, want zij *genoten* ervan om gemeen te zijn … Onze beveiliging was dat de trappen van deze toren weggenomen waren om leerlingen ervan te weerhouden te doen wat wij deden. Je moest het metaalwerk van de stutten beklimmen en via het open trapgat in het plafond binnen komen. Het was een uitdaging, zeker voor mij, en je was hoog boven de grond als je aan het gevaarlijkste stuk kwam. Maar dat droeg bij tot onze veiligheid.

Ik ontmoette Rose daar nadat de lichten uit waren om te bespreken wat we zouden doen met onze overvloed. De toren was volgepakt met gestolen dekens, plus een grote voorraad ingeblikte stoverij en grote potten ingelegde groenten. We sloegen een deken om ons heen, deden een blik open, dat gevuld was met gestoofde *con* (ons favoriete proteïneconcentraat) in een smakelijke saus, gingen zitten met onze verduisterde lantaarn, slurpten stoverij en kauwden op ingelegde komkommers. Rose telde de dekens met het oog van een expert. Ze hoefde ze zelfs niet aan te raken.

'Weet je zeker dat er geen vlooien of luizen in zitten?'

'Collegeopbrengst, net ontsmet. Dezelfde dekens als waar wij in slapen. Wat denk je dat je kunt krijgen? Chocola? Ik kan ongelooflijke prijzen krijgen van mijn Permanentklanten. Nieuwe schoenen, pennen, goed spul.'

Ze kneep haar ogen indrukwekkend tot spleetjes. 'Misschien kan ik aan chocola komen. Ik zal mijn partners eens raadplegen.' Ik vroeg haar nooit wie haar 'partners' waren. Het was beter dat ik dat niet wist. Ze grijnsde opeens. 'Hé, Sloe, ik heb een idee. Wij hebben al deze spullen. We doen het goed. Waarom geven we niet eens een feestje hierboven?'

'Wat, je bedoelt 's nachts?'

'Ja. Nadat de lichten uit zijn, met kaarten en drank. Geen vreemden, alleen de bende.'

Ik zei: 'Niemand zou ons horen. Het is weer die tijd van het jaar: de zalen liggen vol met schreeuwers, snikkend als katten die worden gewurgd.'

We lachten allebei. Ik proefde nog een stukje overheerlijk kaasachtig concentraat …

'Ik heb nooit gehuild,' zei Rose.

'Ik ook niet. Zelfs niet toen ze een Permanente van me maakten.'

Rose keek me nadenkend aan. Ze leunde voorover en viste nog een groente uit de pot. 'Herinner je je de dag dat je naar de laatstejaars mocht, thuis?'

Ik haalde mijn schouders op. 'Misschien. En dan?'

'Je kwam aangelopen van de kant van de baby's alsof je de baas van de school was. En je liep recht naar de wereldbol. Die bol met de lichtjes erin op de boekenplank?' Haar ogen vingen de gemene gele gloed van onze verduisterde kaars. 'Zelfs de grote tieners durfden die niet aan te raken zonder speciale toelating. Jij ging ernaartoe en begon op de knopjes te duwen. Je stond zo ver boven ons. We konden wel zien dat je veel van die dingen had gehad in de stad. Jij en je mama … Ik wilde *zijn* zoals jij, toen. Of ik wilde dat jij mij werd. Misschien wil ik dat nog. En daarom heb ik de zaalopzichter …'

'Ik wilde zoals *jij* zijn,' onderbrak ik haar snel. 'Dat wil ik nog altijd. Ik wil geel haar.'

Ik had al lang geleden bedacht dat Rose me de uitnodiging bij de Directeur had bezorgd, de uitnodiging die ervoor zorgde dat ik mijn moeder verraadde. Leraren gaven geen studenten aan voor misdrijven tegen de Nederzettingscommissie, zoals pochen dat je moeder wetenschappen had gedoceerd. Ze waren veel te bang om zelf ondervraagd te worden … Opzichters deden dat soort dingen. Maar hoe zou een Kat iets weten dat tijdens een schooluur was gebeurd? Iemand moest gekletst hebben. Rose was erbij geweest, ze had gezien hoe meneer Pachenko was geschrokken. Ze moet toen geweten hebben hoe ze me in de problemen kon brengen en ze had zo'n meevaller niet kunnen weerstaan.

Ik wist het, maar ik wilde niet dat ze het opbiechtte. Ik wilde het niet zeker weten. Ik wilde niet dat ik er iets aan zou moeten doen …

Hoe kan ik mijn relatie met Rose uitleggen? Ik denk dat ze me echt graag had, maar dat ze me ook haatte. Ze haatte me omdat ik *thuishoorde* in de stad. Ik was er geboren en niets kon dat veranderen. Maar Rose was in de Nederzetting geboren en het deed er niet toe hoeveel mooie dingen ze had, ze kon nooit mij zijn … En ik wist dat ze me haatte, maar ik probeerde nooit weg te komen. Ik neem aan dat ik dacht dat, als ik het gevaar van met Rose om te gaan kon hanteren, dat bewees dat ik sterk genoeg was om te overleven … Maar ik mocht haar ook wel een beetje. Het leven is echt gestoord in een gevangenis.

'We zijn een team,' zei ik. 'Een wederzijdsebewonderingsvereniging.'

Rose hikte, giechelde en legde haar hand over haar mond. Haar handen waren zacht en mooi; op een of andere manier slaagde Rose erin nooit vloeren te hoeven schrobben. Haar nagels glommen als kleine roze klauwen in het kaarslicht.

We noemden het feest onze Jaarlijkse Generale Bijeenkomst en hielden het op een nacht dat de maan donker was. We waren samen weggeslopen uit de slaapzaal. Dat was niet zo gevaarlijk als je de routine van de opzichter kende en als je een loper had. Ifrahim was zo slim. Hij kon een sleutel maken met een paperclip of een speld, en hij had ons allemaal geleerd hoe we sloten konden forceren. In het derde jaar, topeerstejaars, werden de slaapzalen niet meer zo in de gaten gehouden als bij de jongere Kevers. Ze sloten ons in en kwamen bij tussenpozen kijken door het raampje van de deur. Ze hadden vertrouwen in de rode ogen om ons onze manieren te doen houden, maar wij wisten hoe we het oog van de camera konden misleiden.

Regen, Amur (een andere Permanent die ik had gerekruteerd omwille van zijn criminele mogelijkheden) en ik lieten onze bedden volgepropt met dekens achter. We slopen weg uit het gebouw van de Permanente Internen en ontmoetten de Tijdelijken in de toren. Daar feestten we tussen onze weelde, als wilden gehuld in gestolen Nieuwe Dageraad-dekens, in het rokerige, geurige licht van gestolen Nieuwe Dageraad-kaarsen; we speelden kaart en deelden de fles rond. Iemand vroeg dronken om een speech. Ik stond op, arm in arm met Rose, en legde uit hoeveel ik had geleerd op de Nieuwe Dageraad en hoe gerehabiliteerd en verstandig ik al wel was.

'Op een leven vol misdaad,' riep Rose.

We werden gevaarlijk luid. We hoorden de uitkijk niet over het dak rennen tot hij in de kamer werd gekatapulteerd, zijn hoofd eerst. Het was Amur en hij was bang. 'Weg hier!' riep hij uit. 'De bewakers komen, een hele hoop, ze komen uit het wachthuis aan de hoofdingang. Ze moeten getipt zijn!'

'Hoe weet je dat ze hierheen komen?' gilde Rose.

'Waar anders? Komaan! Komaan …'

'Maar al onze spullen!' gromde Vogel.

'Ben je gek,' siste ik. 'We vinden wel andere.'

De kaarsen in de lantaarns werden gedoofd, behalve één. Amur schoot al naar beneden langs de stutten; Rose, Vogel, Laventry en Ifrahim volgden. Tottie pakte nog een laatste lepel stoverij, stopte die in haar mond en dook wild door het trapgat. We hoorden haar naar adem snakken toen de metalen balk aan de andere kant van het gat tegen haar middenrif kwakte, toen verdween ze in de duisternis. Regen en ik keken elkaar aan. Wij waren de zwakkelingen, degenen die gedoemd waren te veel te denken.

'Wat als ze ons pakken via onze vingerafdrukken?' fluisterde Regen.

'Daar hebben ze de middelen niet voor. Het is de politie niet. Het zijn idioten die een stel halfverhongerde kinderen bewaken. *Zij* geven er niet om …'

'Waarom zijn we hierin terechtgekomen, Sloe? Waarom zijn we slecht geworden? Het is zo stom. Het was een voorrecht om naar deze school te komen en we hebben het verknoeid. Waarom zijn we zo stom geweest?'

'Het is geen voorrecht. Je beëindigt je studie en je komt weer in de Nederzetting terecht. O, ik weet het niet. Het is een rotte wereld, we waren radeloos. Komaan, Regen.'

Regen blies de laatste kaars uit. 'Jij eerst.'

Ik gooide mezelf door de lege ruimte, mijn handen vooruit, zoekend naar het koude metaal. Ik vloog, ik viel, en toen raakten mijn handen de balk en grepen hem vast. Ik kon ze niet zien, maar ik kon de bewakers horen komen. Het gestamp van hun laarzen was als de donder. Ik was altijd al bang van dat gat en Regen was nog banger dan ik, maar ik wist dat hij zou springen nu ik het had gedaan. Ik klom naar beneden, slipte van verschillende houvasten af en verdraaide mijn zwakke been.

Ik viel op de grond.

'Regen!'

'Ik ben achter je …'

Ik kon hem zien bewegen. Hij was nog hoog, maar hij had de sprong gemaakt. Ik dacht dat hij veilig was, dus strompelde ik vooruit en zocht ik naar een schuilplaats. Ik was in de krochten van de Kazerne van de Honden toen ze de wachttoren bereikten en omsingelden terwijl ze met zaklampen zwaaiden en geweerschoten afvuurden. Toen ze triomfantelijk begonnen te schreeuwen, wist ik dat ze Regen te pakken hadden.

Ik kon niets doen. Ik sloop terug naar mijn slaapzaal, voor ze echt gingen jagen op de rest van ons. Ik ontdekte de volgde ochtend dat iedereen veilig weg was gekomen. Maar we waren al onze spullen kwijt en Regen zat heel diep in de problemen.

Er werd een Grote Bijeenkomst op poten gezet in de grote gymnastiekzaal. Alle leraren stonden op het podium: mevrouw de Directeur stond aan haar spreekgestoelte, haar meest vertrouwde slaafjes, de chefopzichters, stonden in een halve cirkel achter haar en de Kevers voor haar; Permanenten aan de linkerkant, Tijdelijken aan de rechterkant. Ze zei hoe geschokt en ontzet ze was dat een Kever (ze zei een eerstejaars, natuurlijk), nog maar een kind, betrokken was bij een misdaadbende die nu was blootgelegd. Ze zei dat de bendeleiders zijn onschuld hadden besmet en dat ze geen verkeerde loyaliteit konden verwachten. Elke Kever die informatie kon verschaffen, zou streng maar rechtvaardig aangepakt worden en ze was er zeker van dat iemand iets wist … Ik luisterde niet, zoals ik ook niet luisterde naar haar speech voor de midwintervakantie waarin ze zei hoe fantastisch de Nieuwe Dageraad wel was. Ik keek naar Regen, die op het podium tussen twee bewakers stond. Zijn uniform was afgepakt omdat hij in ongenade was gevallen. Hij had een vuil T-shirt aan en een verstelde, kniehoge broek, waarschijnlijk zijn kleren toen hij hier eerst aankwam. Ze waren veel te klein voor hem.

Regen keek niemand aan. Toen hij veroordeeld werd tot zesendertig uur in De Doos, veranderde zijn uitdrukking niet. En ook toen ze hem vertelden dat hij de tijd zou krijgen om er nog eens over na te denken, bleef hij over onze hoofden uit staren. De bewakers lieten hem van het podium stappen en leidden hem tussen het gat in onze gelederen weg. Hij liep zelf, zijn kin omhoog. Ik denk niet dat hij ons zag. Zijn ogen waren gekneusd. Je kon ook blauwe plekken en striemen op zijn witte hals en op zijn armen zien.

En wij bleven zwijgen. Rose en ik, Amur en Tottie, Ifrahim en Miriam, en alle anderen die iets had kunnen vertellen. We konden niets doen om Regen te redden. Hij ging De Doos in, of hij iemand verklikte of niet, dat wisten we. Maar we hadden zijn lot kunnen delen, en dat deden we niet. We hadden nog niet met elkaar kunnen praten, maar we hadden waarschijnlijk allemaal dezelfde gedachte. Het was duidelijk dat degene die de bewakers had getipt, geen namen had genoemd. Mevrouw de Directeur was ervan overtuigd dat het laatstejaars waren geweest die op zulke grote schaal diefstallen hadden gepleegd, en Regen was alleen maar een boodschappenjongen geweest. We wisten dat Regen tbc had en dat De Doos zijn dood kon worden. Maar mevrouw de Directeur wist dat ook, en ze gaf er niet om … Als hij niet doorsloeg en we allemaal onze mond hielden, was er een kans dat we eruit kwamen …

Toen de gevangene en zijn escorte voorbij waren gekomen, keken we voor ons uit en wachtten tot we ook weg mochten marcheren. Er was een ogenblik waarop ik recht naar Rose keek, over de ruimte tussen de Permanenten en de Tijdelijken, en ik *wist* dat zij ons had verraden. Waarom had ze dat gedaan? Misschien had ze bedacht dat de hele affaire niet lang meer kon duren – ik weet het niet. Zo was Rose nu eenmaal.

Gegroet en vaarwel, Rose, dacht ik. Ik spreek nooit meer tegen je. We konden nooit meer met elkaar praten, niemand van ons. Toen we nog over ons kleine rijkje heersten, hadden we ervoor gezorgd niet als vrienden met elkaar om te gaan, alleen in het geheim. Nu zou het echt zijn. Elk van ons stond er nu alleen voor.

Regen ging De Doos in. Het was een koude, natte dag toen ze hem erin staken. Toen hij er weer uit kwam, moest hij worden gedragen en ze brachten hem meteen naar de ziekenboeg. Hij stierf daar, zo'n twee weken later. Niemand vertelde ons dat, officieel. Een van de Katten van de ziekenboeg liet het zich ontglippen en het nieuws ging als een lopend vuurtje de school rond.

Ik weet niet meer wat ik deed toen ik het nieuws hoorde. Het is een gat in mijn geheugen, zoals mijn babyjaren in de stad, zoals de tijd nadat ik erachter kwam dat ik mama had verraden.

Op een dag werd ik in elkaar geslagen door de opzichters van de slaapzaal nadat ik iets heel stouts had gedaan, ik weet niet meer wat ... Yagin, de bewaker, vond me de avond na mijn pak rammel, weggedoken in mijn favoriete schuilplaats bij de hoofdingang. Hij had een fles zelfgebrouwen wodka bij zich. Het miezerde en het was koud. De grote man hurkte naast me neer en zijn geweer klepperde terwijl hij zijn geüniformeerde kont in de modder zette.

'Drink op,' zei hij. 'Het is goed voor je.'

'Het is een schijtwereld,' zei ik. 'We waren wanhopig.'

'Een klein meisje dat een mes pikt in de kantine en er een nachtopzichter mee wil neersteken, lijkt me inderdaad wanhopig. Weet je, je hebt zelfs haar huid niet bezeerd. Je hebt geluk dat ze medelijden met je hadden en zelf het zaakje hebben opgelost ...'

Dus dat was wat ik had gedaan. 'Ik ben een dwaas. Volgende keer zal ik zorgen dat het mes geslepen is.'

'Dat zul je zeker, kuikentje. Drink op.'

Ik zat toch al diep in de problemen; waarom zou ik niet drinken? Ik sloeg de sterkedrank achterover en al snel werd de wereld vaag en zweverig. Misschien probeert hij me te drogeren, dacht ik. Misschien is dit vergif. Maar ik had die dag niets gegeten, dus ik neem aan dat het vrij gemakkelijk was om me dronken te krijgen. Mijn boom naast de weg, mijn kleine, kromme boom, had geen blaren ... Yagin keek me aan met die akelige blik van liefde en medelijden in zijn ogen. Hij pakte mijn kin tussen zijn harde, vuile vinger en zijn duim.

'Zaad van het koren mag niet worden vermalen,' mompelde hij.

Ik viel flauw.

Ik werd gevonden in een van de jongensslaapzalen, stomdronken. Dat is niet het soort misdrijf waarvoor je naar De Doos wordt gestuurd. Het is laag en weerzinwekkend en het zorgt ervoor dat je door de hele wereld wordt verstoten.

Ik werd weggestuurd, natuurlijk.

Ik dacht er nooit aan om uit te leggen wat Yagin had gedaan. Het kon me niet schelen of ik werd weggestuurd of niet, ik was zelfs te ver heen om blij te zijn dat ik weg was uit de Nieuwe Dageraad. Maar ik verafschuwde mijn zogezegde beschermer. Waarom had hij me belazerd? Waarom deed iemand zoiets? Wat had ik hem ooit aangedaan? Het duurde een tijdje voor ik besefte dat Yagin en zijn wodka waarschijnlijk mijn leven hadden gered.

5

De Nederzettingscommissie had ervoor gezorgd dat Nicolai me aan het station kwam oppikken met zijn tractor. Ik weet niet wat ik anders had moeten beginnen. Ik neem aan dat ik dan te voet had moeten gaan, zo'n twintig kilometer ver. Ik verliet in stilte het laatste gezelschap bewakers, gooide mijn rugzak op de kar en klom er zelf achter. Ik was heel erg stijf en had overal pijn na de lange reis. De sneeuw was hier nog niet gevallen en de weg was vreselijk, een zootje van modder en putten. We lieten het station achter ons; de bewakers stonden er nog en ze werden steeds kleiner. Onze Brigadechef keek over zijn schouder. Het glas aan de achterkant van de tractorcabine was allang gebroken.

'Heeft je moeder je iets nagelaten?' vroeg hij, hoopvol.

'Nee,' zei ik. 'Ze had niets om na te laten.'

Ik dacht aan de kleine Rosita in haar kersenrode jasje. Het was waarschijnlijk Nicolai geweest die ons die dag had vervoerd met zijn tractor. Ik kon me niet herinneren of hij toen iets had gezegd. Hij gromde bij mijn antwoord en draaide zich weer om. We zeiden niets meer tot we de aardappelpercelen bereikten aan de rand van de Nederzetting. De tractor stopte en Nicolai sprong eraf. Hij trok mijn tas uit de kar en gooide hem in de modder.

'Kom er hier maar af. Ik heb nog werk.'

De hutten waren nog een kilometer of meer ver en ik was doodmoe. Ik had over mijn slechte been kunnen beginnen, of ik had kunnen vleien, maar het kon me eigenlijk niet schelen. Ik haalde mijn schouders op en stapte uit. Nicolai wreef over de stoppels op zijn bovenlip.

'Je moeder heeft je *iets* nagelaten. Iedereen weet het.'

Ik keek hem recht in de ogen. Ik was gegroeid terwijl ik weg was. Nicolai, de Spijkerophaler, de inspecteur van ons leven, die door iedereen gevreesd werd, was een kleine, stinkende man met onbetrouwbare ogen, die oud werd en slechte tanden had. Het gaf me een vreemd gevoel …

'Iedereen heeft het mis. Mama heeft me niets nagelaten. Ze had niets.'

Hij zocht tussen de plooien van zijn vieze kleren. 'Je bent een klein meis-je, je moet iemand kunnen vertrouwen. Wat denk je van de *Maffia*, hè?' (In de Nederzettingen noemden we de bandietenfamilies *Maffia*, dat was een oude traditie). 'Ze zullen hun deel willen. Je kunt niet zelf met ze on-derhandelen. Laat oude Kolya dat maar voor je doen, Kolya zal wel voor je zorgen. Hier, een klein iets …' Hij stopte een in papier gewikkelde pot in mijn handen en klom weer in zijn cabine. 'Als je je herinnert wat ze je heeft nagelaten, dan laat je het me weten. Ik zal overal voor zorgen.'

Hij had me een klein potje bessenjam gegeven.

De aardappelpercelen waren leeg en kaal. Een paar strokleurige, be-schimmelde tomatenplanten waren achtergebleven in de modder. Aan de sleedoorn was geen sloe meer te zien en aan de dwergwilgen flapperden gele bladeren als kwebbelende tanden. Als ik een flink meisje was geweest op de Nieuwe Dageraad, had ik terug kunnen komen naar deze trooste-loosheid – of iets gelijkaardigs – als een lerares. Dat was wat ze bedoelden wanneer ze zeiden dat ze je een kans in het leven wilden geven. Ik had iemand kunnen worden zoals Malik, oud en zuur en gemeen; in mijn her-innering de glorie van studie en kennis, maar voor altijd buitengesloten. Ik dacht aan haar leven, hoe wreed ik voor haar was geweest, hoe ze ons gehaat moest hebben. Ik had tenminste niet veel verloren door te spelen met mijn schoolcarrière. Ik gooide mijn tas over mijn schouder en sukkel-de mankend naar mijn oude thuis.

Onze hut stond leeg. Er was me gezegd dat ik erin kon leven en dat ik mama's quota mocht overnemen. Ik werd verondersteld daar dankbaar voor te zijn, en dat was ik ook. Ik had geen andere plannen. De hut moest al leegstaan sinds mama was weggehaald, want het was heel vochtig en koud binnen. Onze meubels waren weg, natuurlijk: onze tafel, onze stoelen, on-ze ketel, ons hele bezit. Behalve de mosterdpot met de smalle hals die ooit Nivvy's huisje was geweest, die lag leeg op zijn kant op de dakplank. Er stonden verschillende laarsafdrukken in het beton en er waren veel plek-ken waar planken waren verschoven of weggetrokken van de bakstenen muur. De hut was doorzocht, maar alle tekenen waren oud, wat erg ge-ruststellend was.

Ik had geen eten, niets om mee te koken, geen dekens. Een heel dun pakje startbonnen stond tussen mij en verhongering, en de komende winter zou hard worden. Ik stond in de deuropening en dacht aan mijn moeder. Hoe ze zich moest hebben gevoeld, weggehaald uit de heerlijke warmte en luxe van de stad, met een klein, schriel meisje. Hoe dapper was ze wel geweest … Ik deed de bedkast open en er lag nog een matras op de planken. Ik probeerde de waterpomp; ze werkte. En de kachel werd stilaan warm. Kolya moest dat gedaan hebben, toen hij wist dat ik onderweg was. Het was bijna een welkom thuis. Ik ging zitten op de vloer met mijn rug tegen de warmte en at bessenjam met mijn vingers. Als je maar één maaltijd hebt, is het nutteloos ze te rantsoeneren.

Terwijl ik wachtte op de duisternis klopte er iemand op de deur. Het was een van onze buren, een kruidenvrouw die Katerina heette en die altijd vriendelijk was tegen mama en mij. Ze duwde een tas in mijn armen.

'Voor jou, Maria's dochter. We hebben een collecte gedaan.'

De zak zat vol eten. Er was een zakje vruchtenthee, een zakje met geneeskrachtige kruiden, gedroogde tomaten, gedroogde paprika's, gedroogde paddenstoelen, een stapel broodkorstjes, een kiloblik gestoofde con en een grote brok van dat harde, droge spul dat we kaas noemden, al had het niets van doen met een koe. Er waren ook een paar kleverige, smoezelige kaarsen, een klein potje olie en het beste van alles, een doosje lucifers.

Ik wist dat je dingen niet voor niets kreeg. Ik wist dat mijn buren op iets hoopten, zoals Kolya, een deel van mijn 'erfenis'. Toch stond ik bijna te huilen van geluk.

'Ik zal jullie terugbetalen,' beloofde ik. 'Zo snel als ik kan.'

'Doet er niet toe,' zei ze. 'Iedereen heeft een goede oogst gehad … Het was een grote troost voor ons. Nee, het was een eer om je mama in ons midden te hebben.'

Ik knikte verward: ik kon me niet herinneren geëerd te worden. Ik herinnerde me kinderen die zeiden dat mijn moeder een peegee was en die stenen naar me gooiden. Katerina keek goed om zich heen en merkte hoe weinig ik had gedaan met mijn grote kans. 'Wat heb je gedaan dat ze je van school hebben gestuurd?'

'Ik ben dronken geworden en ik was met een jongen.'

'Ah. Nou, je bent jong. Wat verwachten ze eigenlijk? Wat nut heeft het eigenlijk, al dat leren? Het bederft je hart maar.'

'Wie is haar komen halen? Waar hebben ze haar heen gebracht? Wat hebben ze gezegd?'

Katerina wierp me een verwijtende blik toe en schudde het hoofd.

'Dat is lang geleden nu. Het heeft geen zin er nog aan te denken.'

Ik was beschaamd. Je vraagt dat soort dingen niet in de Nederzettingen. Als iemand wordt gehaald, is het duidelijk dat *niemand iets weet, niemand iets heeft gezien*. Het is gevaarlijk om betrokken te raken. Ik denk niet dat Katerina me iets kwalijk nam. Ze bleef nog een poosje en praatte met me, vriendelijk, op de wijze van de Nederzettingen: een paar eenvoudige woorden, veel stilte. Ze zei dat ze met me naar de winkel zou gaan om me te helpen met het uitgeven van mijn bonnen en ervoor te zorgen dat ik niet werd belazerd.

Toen ze vertrokken was, ging ik naar de werkplaats, waar het rode oog in de muur nog steeds gloeide als een eenogige rat. Ik vond een draaistop, een gebogen spijker en een stukje touw en maakte een voorlopige olielamp voor mezelf. Ik moest het stuk touw dat ik als wiek gebruikt met mijn tanden doorbijten, want ik had nog geen mes. Ik was niet bang voor het rode oog. Ik was er vrij zeker van dat het niets betekende, maar ik bedacht dat ik maar beter geen risico's kon nemen.

Ik wachtte tot het helemaal donker was voor ik terugkroop en rondtastte onder de bank.

Onder de stapel lege spijkerdoosjes was er eentje dat zwaar aanvoelde. Ik deed het open, zocht tussen het verkreukte papier en raakte de gladde, gespleten koepel van de Lindquist-tas. Wie onze hut had doorzocht, had hier niet gekeken. Ik kon ook een paar blikken eten voelen, verborgen onder de bank, maar dat zou ik later wel onderzoeken. In de andere helft van de hut knielde ik bij de kachel en stak mijn lamp aan. De witte tas was ruw verpakt in groezelig, bruin geribd papier; de verpakking van een partij oud ijzer om spijkers van te maken. Toen ik ze uitpakte, viel er een gevouwen stuk papier uit en iets kleins met een ronde plaat. Ik dacht dat het een horloge was, maar dat was het niet. Het was een kompas en het papier was een gedrukte kaart.

Ik zette het kompas neer op het beton. De naald trilde en schokte en bleef toen staan, wijzend naar de hoek van onze hut.

Het noorden. Welke andere richting kon er zijn?

Ik had nog nooit een gedrukte kaart gezien. Ze waren absoluut verboden in de Nederzettingen. Je mocht een lichtgevende wereldbol hebben, maar geen kaarten. Zelfs in de Nieuwe Dageraad waren kaarten van ons eigen land verboden. Mama moest geheime plekjes gehad hebben waar ik niets van wist, want ik had deze spullen nooit eerder gezien. Ik vouwde het papier open en tuurde er gefascineerd naar en speurde naar de legendarische grenzen van mijn wereld, plaatsen die ik nog nooit had gezien: de pelsboerderij, het woud, de spoorweg, allemaal omgezet in symbolen op papier.

Ik duizelde toen ik me realiseerde dat mijn moeder dit voor me had achtergelaten.

Ze wilde echt dat ik die onmogelijke reis zou maken …

Er was geen briefje. Toen ik zocht en nergens een woord van haar vond, niet een kattebelletje, huilde ik, eindelijk. Ik kon niet stoppen met me voor te stellen wat er precies was gebeurd. Waren ze gekomen tijdens de dag of de nacht? Kreeg ze een waarschuwing, probeerde ze weg te komen? Verdedigde ze zichzelf met moedige, wijze woorden? Sloegen ze haar? Ik zag mijn mama, vastgebonden en opgesloten in iets als De Doos, voor ze eruit werd gehaald en werd neergeschoten. Of misschien hadden ze haar verrot geslagen, met harde vuisten en leren riemen … Maar Katerina had gelijk: het was voorbij en het was nutteloos eraan te blijven denken. Mijn mama was hier weggehaald voor ik elf werd. Nu was ik dertien, en een ander mens. Ik was een dief geweest, had een vriend verraden en hem laten sterven … Ik was iemand geworden die mijn mama zelfs niet zou herkennen.

Ik huilde en veegde toen mijn ogen droog. Ik kon niet ongedaan maken wat er was gebeurd in de Nieuwe Dageraad, ik kon niet weten of mama dood of levend was. Alles wat ik had, waren de mysterieuze woorden van Yagin, de bewaker, die ik helemaal niet vertrouwde. Maar ik kon nu meteen wel uitvissen of de schat die ik moest beschermen nog steeds bestond.

Ik opende de tas, zodat die openvouwde als een bloem, en zette alles netjes zoals het hoorde. Ik deed mijn handschoenen en masker aan en de glinsterende mantel van mijn moeders magie legde zich over me heen. Voor ik met mijn werk begon, bad ik een soort gebed zonder woorden tot de geest van het leven. Ik weet niet of ik geloofde in die geest – ik had niet meer de gewoonte om ergens in te geloven – maar ik denk dat ze mijn moeders gezicht had. Het was een kort gebed, want ik moest snel zijn. Het 'reservoir' van mijn olielamp was niet erg diep, als ik de olie zou moeten bijvullen, zou ik opnieuw moeten beginnen, met nieuwe handschoenen. Mijn hoofd trilde, maar mijn handen herinnerden zich alles. Ze leidden me, zeker en snel, door het hele Lindquist-proces.

Toen ik wist dat de zaadpoeders begonnen te groeien, zette ik de schoteltjes veilig in de magische noot en sloot alles af. Ik verstopte de spijkerdoos in de kast onder het kastbed en stapelde het eten dat Katerina me had gegeven ervoor op. Toen deed ik mijn lamp uit en ging liggen om te rusten. Ik liet de deuren van het kastbed open. Ik was het niet gewend om opgesloten te slapen, het deed me denken aan De Doos.

Ik had geen dekens, geen hoofdkussen, maar ik had nog steeds mijn schooluniform aan. De opzichters hadden het me laten houden, omdat ik niet meer in de kleren paste die ik droeg toen ik tien was. Ik vond het niet leuk om rond te lopen als een schoolmeisje dat was weggestuurd, maar ik wist dat ik spoedig dankbaar zou zijn voor de dikke, warme kleren. Ik hoopte alleen dat ik zou stoppen met groeien. Ik hield mijn laarzen aan voor de warmte, trok mijn sokken over mijn knieën en ging liggen, mijn armen om mijn hoofd, zoals op de slaapzaal.

Het waren vast buren geweest die de hut hadden doorzocht, dacht ik. Als het de mensen waren geweest die mama waren komen halen, dan hadden die vast alles gevonden ... De buren hadden de hut doorzocht, maar waren te bang geweest voor het rode oog in de werkplaats. Nu ik terug was, zouden ze zien dat ik niets extra had, en ze zouden mijn 'erfenis' vergeten. Als Nicolai me maar ons oude groenteperceel laat houden, dacht ik, dan komt het wel goed met me. Dan komt er een dag dat ik volwassen zal zijn en mama niet terug is gekomen en dan neem ik het kompas en de kaart en vertrek ik naar de stad waar de zon altijd schijnt … Mijn vroegere leven vouwde zich weer voor me open: de oude belofte veraf als altijd, de hoop dat ik nog jaren zou leven. Mijn mouwen roken naar stof en kou, kolenrook en vuil. Ik had vijf dagen gereisd in ijskoude treinwagons. Ik sloot mijn ogen. Ik wiebelde opnieuw op een harde houten bank, viel in slaap terwijl de bewakers tegenover me zaten en me in de gaten hielden …

De wandluizen die tussen de muren verstopt zaten, kwamen weer tevoorschijn om me te bijten, maar ik was te moe om me er iets van aan te trekken. Toen ik wakker werd, was de kamer donker en koud, maar ik merkte dat het tegen de ochtend liep. Ik sprong uit bed. Ik had alles zo laten liggen dat ik het op de tast kon vinden. Zodra mijn lamp brandde, deed ik de kast open, schoof alles opzij en haalde de spijkerdoos eruit. Ik haalde de tas eruit en opende ze. Ik had geen handschoenen nodig: de kits konden nu niet meer besmet worden.

Misschien moest ik het langer laten staan, maar ik moest het weten … Of ze het overleefd hadden. Of de zaadjes niet doodgegaan waren. Het was het verschil tussen niets hebben en een reden hebben om te leven …

Ik schoof met mijn vingertoppen over de naad van de noot en ze ging open. De kits leefden. Ze keken met hun kraaloogjes naar me op door het heldere schild.

Ik pakte de noot mee naar mijn kastbed, zette de lamp op de kleine plank tegen de binnenmuur, ging met gekruiste benen zitten in de warme holte die mijn slapende lichaam had gemaakt, en staarde naar de levende schat. Hoe klein waren ze! Zes identieke miniatuurdiertjes, elk niet groter dan mijn duimnagel. Ze kropen over elkaar heen om me beter te kunnen bekijken. Hoe wonderbaarlijk en vreemd was het dat ze ontstonden uit het poeder en leefden van de nieuwtriet en rondtuimelden en perfect gelukkig leken in hun kleine huis. Ik probeerde ze zo goed mogelijk te bekijken, op zoek naar tekenen van beschadiging of achteruitgang, maar ze bleven over elkaar heen klimmen waardoor ik in de war raakte. Ik zou ze eruit moeten nemen en ze een voor een onderzoeken.

Ik was zenuwachtig om dat te doen. Ik wist hoe ik met de kits moest omgaan, maar ze waren zo *klein*. Ik zei tegen mezelf dat er nog heel veel zaadpoeder was, dus ik kon altijd opnieuw beginnen. Mama had dat nooit hoeven te doen, maar ze had me wel verteld dat het soms gebeurde. Niet al het zaad kon gezond zijn … Ik opende het vlies door er met mijn vingertoppen langs te gaan. Maar hiervoor had ik niet genoeg geoefend! Terwijl ik één kit oppakte, bruisten de andere vijf over de noot en ze waren vrij …

Heel even raakte ik in paniek. Ik zag al voor me hoe ze verdwenen in de spleten van de muur, hoe mijn grote hand ze verpletterde, hoe ik hun kleine beenderen brak als ik ze weer te pakken probeerde te krijgen …

Maar de Lindquists liepen niet weg. Ze tuimelden over elkaar heen op mijn jurk en doken in de bundel op de matras, hun bijna onzichtbare snorharen trilden als gek, tien kleine bessenoogjes straalden.

Mijn hart liep over van liefde en zachtheid.

'Het is goed,' fluisterde ik. 'Ik ben hier. Ik ben jullie beschermer nu.'

Mama had me gezegd dat ik met ze moest praten. Ze konden mijn stem horen als een ver gegons, maar ze konden voelen, als door magie, vermoedde ik, dat ik hun dingen vertelde, en dat zouden ze leuk vinden. Het werkte. De kits durfden langzaam uit elkaar te kruipen, kwamen om me heen gekropen, maakten kleine uitstapjes naar mij toe en schoten dan weer dicht tegen elkaar aan …

Ik was vergeten hoe schattig ze waren. Ze waren *prachtig*. Ze hadden harige snuitjes en kleine roze neuzen, zwarte oogjes en ronde oren die dicht tegen hun hoofd stonden. Hun ledematen waren breder aan de schouders en de heupen, waardoor ze bewogen als kevers, maar er was niets walgelijks aan ze. Hun kleine staarten waren bedekt met pels, niet kaal zoals een rattenstaart. Hun pels was helderbruin, met streepjes donkerder bruin op hun ruggetjes en poten.

Ik voelde iets kietelen op de palm van mijn hand. Ik opende mijn vingers en zag de zesde Lindquist, die een veeg bessenjam van mijn vinger zat te likken. Zijn kleine klauwen klampten zich vast aan de witte lijntjes, de littekens van de liefdesbeetjes van Nivvy, lang geleden. Zonder nadenken greep ik de pot die Nicolai me had gegeven en die op de plank naast de lamp stond. Ik stak mijn vinger erin en bood die aan. Het kleine wezen greep mijn reuzenvinger vast met zijn poppenhuispootjes en likte eraan met zijn poppenhuistong.

Een tintelende schok ging door me heen.

Ik was er zeker van dat deze *speciale* kit, de kit die ik gekozen had zonder het te beseffen, Nivvy moest zijn. Het was Nivvy helemaal opnieuw. Mijn mama's magie had ervoor gezorgd dat ik hem had uitgekozen en had ervoor gezorgd dat ik hem te eten had gegeven, zodat hij naar het tweede stadium zou groeien. Hij zou mijn dierbare metgezel worden. Ik hield mijn hand dichter bij de lamp – heel voorzichtig, om niet te dicht bij de vlam te komen – en bestudeerde mijn nieuwe vriendje nauwkeurig, terwijl zijn broers en zusters hun miniatuuravonturen verder zetten. Ik was niet langer bang dat ze weg zouden lopen. Ik wist dat ze altijd dichtbij zouden blijven …

Opeens schoot er iets anders door me heen, een schok alsof ik wakker schrok uit een droom. Ik was niet langer kleine Rosita. Ik was dertien. Hoe kon ik in dit sprookje geloven? Ik had de praktijk toegepast, ik had het Lindquist-proces opgestart zonder één foutje te maken, maar ik had lopen slaapwandelen. Ik kon niet wijs worden uit wat ik wist. Het waren allemaal stukjes, een mengeling van kinderlijke ideeën en verbijsterende verklaringen die niet samen pasten. Mijn hoofd begon te draaien van verwarring.

Wat *zijn* deze dingen? Is dit echt *toverij*?

Hoe heeft mijn moeder ze verkregen? Wat betekent het allemaal?

De kits kropen in een opeengepakt bundeltje. Dat was de eerste keer dat ik ondervond hoe gemakkelijk ze mijn gedachten konden lezen. Ik had hen bang gemaakt. Ik zette de kit die had gegeten bij de rest, want mijn handen beefden te veel om hem te kunnen vasthouden, en ik zette de open schaal naast hen. Onstuimig en gehoorzaam klommen ze er allemaal in.

'Ga slapen,' fluisterde ik. 'Morgenochtend spelen we verder.'

Ik sloot hun huisje af met mijn bevende handen. Ik pakte de olie en vulde mijn lamp bij en zette alles nog eens op een rijtje. Mijn hart klopte zo hard dat het bonsde in mijn oren. Er *moest* een boodschap zijn! Een paar woorden, iets, eender wat, dat kon verklaren wat er aan de hand was … Ik haalde de extra tubes, de strak ingepakte enveloppen, de nieuwtriet en schoonmaakpoeders uit de onderkant van de witte tas. Er zat nog iets anders in, weggestopt op de bodem, en ik trok het eruit. Ik had een kleine foto vast: het hoofd en de schouders van een man. Ik had hem nooit eerder gezien. Ik dacht dat het niet in de tas kon hebben gezeten toen ik een kind was, mama had hem er vast verstopt toen ik weg was. Ooit was het een kleurenfoto geweest, maar de kleuren waren vervaagd tot bruine en gele tinten en het oppervlak was gebarsten. Een man met een vreemde, lange neus, dikke wenkbrauwen, een korte, donkere baard, een bril …

Op de achterkant was geen naam, geen datum, niets geschreven. Ik kon alleen maar vermoeden dat dit mijn vader was. Er zat een brok in mijn keel terwijl ik de mens probeerde te zien die daar verstopt zat tussen de vage kleuren en de barstjes. Wanneer was deze foto genomen? Hoe zou deze man er nu uitzien? Als mama me een foto had nagelaten van mijn papa, wat betekende dat dan? Maar misschien had ze me helemaal niets 'nagelaten'. Misschien had ze een waarschuwing gekregen dat ze haar kwamen halen en had ze al haar schatten samen gezocht, klaar om te ontsnappen, maar toen …

Ik hoorde het geluid van een motor.

Een auto, geen tractor, gromde zich een weg over ons vreselijke pad. Snel stopte ik alles terug in de doos, schoof die in het kastje en deed mijn lamp uit. De kamer werd niet donker. Er was licht buiten, wat ik voordien niet had opgemerkt, en ik merkte ook dat het niet het licht van de dageraad was. Ik sloop naar het enige raam van onze hut, dat klein en vuil was. Op de hoek van onze 'straat' van modder en stenen en gaten kon ik een groep mensen zien staan die olietoortsen vasthadden. Ze zagen eruit als grote tieners of heel jonge mannen. Ze stonden duidelijk te wachten op het grommende voertuig dat dichterbij kwam.

In onze Nederzetting waren geen andere voertuigen dan de 'Gemeenschapstractor', Nicolais dierbaarste bezit. De enige mensen in de wildernis die eigen vervoer hadden, waren de bandieten, die geen vaste steden of dorpen hadden. Ze leefden in grote karavanen en waren altijd onderweg. Alleen de Maffia had echte privéauto's. Ik keek toe hoe een indrukwekkend krachtige wagen uit de duisternis kwam gedenderd, zijn koplampen sneden strepen geel licht. Ik zag hoe de figuren op de hoek van de straat met hun toortsen zwaaiden en toen de auto stopte, stapten er mannen uit, het soort dat wapens heeft. Ik wist meteen dat dit iets met mij te maken had …

Het waren meestal vrouwen en kinderen die naar Nederzettingen als deze werden gestuurd, de families die schuldig waren aan het verbonden zijn met een misdadiger. De paar mannen die hier leefden, waren ofwel oud of op een of andere manier stuk, zoals Snurk, de seniorleraar met zijn longziekte, of het waren kleine functionarissen, zoals Nicolai. Jongens die hier opgroeiden, werden naar een werkkamp gestuurd als ze ongeveer zestien werden, als ze niet al waren weggelopen. De figuren buiten, die stonden te wachten om de gangsters te laten zien waar ik woonde, waren waarschijnlijk jongens met wie ik naar school was geweest, jongens die maar een jaar of twee ouder waren dan ik. Ik verwachtte niet dat dat een verschil zou maken.

Maffia …

Ik liep weg van het raam. 'Ze zijn gek,' mompelde ik. Wat dachten ze dat ik hier had? Goud en juwelen?

Ik zocht mijn rugzak, stopte de Lindquist-doos erin en stapelde er daarna het voedsel op dat ik van Katerina had gekregen. Ik kon maar beter niets achterlaten; ik stopte de resten van mijn lamp en mijn streng touw in het buitenste zakje en deed er Nivvy's mosterdpot bij. Ik deed het allemaal zonder ademhalen, ik dacht alleen: Ik moet hier wegkomen!

Onze hut was lang geleden al doorzocht, maar de Maffia heeft een goed geheugen. Iemand had hun vast getipt dat de dochter van het stadsmens terug was. Ze geloofden in mijn moeders erfenis en dachten dat ze me wel aan het praten zouden krijgen … Ik sloop naar de werkplaats, op weg naar de achterdeur, zonder me iets aan te trekken van het rode oog. Maar waar kon ik heen? Ik kon op niemands deur kloppen. Als er al een buurman was die moedig genoeg was om me binnen te laten, kon ik hem dat niet aandoen. Het zou me niet redden. Het zou alleen betekenen dat hij hetzelfde lot zou ondergaan. Ik moest de nacht buiten doorbrengen en me verstoppen terwijl de bandieten mijn huis doorzochten. In dit seizoen kon ik nog overleven, maar was er iets wat ik kon gebruiken om me te bedekken? Ja! Het zeildoek dat over de spijkermachine lag.

Ik trok het eraf, maakte er een bundeltje van en sloop de nacht in. Het was donkerder en kouder dan ik had verwacht. Ik kon de mannen op de deur van onze hut horen bonken. Voor de rest was het stil. De mensen die extra eten hadden gekregen om Maria's dochter uit te leveren, zouden me niet helpen. Ik wou dat ik nog steeds kon rennen als de wind, alleen kon ik nergens heen rennen … Mijn knieën werden week, ik was doodsbang. Al wat ik kon, was in de ruimte tussen de palen kruipen, onder de hut, op de hoek van ons steegje, met het zeildoek om me heen getrokken als een stijve, dikke mantel. Het slot op de deur van onze hut gaf het al snel op. Ik hoorde ze inbreken en vroeg me af hoe lang het zou duren voor ze zouden merken dat er niets te vinden was.

Ik kon een strook van het met putten gevulde pad zien en de grote zwarte auto, die volgespat was met modder. Een uitkijk, met een pet met oorflappen aan, wandelde heen en weer met een geweer in zijn handen. Ik wist niet hoe ik daar voorbij kon komen. Er kwamen vreselijk krakende geluiden uit de hut. Ze braken zelfs de vloer uit!

'Wat denken jullie dat ik heb?' mompelde ik, en ik verborg mijn gezicht. Ik weet niet wat er daarna nog gebeurde. Misschien was er iemand onvoorzichtig met de toortsen. Misschien staken de bandieten de hut met opzet in brand, uit frustratie. Ik weet alleen dat er veel werd geschreeuwd. Er werden schoten afgevuurd, figuren kwamen uit de open deur gerend. Toen ik opnieuw durfde te kijken, likten de vlammen al hoog aan de hemel.

De mannen sprongen terug in hun auto en die donderde weg. Mijn buren kwamen uit hun hutten gerend, schreeuwden en droegen emmers aan. Ze moesten de vlammenzee doven om hun eigen hutten te redden. Voor mij viel er niets meer te redden. Ik rechtte mijn stijve ledematen en mankte weg, verdoofd, het zeildoek nog steeds om me heen geslagen. Niemand zag me.

Toen ik de laatste hutten passeerde, begon het te regenen: harde, bijtende regen, die de eerste sneeuw aankondigt. Dikke druppels ratelden op mijn schild. Eén keer struikelde ik in een gat, waardoor er water in mijn laarzen sijpelde. Ik bleef gaan tot ik de aardappelpercelen bereikte. Ik herinnerde me de sleedoornstruik, de enige schuilplaats die ik kon bedenken tussen hier en het verre woud, waar ik niet afgewezen zou worden. Ik wroette me een weg onder de takken, mijn stijve mantel beschermde me tegen de doornen. Ik trok een stuk ervan tussen mij en de natte grond en dat zorgde voor een goed tentje. Ik verlangde ernaar te zien of de Lindquists veilig waren, maar ik was bang om ze eruit te halen, omdat er misschien nog iets onverwachts zou gebeuren … Ik trok dus alleen maar de rugzak dicht tegen me aan in mijn armen. Al snel kreeg ik het zelfs warm.

Ik moet in slaap gevallen zijn terwijl ik luisterde naar het geratel van de regen op mijn zeildoek. Ik merkte niet dat het overging in zacht getrippel, als van kattenpootjes. Toen ik wakker werd en om me heen keek, was het helemaal licht en alles was veranderd. De smerige modder en verlepte troep was verdwenen, de grond was puur, glad wit. Ik kroop dieper weg in mijn slakkenholletje en overdacht mijn mogelijkheden.

Ik was bang om terug naar de Nederzetting te gaan. Ik had daar niets meer te zoeken: geen plek om te wonen, geen werk. Niemand die me binnen zou nemen. En de Maffia zou terugkomen voor me. Ze wisten dat ik niet in de hut was toen ze die in brand staken. Wat zouden ze doen als ze me te pakken kregen of als mijn buren me zouden aangeven. Misschien is dit het, dacht ik. Tijd om te gaan liggen en te sterven.

Maar ik was te trots om daar te sterven.

Ik besefte dat er nog maar één ding mogelijk was.

Een reis van duizend kilometer begint met één enkele stap …

Ik had de Lindquists, ik had de kaart en het kompas. Ik had een beetje eten. Alles van waarde wat ik bezat, had ik bij me, hier in mijn armen. Het was zonneklaar dat ik naar het noorden moest. Naar het noorden, naar het woud, door het woud naar de zee. Ik had eraan gedacht te wachten tot ik volwassen was, maar er zou nooit een beter moment komen. Ik zou mijn mama's mysterieuze schat naar de stad brengen waar de zon altijd schijnt, en misschien, wie weet, zou ze er ook naartoe gaan en me er vinden.

Het was tenminste een plan, beter dan helemaal geen plan. Ik pakte mijn brok con-kaas, brak er een stuk af en at het op terwijl ik nadacht over hoe ik eraan zou beginnen.

Het eerste wat ik moest doen, was maken dat ik wegkwam van de Nederzetting, voor iemand me kwam zoeken. Daarna moest ik voorraad zien in te slaan. Ik kon niet aan een reis van honderden kilometers beginnen met dit beetje voedsel. Toen mama en ik de reis planden, stelden we ons voor hoe we jaren zouden sparen, hoe we voorraden blikken zouden aanleggen, lampolie, alle dingen die we nodig konden hebben … Dat kon ik nu niet doen, maar ik wist waar ik naartoe moest, al boezemde de gedachte me angst in.

Ik vond het niet erg om een poosje te voet te lopen. Ik mankte en ik was traag, maar de jaren in de Nieuwe Dageraad hadden me sterk gemaakt. De sneeuw was een groter probleem. Elke stap die ik zette, zou een spoor maken dat kilometers te volgen was. Mijn zeildoek was ook een vraagstuk, ook al hield het me warm, het was compleet doorweekt. Toch wilde ik het zeker meenemen. Ik kroop onder de struik uit. Er was niemand te zien en er was geen reden waarom iemand naar de aardappelpercelen zou komen vanochtend, dus ik voelde me redelijk veilig. Ik spreidde mijn doorweekte huis uit en vouwde het tot de kleinste bundel die ik kon maken, en die maakte ik met wat touw vast aan mijn rugzak.

Ik was pas beginnen te lopen en zorgde ervoor zoveel mogelijk over stenen en door plassen te gaan om niet te veel sporen na te laten, toen ik de tractor hoorde. Ik rende weg op zoek naar een schuilplaats, sprong achter de dichtstbijzijnde hoop rotsen en keek achterom. De chauffeur was niet Nicolai. Het was een jongen, een tiener, en ik herkende hem. Ik dook uit het zicht en keek naar de grijze lucht. Er zou nog meer sneeuw komen en mijn spoor zou bedekt worden, maar ik zou erin zitten, zonder een jas en met een berg nat zeildoek op mijn rug. Ik zou niet ver komen …

Ik nam een beslissing en liep op een drafje naar de volgende bocht. Daar stond ik stil en ik wachtte, het zeildoek in mijn armen. De tractor stopte en Storm keek op me neer vanuit de cabine.

Het was vier jaar geleden dat hij had geprobeerd om me door het probleem van de echte naam te helpen, toen ik nog een dwaas kind was. Hij was nu vast al zestien en ik vroeg me af waarom hij niet was weggelopen. Was hij niet bang om naar een werkkamp te moeten? Ik kon niets maken van zijn uitdrukking. In de Nederzettingen laten we onze gevoelens niet echt zien.

'Ik hoorde dat je terug was,' zei hij droogjes. 'Werd rondverteld.'

Ik knikte. 'Hoe ziet mijn moeders huis er vanochtend uit?'

'Als een gat in de grond,' zei Storm. 'Je zit in de nesten, meisje. Ze denken allemaal dat je ergens een grote schat hebt zitten. Heb je al een plan?'

'Ja … Ik heb een plan. Hoe komt het dat jij met Nicolais tractor rijdt?'

'Moet ergens leveren.'

Storm wierp een blik over zijn schouder en grijnsde. De kar lag halfvol met volgepropte zakken. Er hoefde niet meer gezegd te worden, we wisten allebei hoe de wereld in elkaar zat. Hij was een deel van een 'bedrijfje', zoals Rose en ik er een hadden, een onofficieel handeltje in Nederzettingsvoorraden.

'Wil je me een lift geven?'

'Waarheen?'

'Ik wil naar de spoorweg.'

Hij schudde zijn hoofd, waardoor de oorflappen van zijn wollen pet heen en weer wiebelden. 'Kan ik niet doen, Sloe. Ik ga die kant niet uit, en zelfs als ik dat wel deed … Je moet daar wegblijven. Ze zouden je nooit een trein op laten stappen. En het is de eerste plek waar ze je zullen zoeken …'

'Ik wil niet dat je me naar het perron brengt. Ik weet dat dat niet goed is. Ik wil dat je me naar de kruising brengt waar de vrachtwagons moeten vertragen, aan het zijspoor naar de pelsboerderij. Er zal wel een trein komen, morgen of de dag erna, want het is het einde van de maand. Ik ga erop springen voor een ritje.'

'Juist, ik begrijp het.' Hij dacht erover na. 'Je weet dat er waakhonden zijn, niet? Ze vallen aan om te doden.'

'Ik kan wel voor mezelf zorgen,' zei ik. 'Ik red het wel.'

'Mijn ma wil je vast wel een poosje bij ons verbergen.'

'Dank je, maar dat is alleen maar een extra mond die gevuld moet worden tot de politie me komt halen. Tenzij de gangsters eerst langskomen en *jullie* hut in brand steken.'

'Goed dan, stap maar in.'

Het was warmer in de cabine dan buiten, ook al was het raampje stuk. Ik probeerde het zeildoek open te spreiden over de behuizing van de motor, zodat het een beetje zou drogen. Storm praatte niet en ik ook niet. Na een paar minuten greep hij naar een pakje stokjes van gedroogd vlees en gaf mij er eentje. Ik kauwde en mijn mond vulde zich met speeksel. *Dat* is pas vlees, dacht ik. Ik wist dat ik zat te kauwen op een reepje gezouten, gerookte kat. Of misschien rat, daar doe ik niet moeilijk over. De tractor schudde verder. Ik wilde de hele tijd over mijn schouder kijken, ik had het gevoel dat de Maffia vlak achter me zat. Ik keek naar Storms pet met de oorflappen en dacht aan de uitkijk op de hoek, toen mijn moeders hut werd vernield. Iemand met een identieke pet … Ik vroeg me af of ik gek was hem te vertrouwen. Maar je kunt iemands loyaliteit niet afmeten aan wat voor werk hij doet.

Uiteindelijk bereikten we de plek waar de hoofdspoorweg kruiste met het zijspoor dat naar de pelsboerderij en naar het noorden ging. Het zijspoor lag in een holle weg, niet meer dan een halve kilometer van het tractorpad. Ik begon mijn doorweekte zeildoek weer bij elkaar te frommelen, het was nauwelijks droger geworden.

Storm schudde zijn hoofd. 'Die rommel heb je niet nodig. Het is een blok aan je been.'

'Ik heb het wel nodig. Mijn jas lag in de hut. Ik heb niets anders om in te schuilen.'

Hij greep achter zich naar de plank onder het kapotte raampje en trok een reservejasje tevoorschijn dat waarschijnlijk van hem was, niet van Nicolai, want het was vrij schoon. Het was bruin, glad aan de buitenkant en wol aan de binnenkant.

'Je mag dit van me lenen.'

Hij wilde dat ik als eerste uitstapte, zodat hij me daarna mijn spullen kon aanreiken, maar ik wilde in geen geval dat iemand met zijn handen aan de rugzak zat. Ik sprong eruit, in mijn nieuwe jas.

'Dank je voor het lenen, en voor de lift. Ik zal je terugbetalen, zo snel ik kan.'

'*Liet* je moeder je iets lekkers na, meisje?'

'Niets,' zei ik. 'Niets dan een paar blikken eten, die ik achter moest laten. Het was gewoon een roddel.'

Storm keek naar de rugzak en haalde zijn schouders op. 'Wel, als iemand iets vraagt, zal ik ze dat zeggen.' Hij zette zijn pet af, leunde voorover en propte ze op mijn hoofd. En toen, als in een opwelling, duwde hij de rest van het gedroogde vlees in mijn handen. 'Wanneer je bent waar je wilt zijn, stuur me dan een kaartje, oké?'

Ik knikte en wandelde weg, de sneeuw in.

Ik maakte een kamp tussen een bos hoog, dood riet. Ik at stevig van mijn eten, want eten is zoals een vuur in je binnenste hebben en ik moest zorgen dat ik warm bleef. Ik brandde ook twee van mijn kaarsen op, wat ervoor zorgde dat mijn zeildoek 's nachts gezellig bleef. De Lindquists waren oké in hun nest. Ik opende de noot en praatte vaak met ze, maar ik nam het schild niet weg, zodat ze het niet koud kregen. Het was een hele troost om hen bij me te hebben, ook al was ik doorlopend bang dat de bandieten zouden opdagen. Ik hoopte dat ik ze zou zien komen, zodat ik de kans kreeg om de spijkerdoos te begraven (ik had al een plek uitgezocht onder een stapel stenen) voordat ze me bereikten. Ik zou hun nooit vertellen waar.

Er kwam niemand. Ik zou nooit weten wie de Maffia had ingelicht dat ik weer thuis was (ik vermoed dat het de oude Nicolai was). Maar het zag ernaar uit dat Storm had gezwegen.

De zon was een oranje streep tussen de wolken, klaar om helemaal tevoorschijn te komen op de derde dag, toen de vrachttrein eindelijk opdaagde. Ik stond te wachten bij het spoor en wenste dat ik meer gedroogd vlees had. Mijn voeten waren grote blokken ijs, ik wist zelfs niet of ik op de trein *kon* springen. Ik wist alleen dat als het me niet lukte, het waarschijnlijk afgelopen zou zijn voor mij. De locomotief werd zichtbaar, doemde op als een snuivende, rochelende oude draak en sleepte zichzelf voort. Het zweet brak me uit, ondanks de kou, maar toen kropen de eerste wagons al voorbij, kreunend als oude dames met reuma. Het was een fluitje van een cent. De vierde wagon had een open ruimte aan de zijkant. Ik gooide mijn bundel zeildoek erin, sprong erachteraan en landde op een paar stapels oude zakken.

Ik smakte neer, ongelooflijk opgelucht en triomfantelijk. Jutezakken! Wat een luxe! En een droge plek! Misschien kon ik mijn laarzen uitdoen en mijn voeten drogen … Iemand hoestte. Ik besefte dat ik niet alleen was. Mijn ogen wenden aan het donker en ik zag dat de schaduwkant van de wagon gevuld was met lichamen, zwervers zoals ik. Iemand had zelfs een klein kacheltje aan. Ik herinnerde me wat mama had gezegd: *Het land ziet er leeg uit, maar is dat niet. Sommige mensen zullen ons helpen …* Storm had me al geholpen en mijn buren hadden me eten gegeven.

Ik was weggestuurd van school, uit mijn huis gebrand. Ik had pijn en was vuil, koud en nat, en ik wist dat ik doodsbenauwd hoorde te zijn voor de enorme reis die voor me lag. Maar ik had hoop. Ik bedacht dat dit mijn moeders geschenk was. Omdat zij mensen hoop gaf, omdat ze dat *uitstraalde*, gaven onze buren om haar, vonden ze haar belangrijk. Ik begreep niet wat de Lindquists betekenden en ik verlangde naar rust en stilte, zodat ik kon samenbrengen wat ik als kind had geleerd. Maar ik voelde hoe ik die hoop meedroeg, als een brandende vlam.

De goederentrein ratelde verder, trager dan Nicolais tractor. Niemand van de andere onofficiële passagiers lette op me. Ik maakte mijn rugzak los en tilde het deksel van de spijkerdoos. De magische noot was gegroeid, de naden leken meer opgevuld. Toen ik ze opende, keken de kits naar me op met identieke gepunte gezichten. Vijf van hen waren maar een beetje groter. De zesde, die de jam had gegeten, was ongeveer zo groot als het eerste kootje van mijn duim. De laatste keer dat ik had gekeken, vanochtend, was het maar een klein beetje groter dan de rest …

O, dit is niet goed, zei ik in mezelf. Nu heb ik een Lindquist in het tweede stadium die ik moet verzorgen en die al snel te groot wordt voor de noot. Maar eigenlijk was ik opgetogen. Ik voelde dat mijn mama me een trouwe vriend had gegeven.

'Nivvy,' fluisterde ik. 'Ben jij Nivvy, die teruggekomen is?'

Nee, het was niet Nivvy die zijn kleine poten tegen het schild duwde.

Het was een ander dier, met een hangende neus, een vacht die donker was als moeraswater, en een dunne, haarloze staart. Onder de gekrulde rand van zijn met snorharen bedekte lippen glinsterden witte tanden.

Ik opende het zegel. Vol vertrouwen sprong hij in mijn hand. De rest van de kits kropen bij elkaar en probeerden niet te volgen. Ik hield iets vast wat leek op een rat, een miniatuurrat met een hangende neus, en er was iets mis met zijn ogen, ik hield niet van zijn doffe, kleine ogen …

'Jij bent Nivvy niet. Maar wie ben je dan wel?'

De herinneringen kwamen terug. De bevelen, de vreemde lange woorden …

Er klonk opeens een slijmerige hoest naast mijn oor. Ik schrok en merkte dat er een oude man over mijn schouder stond te kijken. Ik keek hem boos aan en legde mijn hand over de Lindquist. De zwerver trok zich mopperend terug, maar ik zag hoe andere gezichten vanuit de schaduw naar me keken: donkere ogen, tandenloze monden. Mensen werden verondersteld muties te doden wanneer ze die zagen. Zouden zwervers dat doen? Ik stopte het wezentje terug in het nest, sloot de noot en probeerde ervoor te zorgen dat niemand zag wat ik deed.

Mijn ruggengraat tintelde. Wat voor magie was dit?

6 INSECTIVORA

De zakken zaten vol ongedierte. Ik dutte en krabde tot ik er gek van werd, maar ik kreeg het niet warm. De gedachte aan de miniatuurrat hield me wakker. Ik was bang dat er iets was misgegaan ... Ik had een mutie gemaakt in plaats van een Nivvy, en dat was omdat ik zo'n slecht mens was, om alles wat ik had uitgespookt op de Nieuwe Dageraad. Uiteindelijk ging ik weer rechtop zitten. De zwervers leken allemaal te slapen. Ik pakte de onderdelen van mijn lamp uit mijn rugzak en haalde daarna de noot zo stil mogelijk tevoorschijn. Ik stak de lamp aan en deed de schaal open. De vreemde kit was wakker, de andere lagen bijeengepakt te slapen. Ik deed het schild open en haalde het eruit. Het keek me aan met zijn doffe, diepliggende ogen die ik niet aardig vond. Ik onderzocht het helemaal, maar kon er niets verkeerds aan vinden, behalve dat het eruitzag als een rat uit een poppenhuis. Het was een zij, een wijfje ...

Ze hield ervan te snuffelen en te snuiven, en zoals mijn Nivvy kende ze geen angst. Ik liet haar me een beetje onderzoeken. Meteen kroop ze in mijn mouw en daar vond ze een luis. Ze bracht de luis naar buiten en ging op haar hurken zitten terwijl ze netjes kauwde.

'Is het dat wat jij doet?' vroeg ik haar stilletjes. 'Ben jij een insecteneter?' Nivvy had nooit insecten opgegeten (ondanks wat mama Nicolai had verteld). Soms doodde hij kakkerlakken, maar nooit om ze op te eten. Je kon zien dat hij ze vies vond. Het nieuwe wezen snoof aan me, haar neus ging op en neer, alsof ze met haar hoofd knikte. Ik voelde de aanwezigheid van een *persoon*, een levende dierenpersoon, die mijn vriend wilde zijn.

De 'toverlessen' kwamen me weer voor de geest; de dingen die ik uit het hoofd had geleerd voor ik tien jaar was. Het klonk allemaal zo anders nu. Insectivora, dat was de lange naam voor de insectenetende Lindquist. Ik had er Neusje van gemaakt toen ik nog een kind was.

'Jij bent Neusje,' fluisterde ik. 'En je bent helemaal goed, alleen niet wat ik had verwacht.'

Ik werd opnieuw met een schok wakker. Iets kletterde en dreunde. Even wist ik niet wat er gebeurde of waar ik was, ik kon me niet herinneren dat ik in slaap was gevallen …

Toen herinnerde ik het me: mijn lamp was uitgegaan en Neusje lag opgerold in Storms pet naast mijn hoofd. Ik sprong bijna op, geschokt dat ik zo onvoorzichtig was geweest. Toen besefte ik dat er iemand door de wagon liep. Een man met een licht schudde de zwervers een voor een bij de schouder. Ik probeerde te zien wat er gebeurde. Gaven ze hem geld? Kon er een kaartjesknipper zijn op een vrachttrein? Moesten zwervers hun papieren laten zien? Ik zag de omtrek van een scherpe pet en ik wist dat deze 'kaartjesknipper' in uniform was.

Dat deed me beslissen. Ik stopte de lamp weg, zette mijn pet op met Neusje veilig erin, greep mijn kostbare rugzak (ik zou mijn zeildoek moeten achterlaten) en schoof langzaam naar de opening in de zijkant van de wagon. Het lukte me bijna, ik was klaar om te springen, maar ik kon niet zien wat er daarbuiten precies was. Ik aarzelde te lang. Het licht scheen in mijn ogen en deed me duizelen. De woorden van de man liepen in elkaar over, zoals de dikke verpleegster had gepraat in het ziekenhuis. 'Watdoejijopdezetrein?'

'Ik ben op weg naar het noorden.'

'Jehebtnietstezoekenopdezetrein.'

Ik had geen geld, gevangenisscrip of iets anders van waardepapieren. Ik wist niet wat te zeggen. Ik kon het gezicht van de man nauwelijks zien. Het licht trok aan me. 'Rechtop. Komaan.'

Ik moest hem volgen. Aan het eind van de wagon gooide hij met veel gekletter en gedreun de grendel in een ijzeren plaat en de deur ging open. We moesten de koude nacht in om over de koppeling te stappen. Ik hield me vast aan een ijzeren trap, terwijl hij een andere plaat aan de achterkant van de volgende wagon opende. Ik dacht eraan te springen, maar net op dat moment ratelde de trein een helling af, sneller dan hij de hele nacht al had gereden. Ik zou door elkaar geschud worden en zo wanhopig was ik nog niet. We liepen door een lege wagon, die aan de zijkanten gesloten was en waarin geen zwervers zaten, en daarna door twee volle wagons, langs zwaaiende ladders en vette, verroeste handvatten naar de vuurcabine, waar de stoker de oranje grot van zijn verwarmingsketel verzorgde, en naar het slingerende hol van de machinist.

Het was een stoommachine, die brandde op bruine kool. De cabine van de chauffeur was smerig en verstikkend door de kolenrook, maar warm en droog. Er stond een theepot te sissen op een hete plaat. De chauffeur, een stevige man met een zwarte snor en roze wangen, draaide zich om van zijn wijzers en handgrepen. De kaartjesknipper mompelde iets wat ik niet kon verstaan, schonk een kopje thee in en ging zitten op een metalen stoel die aan de wand was geschroefd. Hij begon een sigaret te rollen. De chauffeur bekeek me van boven tot onderen.

'Wat doe je op deze trein?'

'Ik ben op weg naar het noorden.'

'Heb je geld?'

'Nee.' Ik sloeg mijn armen om mijn rugzak en keek hem boos aan, daagde hem uit om die van me af te pakken. Achter me lachte de kaartjesknipper.

'Je kunt niet reizen met deze trein,' zei de chauffeur.

'En al die andere mensen dan?' vroeg ik. 'Waarom kunnen zij wel meerijden?'

'Je bent nog een kind,' zei de chauffeur. 'We moeten je eraf zetten bij de volgende halte. Dat is de wet … Geef haar een kopje thee.'

De kaartjesknipper gaf me een gebarsten, vettige mok met hete thee en suiker erin. Ik ging op de vloer zitten, mijn rugzak tussen mijn knieën, en nipte van de heerlijke zoetigheid. De twee mannen negeerden me. Af en toe wisselden ze een paar woorden met elkaar, maar meestal zaten ze daar in diepe stilte, terwijl de trein verder denderde. Ik begon het warm te krijgen. Mijn voeten ontdooiden, stoom steeg uit mijn laarzen op. Ik zette Storms pet af en hield ze boven mijn rugzak, mijn handen erin, zodat ik Neusje kon strelen. Ik wist waar de volgende halte was en dat was toch de plek waar ik eruit had willen springen.

Iedereen helpt me, dacht ik. Ik vroeg me af of mijn mama's magie ook werkte op mensen die haar nooit hadden gekend.

Of waren gewone mensen goed van nature, als ze de kans hadden?

De machinist en zijn maat deden me geen kwaad, ze probeerden me niet te beroven. Ze lieten me in hun rokerige haven zitten, zodat ik droog kon worden.

Al snel wist ik dat we bijna bij de pelsboerderij waren. Ik kon de geur van bederf, die in de zomer soms tot bij onze Nederzetting dreef wanneer er een sterke wind stond, al ruiken ... En ik kon de honden al horen. Dat was beangstigend. Ik herinnerde me vaag tekeningen van honden in mijn babyboekjes, maar ik had er nog nooit eentje in het echt gezien. In de griezelverhalen die de kinderen in de Nederzetting vroeger vertelden, werden de waakhonden van de pelsboerderij grootgebracht met menselijk vlees, om ze wild te maken. Vooral vlees van weggelopen kinderen had de voorkeur ... Maar de boerderij was de enige plek waar ik voorraden voor mijn reis hoopte te vinden.

Ik stond op, tilde mijn rugzak op en zette mijn pet op, met Neusje er veilig in. De stank in de cabine was nu verschrikkelijk. Ik kon niet geloven dat die geur echt van de boerderij kwam. Ik dacht dat de stoker misschien rot vlees in zijn ketel had gesmeten ...

'Dank u wel,' zei ik tegen mijn vrienden. 'Als ik kon, zou ik u betalen.'

De kaartjesknipper lachte een beetje scheef en pakte mijn rugzak. Het gebeurde voor ik hem kon tegenhouden. Hij hielp me uit de trein en stapte toen zelf af. Het was pikkedonker en de smerige stank was nog erger buiten de trein. Het deed me kokhalzen en de kaartjesknipper lachte ermee. Verder op het perron klonk geschreeuw en gedreun, terwijl er containers in- en uitgeladen werden.

Mijn plan was om hier stiekem de trein uit te stappen en me te verstoppen en te zien wat ik kon stelen. Maar al wat ik kon doen, was de man volgen die mijn rugzak had. We liepen naar een smalle deur in een grote, donkere muur. Boven de deur hing een vuil geel licht. Het gejammer en gehuil van de honden werd luider toen hij mijn rugzak aan de man gaf die kwam opendoen.

'Wat hebben we hier?'

'Minderjarig kind. Mogelijk weglopertje. Geen toestemming om te reizen.'

'Nou, we hoeven haar niet.'

De kaartjesknipper trok een verfrommelde zakdoek tevoorschijn. Hij duwde hem tegen zijn neus terwijl ze verder discussieerden. Uiteindelijk kon hij de andere man overhalen dat het waard was me aan te nemen. Ik denk dat er wat scrip van hand wisselde. Ik lette niet echt op, mijn ogen zaten vastgeplakt aan mijn rugzak. De kaartjesknipper verdween, de man van de boerderij greep mijn arm. Ik was een gevangene.

Misschien zijn gewone mensen goed, zolang je wegblijft van de slechteriken, maar zo goed zijn ze nu ook weer niet.

De pelsman had een dikke, ruwe jas aan die gemaakt was van bruine en grijze pels. Ik moet een paar pelzen zien te bemachtigen, dacht ik (om mezelf op te monteren). We stonden op een lang plein, verlicht door nog meer gele lampen en grijs van de nieuwe sneeuw. Aan de ene kant was een rij schuren, groter dan de voorraadwinkels van de Nederzetting. Aan de andere kant was een kooi van draadgaas en daar zaten de honden. Ze gooiden zich tegen de draad toen we voorbijkwamen, grauwend en jankend. Ik kreeg geen duidelijk beeld: het was een kolkende massa van pels en tanden en kwijlende tongen. Maar ik was blij toen ze het zwijgen werd opgelegd.

De man maakte een gebaar naar hen. 'Dat doen we met weggelopen kinderen. We voeren ze aan de pelsdieren. Aardige, zachte dieren … De waakhonden, die wil je niet ontmoeten.'

De geur was verschrikkelijk. Het vulde de lucht, leek mijn huid en mijn kleren te bedekken: rot vlees, oud bloed, beschimmeld vet, o, maar nog meer dan dat. Het was te erg voor woorden. We liepen naar het einde van het plein, waar een klein houten gebouw gewrongen stond tussen nog meer voorraadschuren. Een vuil, vervaagd bord liet het nummer en de sector van de boerderij zien. De man die mijn rugzak vasthield, klopte en we gingen naar binnen.

Ik werd door een kale voorkamer naar een kantoor geleid waar de stank nog erger was door de warmte van een tegelkachel. De man met de pelsjas rapporteerde aan een korte, donkerhuidige man in uniform die ach-

ter een erg rommelig bureau zat, dat ik een wegloper was. Pelsman gooide mijn rugzak zo onvoorzichtig op de vuile vloer dat ik bijna gilde, en er
klonk een sinister, jachtig geluid, alsof er tussen de vuile papieren en de
kartonnen dozen iets levends bewoog.

'Ongedierte,' gromde de man achter het bureau. 'Ik haat ze.'

Pelsman lachte en vertrok.

Overal lagen stapels papieren: ze hingen uit de lades van een archief-
kast, dikke lagen mededelingen hingen aan de vuile, gele muren. De donkere man wees naar een stoel. Ik las het naamplaatje dat tussen gore bergen van nog meer papierwerk stond. *Boerderijmanager: Osman Ismael.* Op
de muur achter hem hingen grafieken met rode, puntige lijnen erop, en
een kalender met een vrouw in een zijdeachtige, glanzende zwarte bontjas met laarzen aan en een zwierige bontmuts die erbij paste. Maar alles
zag er oud uit.

Ik keek naar de stapels papier en probeerde een plan te bedenken.

'Bent u meneer Ismael?' vroeg ik. 'Is dit uw kantoor?'

'Je spreekt wanneer iemand je iets vraagt, klein meisje. Doe je jas uit.'

Ik deed Storms jasje uit en gaf het aan hem. Hij rook aan de voering
en wreef erover om de dikte van de wol te voelen. 'Synthetische rommel.
Waardeloos. Hier hebben we echte huiden. Elke werkman heeft zijn eigen
pelzen. Wat zit er in die tas?'

'N-niet zoveel. Mijn rantsoen.'

Toen merkte meneer Ismael mijn schooluniform op en zijn uitdrukking veranderde. 'Nou, jongedame,' zei hij, terwijl hij wat rechter ging zitten. 'Weet je niet dat het een vreselijke misdaad is om zonder coupon te
reizen? Je hebt wel een paar vragen te beantwoorden. Ik moet een formulier invullen. Denk je dat ik daar allemaal tijd voor heb?'

'Niemand heeft me gevraagd om een reiscoupon.'

'Huh. Heb je er een? Waarom was je op de vrachttrein?'

Ik had gewoon pech. De mensen van de vrachttrein hadden me eruit
gegooid omdat ik een kind was, misschien een wegloper, en ze wilden geen
problemen. Nu moest de boerderijmanager iets doen, ook al wilde hij dat
niet. Mijn uniform zou een voordeel geweest zijn als ik volwassen was

geweest – mensen in de Nederzettingen zijn erg voorzichtig tegen mensen in uniform – maar nu zou het de dingen alleen maar erger maken. Hij zou me niet gewoon durven bestelen en me dan laten gaan. Als ik niet oppaste, zou ik opnieuw op de Nieuwe Dageraad belanden.

Ik durfde niet naar mijn rugzak te kijken. Neusje zat nog steeds in mijn pet en ze begon wat rond te krabbelen. Ik zette ze af voor meneer Ismael iets vreemds zou opmerken en legde ze op mijn knie, met mijn hand erin, zodat ik haar kon aaien.

'Ik ben afgestudeerd en onderweg naar mijn nieuwe baan,' zei ik. 'Ik ben mijn coupon kwijt, daarom zat ik op die trein. Maar ik heb geen haast. Het lijkt alsof u wel een kantoorhulp kunt gebruiken …'

'Huh. Waar heb ik die formulieren voor niet-gemachtigde reis gelegd …'

Er kwam een kakkerlak onder een stapel papieren vandaan en hij viel van de rand van het bureau op mijn schoot. Ik sprong walgend op. Het zorgde ervoor dat Neusje ook opsprong. Het volgende moment zat ze alweer in de pet met het beest worstelend tussen haar kaken. De boerderijmanager trok een lade open, maakte opnieuw een walgend geluid en schudde drie kakkerlakken van het document dat hij eruit haalde. Ik bewoog mijn elleboog om het gevecht dat in mijn pet gaande was, te camoufleren. 'Hoe kan ik zo blijven leven?' mompelde de man. 'Ik word hier ziek.'

Ik zag nog twee beesten, afschuwelijke bruine dingen die over de inktstempel kropen, en ik besefte dat de papieren ervan *vergeven* waren. Alles was rustig in de pet. Toen piepte Neusje eruit en voor ik kon vermoeden wat ze zou gaan doen, was ze op het bureau gesprongen en greep ze een volgend insect …

Het verdween in enkele seconden en ze pakte er nog een.

Meneer Ismael kon de slachting niet zien, ze was voor hem verborgen door de stapels papier. Ik was blij dat hij het kraken van Neusjes kaken niet hoorde. Hij wierp me een sarcastische blik toe, spreidde het formulier voor zich uit en pakte een pen.

'Een afgestudeerd studentje, hè? Hoe oud ben je?'

'Ik zie er jonger uit dan mijn leeftijd.'

'Naam? Sector? Nederzettingsnummer? Geboortedatum? Wat deed je op die trein? Waarvan liep je weg? Je zou beschaamd moeten zijn …'

Meneer Ismael viel stil en staarde naar zijn bureau. Neusje had zich een weg naar zijn kant van het bureau gebaand en was juist volledig in zicht gekomen met een stampende kakkerlak tussen haar kaken. Was ze al *groter* dan toen we hier aankwamen? Ja, ik denk het wel. Het insect verdween ongelooflijk snel. Ik hield mijn adem in.

De boerderijmanager leek bevroren van verbazing. We keken beiden in stilte naar Neusje, die heen en weer rende en de ene moord na de andere pleegde. Ze rende naar de rand van het bureau en ging op haar hurken zitten, haar lange neus trilde. Ik zag dat de beesten op de grond brutaler waren geworden. Ze negeerden het licht en het lawaai en kropen in de ruimte rond als ratten. Het was weerzinwekkend.

Neusje verspilde geen tijd. Ze klauterde naar beneden langs een poot van het bureau en ging erachteraan. Ze bewoog snel en ze was onoverwinnelijk, een moordmachine zonder weerga.

'Is het ongedierte hier een probleem?' vroeg ik onschuldig.

De manager kon zijn ogen niet van Neusje afhouden. 'Vergif raakt hen niet,' gromde hij. 'De kou doodt hen niet. Ze zijn sneller geëvolueerd dan wij. Wist je dat er *in de hele wereld* geen vergif meer is dat de kakkerlakken uit de wildernis kan doden? En elke winter verhuizen ze naar binnen. We bevriezen of ze zitten overal. In ons eten, in onze kleren. Als ik wakker word in mijn bed, zitten ze op mijn gezicht. Ik roer in mijn soep en er zit een kakkerlak op mijn lepel. Stel je eens voor, hè? Allemaal omdat we die prachtige bontjassen kunnen maken die de vrachttreinen kunnen meenemen. Hm … Wat voor een dier is dat? Een mutie?'

'Nee! Nee!' Ik dacht snel na. 'Natuurlijk niet! Het is een nieuw soort fabrieksdier. Het ongedierte is erg slim geworden, ze vermijden vallen en vergif, dus daarom is er nu dit fabrieksdiertje ontwikkeld. Ik ben een leerling-verdelger. Ik reis naar het noorden om mijn commandant te vervoegen, maar ik heb mijn reiscoupon verloren, zoals ik al zei …'

De meedogenloze slachtpartij op de vloer van het kantoor ging gewoon door. Meneer Ismael had een vreemde uitdrukking van verwondering en verlangen op zijn gezicht …

'Kijk,' zei ik. 'Ik zit in de problemen, jij hebt een probleem. Misschien kunnen we tot een overeenkomst komen?'

Hij keek me aandachtig aan. 'Wil je regeringseigendom verkopen, kleine meid?'

'Helemaal niet,' zei ik. 'Ik bedoelde dat u ons kunt inhuren.'

De ogen van de man vernauwden zich en hij wreef over zijn vuile, borstelige kin. Hij deed me denken aan Kolya, de Spijkerophaler. Hij kon me vermoorden, me aan de honden voeren, alles bijhouden en hij zou waarschijnlijk nooit gepakt worden. Maar de meeste mensen zijn niet *echt* slecht. Ik vermoedde dat er een goede kans bestond dat hij echt zaken met me wilde doen.

'Je kunt ons inhuren,' herhaalde ik. 'Luister, ik ben beroofd, dat is wat er gebeurd is. Mijn treinticket was weg. Daarom ben ik op de vrachttrein gesprongen. Ik hoef geen geld, ik wil alleen terug naar mijn commandant. Als u me wat voorraden bezorgt voor mijn reis of een coupon, als u die kunt bemachtigen, dan kan ik hier, zeg maar, een week blijven. Tegen die tijd bent u verlost van alle ongedierte. Zij ... ik bedoel de ongedierteverdelger eet de nesten en eieren ook op. We garanderen een jaar bescherming indien we volledige toegang krijgen tot de geïnfecteerde zone.'

'Hm.'

'Daarna kan ik terugkomen met mijn commandant en hij zorgt dan voor een periodiek contract.'

'Ik heb nog nooit gehoord van reizende verdelgers,' zei meneer Ismael. 'Ik zal je papieren moeten zien.'

'Die zijn ook gestolen. Als u niet geïnteresseerd bent, kunt u nu beter iemand bellen die me kan komen halen om terug te gaan naar ... het verdelgcollege. Met mijn ongedierteverdelger ...'

'Niet te snel, niet te snel.'

Een paar minuten bleven we kijken naar Neusjes heroïsche jacht.

'Zou je een week blijven? Je hebt ... geen last van de ... eh ... geur?'

Ik keek verwonderd. 'Welke geur?'

Het was een doortrapte zet. Meneer Ismael leefde vast al jaren in de vreselijke stank, in de Nederzettingen verander je niet zo gauw van baan.

Hij haatte vast al die mensen die hun zakdoeken bovenhaalden en weg-deinsden voor de geur en voor hem.

Hij glimlachte warm. 'Het is heel natuurlijk wanneer we de huiden klaarmaken, het is vrij heilzaam eigenlijk. Maar sommige mensen vinden de geur een beetje sterk …'

Toen had ik weer pech. Net toen hij begon te kantelen, zoemde er iets op zijn bureau. Meneer Ismael groef een zwarte intercom op, zette de hoofd-telefoon op en luisterde met een frons …

'Jij wacht hier. Er is iets gebeurd. Zal niet lang duren.'

'Geef ons een halfuur,' blufte ik, 'en uw kantoor zal een jaar insecten-vrij zijn.'

Ik hoorde hoe hij een sleutel omdraaide in het slot, ik sprong van mijn stoel, pakte mijn rugzak en knielde terwijl ik hem omarmde. Er was een klein raam in de muur achter het bureau. Was het groot genoeg om erdoor te kruipen? Ik zou het open moeten maken zonder geluid te maken … Neusje kwam weer tevoorschijn gerend en sprong op mijn knieën. Ze was weer groter geworden, maar haar ogen waren nog steeds klein en dof. Ik besefte dat ze haar ogen niet echt nodig had. Ze was een en al neus en in-sectenkauwende tanden. Ik dacht dat ze ook heel goede oren had, want bij het minste geritsel van een insect schoot ze erheen.

De geuren die ze niet nodig had, kon ze waarschijnlijk filteren, zodat ze zich kon concentreren op de lekkere, want de stank van de pelsboerde-rij leek haar niet te deren. Ze was gelukkig. Ik probeerde er niet aan te denken, maar die stank was *vernietigend*.

Ze kroop op de voorkant van mijn jurk en duwde haar ronde kogel-hoofd tegen mijn nek. Toen ik haar oppakte en vasthield, nam ze mijn neus tussen haar kleine, naakte pootjes. Ik dacht dat ze me zou gaan bijten, maar ze wilde alleen maar mijn neus tegen de hare duwen. Ik wenste dat ik nooit had gedacht dat haar ogen zo vreemd waren, of dat ze een soort rat was. Ze was de tweede van mijn Lindquist-vriendjes, een strijder en een over-winnaar, zo moedig als mijn lieve Nivvy.

'Je hebt ons gered, Neusje. Je was fantastisch. Maar nu moeten we hier wegkomen en jij moet eigenlijk terug in de noot …'

Ik was er niet van overtuigd dat meneer Ismael in mijn verhaal was getrapt. Ik wist niet hoe ik aan voorraad zou komen, maar de eerste prioriteit was hier wegkomen, snel. Als meneer Ismael besliste dat Neusje een mutie was, dan was haar doodvonnis getekend … Als hij besliste om me op te sluiten en de politie te laten komen, dan was het allemaal voorbij. Ik liet Neusje op mijn schouder lopen en haalde snel de noot tevoorschijn. Ze was weer wat groter geworden, de rimpels vervaagden, de huid leek te zwellen. Het zou van bruin overgaan in rood naar geel, daarna zou hun cyclus voorbij zijn … De kits waren oké, ze waren niet gewond geraakt toen de rugzak op de grond was gesmakt. Maar ze zaten dicht op elkaar gepakt en ze keken bang uit hun oogjes.

'Jullie vragen je vast af wat er allemaal aan de hand is,' fluisterde ik en ik probeerde mijn stem sussend en kalm te laten klinken. 'We zijn op een pelsboerderij. Hier worden fabrieksdieren gehouden, geen echte dieren zoals jullie, en ze worden gekweekt om er luxueuze kleren van te maken. Je zult dit waarschijnlijk niet geloven, maar ze *maken* het hier koud, in het wintermodeseizoen, in de steden, zodat ze de pelzen kunnen dragen …'

Het was magisch hoe de kits ontspanden bij het geluid van mijn stem. Het gaf me een machtig gevoel, alsof alles in orde zou komen. Neusje klauterde langs mijn arm naar beneden. Ik dacht dat ze terug in de schaal wilde, dus pakte ik haar niet. Ik opende het schild en bleef zachtjes mompelen, zodat de kits niet in paniek zouden geraken. 'We zullen wel een schuilplaats vinden. Het wordt gevaarlijk, maar dat zal het waard zijn. Ik zal een paar dagen nodig hebben om mijn weg te zoeken, maar ik ben een goede dief. Ik ga een slee zoeken en een paar pelzen en …'

Ik was gewend aan geuren. Maar als die dame op de kalender zou weten hoe het hier stonk, zou ze die sabelbont dan nog willen dragen?

De deur ging zachtjes open en Neusje viel op de grond. Ik gilde en wilde haar grijpen. Maar ze was al weg en de noot lag op de vloer, wagenwijd open.

'We zijn nog niet klaar …' snakte ik, terwijl ik vruchteloos probeerde om ze uit het zicht te scharrelen. 'Een paar minuten nog. Ik moet nog even nagaan …'

Ik slaagde erin de schaal te sluiten met de vijf kits veilig erin, maar het was te laat. Meneer Ismael had ze gezien. Hij pakte me bij mijn ellebogen en duwde me opzij. Ik wrong niet tegen. Ik wist dat het allemaal voorbij was als ik zou gaan vechten, ik zou me hieruit moeten praten.

'Ah!' riep hij. 'Wat hebben we hier? Ik dacht het wel! Gestolen pelsdragerkits!'

'Nee!' gilde ik wanhopig. Diefstal van fabrieksdieren was een heel zware misdaad. 'Geen pelsdragers! Verdelgers! Bureau … Bureau van Verdelgingseigendom!'

De deur van het kantoor stond open. Neusje was verdwenen en ik was verloren. Meneer Ismaels greep op mijn armen maakte opnieuw een kind van me. Hij hield me vast met een hand, schoof de noot terug in mijn rugzak en raapte hem op. Toen duwde hij me uit het kantoor, sloot de beide deuren achter zich en riep om bijstand. Een jonge man, ook in zo'n sjofele bruin-grijze bontjas, kwam naar ons toe gerend.

'Wat is er, baas? Problemen?'

'Pelsdragers!' siste meneer Ismael opgewonden. 'Helderbruine, heel netjes, levend! Ik heb er vijf. De grootste is ontsnapt, die zit in mijn kantoor.'

'Het zijn geen pelsdragers!' gilde ik. 'Het zijn insectenetende verdelgers, ik heb er een licentie voor en jij zit dik in de problemen als je ze van me afpakt!'

'Wat wil je dat ik doe?' zei de jongeman, die mij negeerde.

'Wees stil jij,' zei meneer Ismael en hij schudde even met me. 'Zoek de andere kit,' zei hij tegen de bewaker. 'Het mag hier niet vrij ronddolen. Laat het personeel elk gebouw doorzoeken. Maar doe het stil. We hebben een bezoeker op het terrein, denk erom … Maar haal eerst Sultan voor me!'

De jongeman knikte en opende een hek in de hondenren. Hij sloeg zich een weg door de jammerende dieren en deed een ketting om de nek van een heel grote. Meneer Ismael nam de ketting van hem over en trok mij en de hond samen naar een van de grote schuren. Hij duwde me naar binnen, ging op één knie zitten, pakte de hond bij zijn nekvel en wees naar me.

'*Waak*, Sultan. Niet bewegen, meisje, of hij bijt je keel over. Ik maak geen grapje!'

Hij smeet de deur dicht en liet me daar achter.

Ik was wanhopig. Ik zou ergens terechtkomen waar het nog erger was dan in de Nieuwe Dageraad, maar dat kon me niet schelen. De Lindquists! Als ik ze kwijt was, o, als ik ze nu kwijt was. Ik dwong mezelf stil te staan. De hond zat rechtop op de aarden vloer en staarde me aan. Hij was niet zo groot als ik me had voorgesteld, maar hij was toch groot genoeg. Zijn mond hing open: een lange roze mond met een tong die eruit hing en heen en weer schoot tussen tanden als gekartelde witte messen. Ik probeerde een half stapje voorwaarts.

Sultans lip krulde en hij maakte een laag, dreigend geluid. Ik durfde niet verder te gaan. Een wapen, dacht ik. Ik heb een wapen nodig. Ik probeerde om me heen te kijken, zonder de hond uit het oog te verliezen. De schuur was groot en gevuld met schaduwen, doordat ze schaars verlicht werd door een paar witte buizen aan het hoge plafond. Tegen de muren stonden kisten opgestapeld. Van sommige kon ik aflezen wat erop stond. *Hondenhuiden, kwaliteit 1; hondenhuiden, kwaliteit 2 …* Voor de kisten tegen de linkermuur – bijna binnen mijn bereik – stond een metalen rek waar pelzen op hingen: geen zijdeachtige zwarte pels, zoals de kalenderdame droeg, maar ruw en donkerbruin, zoals de jassen van de bewakers. Ze hadden nog steeds de vorm van het dier dat ze had gedragen: vier poten en een staart. Ik keek van de hond voor me naar de hoofdloze huiden, ik kon gemakkelijk het verband zien. Op de grond onder het rek zag ik een glanzende metalen staaf.

Sultan bekeek me met een onwrikbare, koude blik. Hij is pelsvoorraad, vertelde ik mezelf. Hij is eigenlijk een kledingstuk dat groeit. Hij is niet getraind om te doden … Dat maakte niet veel verschil voor mijn moed. Vermoord worden door iets dat zelfs geen dier meer was, leek helemaal een afgrijselijke dood. Zoals vermoord worden door een geest. Of een reuzenkakkerlak.

Wat kon ik doen? Ik praatte met de Lindquists en mijn stem suste hen. Was dat magie? Was het overgegaan van mama op mij? Zou het werken bij deze bruut? Ik was wanhopig genoeg om het te proberen. 'Sultan? Je hoeft deze mensen helemaal niet trouw te zijn …' Ik maakte mijn stem zacht, aardig, bijna neuriënd. 'Kijk, dit zijn *hondenhuiden*. Ze sturen de mooie pelzen naar de steden, maar de hondenhuiden dragen ze zelf. Je weet dat ze dat doen, je ziet ze elke dag in hun hondenvellen. Ik durf te wedden dat je denkt dat ze alleen de zwakkeren pakken, maar het zal net zo goed met jou gebeuren. Ze hakken je hoofd en je poten eraf, je vlees wordt aan je broers en zussen gegeven …' Ik dacht niet dat het ertoe deed wat ik zei, het was mijn stem die telde, maar door te proberen hem bang te maken, voelde ik me beter. 'Denk je dat de mensen hier om je geven? Ze sluiten je op, ze leggen je aan de ketting, al wat ze zien, is een groot fabrieksdier, alleen maar een *pelsdrager* …'

De hond zette zijn oren rechtop. Ik dacht dat hij luisterde, hij was gefascineerd door mijn neuriënde stem. Ik schoof mijn voet opzij. Ik moest alleen dat rek zien te bereiken en het een stevige duw te geven. Als Sultan neerlag, verstrikt in de huiden, dan kon ik die staaf pakken en hem op zijn kop slaan …

'Op een ochtend komen ze voor jou. Ze geven je vast een speciale maaltijd, om je voor de gek te houden. Daarna trekken ze je tanden, rekken ze je uit op een rek en *stropen je terwijl je nog leeft*, en de andere honden zullen eromheen staan. Die honden die je haten omdat je meneer Ismaels lieverdje was, ze zullen als eerste toehappen voor stukjes vlees …'

Sultan leek deze vreselijke toekomst in zich op te nemen en ik hoopte dat het angstzweet hem zou uitbreken, want ik had koud zweet en misselijkmakende rillingen die over mijn rug liepen. Ik verschoof mijn andere voet en sprong opzij. Ik greep en rukte met al mijn kracht.

Sultan lag op de grond, begraven onder een rommeltje van gedeeltelijk behandelde hondenhuiden. Ik greep de metalen staaf … Maar het was geen losse staaf! Ze zat vast in betonnen blokken met bouten. Het was een vloerspoor, waarop de rekken voort konden schuiven.

Als ik de kisten kon bereiken voor hij weer vrij was, dan kon ik tenminste buiten zijn bereik klimmen. Maar toen ik opsprong, trok mijn rechterbeen, mijn slechte been, scheef. Ik kon bijna niet meer op mijn voeten staan. Ik hield een hondenhuid als een schild voor me uit terwijl ik achteruit stapte.

'Ik vertel je de waarheid,' hijgde ik. 'Ze gaan je stropen ...'

De hond leek niet langer onder de indruk. Hij kwam dichterbij, zijn voorpoten zetten zich schrap en zijn nekharen gingen overeind staan. Getraind of niet, hij zag er dodelijk uit. Maar er gebeurde iets achter Sultan, iets vreemds. Er verscheen een vers, langwerpig heuveltje op de aarden grond. Het *bewoog snel*. Het was onder de deur door gekomen en schoot nu voorwaarts als een mobiele miniatuuraardbeving.

De heuvel ontplofte. Sultan jankte en sprong in de lucht. Er hing iets te bengelen aan een van zijn achterpoten. Het was Neusje, twee keer zo groot als toen ik haar laatst zag in meneer Ismaels kantoor. Sultan beet krankzinnig naar zijn eigen poot. Neusje liet los, maar zette haar tanden meteen weer in de achillespees van de hond. Ze kende geen angst! Sultan huilde en danste in cirkels. Ik klom op de kisten en kroop langs de bovenkant naar de uitgang. Er zat een stevig gat tussen de deur en de omlijsting, groot genoeg om mijn hand door te steken. Ik tastte en morrelde en vond het einde van de grendel. Ik begon eraan te trekken, maar toen besefte ik ...

'Neusje!' gilde ik.

Ze kende mijn stem. Ze kwam recht naar me toe, klauterend over de kisten. Haar poten waren veranderd. Ze waren breed en plat, als roze schoppen met zware, kromme klauwen, en haar pels was donkergrijs fluweel. Sultan sprong en sprong, razend dat hij ons niet kon bereiken.

'Neusje,' snakte ik naar adem, 'ik denk dat ik de deur open kan doen, maar dan moet ik naar beneden en dan komt hij recht achter me aan en blaft hij de hele buurt bij elkaar. *Ik moet de kits vinden*. Kun je me helpen?'

Ik wist dat mijn moeders magie een antwoord zou hebben.

Neusje snuffelde aan me, haar doffe ogen verloren in de fluwelen pels. Er hing een druppel bloed op haar trillende neus, maar ik was zeker dat die van Sultan kwam. Ze was nu ongeveer zo groot als een mannenhand, maar het was nog steeds een mysterie waar ze al die kakkerlakken had gestoken. Ze moet wel twintig keer haar eigen gewicht hebben gegeten. Maar toen werd het mysterie opgelost, vlak voor mijn neus ... De Lindquist ging zitten en *groeide*. Haar pels ging rechtop staan en werd dikker en veranderde in puntige stekels. Ik zag haar ogen helderder en schalkser worden. Het leek wel of ze stilletjes zat te lachen. Toen rolde ze zichzelf op, liet zich van de kisten vallen en landde op de vloer, een solide massa van sleedoornstekels, allemaal naar buiten gericht.

Sultan was buiten zichzelf, hij kefte en danste om het vreemde voorwerp heen. Hij probeerde erin te bijten en sprong naar achteren, met zijn poot tegen zijn mond ... Ik trok aan de grendel en duwde tegen de deur. Ze ging open. Ik liet me vallen en rende.

Ik kon alleen maar hopen dat Neusje voor zichzelf kon zorgen.

Ondertussen was het ochtend, een rauwe, grauwe, grijze dageraad, het soort hatelijk weer dat de winter aankondigde. De sneeuw veranderde in slijk. Er waren geen pelsdragende bewakers in de buurt. De honden in de kooi jankten en blaften naar me, maar dat leken ze altijd te doen. Er kwam niemand aangerend. Meneer Ismaels kantoordeur stond open. De kamer was leeg, mijn rugzak en jas waren weg.

Tussen de hondenren en de schuren waar meneer Ismaels kantoor stond, leidde een smal steegje naar een ander plein. Ik giste dat dat de weg naar de pelsboerderij zelf was. Hij denkt dat het pelsdragers zijn, dacht ik, dus hij zal ze naar de pelsboerderij hebben gebracht.

Het andere plein was groter en omringd door kale grijze gebouwen met hoog bovenin rijen kleine ramen. De smerige stank was hier nog erger. Ik zag een paar pelsdragende bewakers met geweren op hun rug, die energiek tussen twee gebouwen uit kwamen, hun hoofden naar beneden, hun ogen gericht op het beton voor hen. Ik wrong me tussen twee dubbele deuren die op een kier stonden, vond in de hal nog een deur die niet gesloten was en toen was ik binnen in de pelsfabriek. Er waren een paar mensen in donkere, nauwsluitende overalls met groezelige witte kapjes, die de machines bedienden. Maar ze bevonden zich aan de andere kant van de enorme ruimte en merkten me niet op.

De ramen zaten te hoog om veel licht te geven. Witte buizen aan de muren gaven een zwakke warmte af. De rennen of kooien stonden in drie rijen, met een smalle doorgang ertussen en bewegende bakken eronder om de smurrie af te voeren. In de eerste rij leken de hokken op bassins. Kleine dingen kronkelden rond de witte buizen aan de binnenkant. Ik had nog nooit levende fabrieksdieren gezien en ik begreep nu waarom meneer Ismael dacht dat ik pelsdragers bij me had. De kleine dingen hingen vol dikke zwarte pels. Ik staarde hen aan en kreeg vreemde gedachten over mijn moeders magie. Maar ik kon bij deze kits geen hoofden of voeten onderscheiden, en nauwelijks buiken. Het waren geen dieren. Het waren bladeren van bewegende, met pels bedekte huid; kledingstukken die groeiden, zonder doel of gevoel. O, als mijn kits in een van deze bassins waren gezet! Als ze al op een of andere manier waren veranderd in dingen als dit! Ik keek in alle bassins, ziek van angst, maar ik zag geen helderbruin. Alleen zwart en wit; roestrood en blauwgrijs.

In de andere twee rijen waren de pelsdragers al wat groter. Nog steeds geen teken van leven van mijn Lindquists. Ik haastte me verder. In een tweede grote ruimte was de lucht ijskoud en hier waren een paar van de pelzen groot en bijna klaar om gedood te worden – als ze al ooit hadden geleefd. Je kon wel zien hoe afschuwelijk het moest zijn als deze creaturen op een of andere manier zouden kweken met een wild dier, zoals mijn Nivvy. Denk aan een blad bewegende pels, zo groot als een bedsprei, gewapend met gemene tanden, moedig en sluw en altijd hongerig. Stel je een leger van zulke dieren voor dat door de wildernis zwerft …

Achter de koude ruimte kwam ik in de verwerkingssector. Hier stonden lange wasbakken, waarin de pelzen werden geschraapt en gewassen met verschillende behandelingen. Maar de machines stonden stil en er liepen geen arbeiders rond. Alles was koud en vuil. Misschien stonk de boerderij altijd, wat er ook werd gedaan, maar niemand probeerde zelfs maar om het hier schoon te houden. Stapels pels lagen te rotten, klaar om behandeld te worden. Grote hopen stinkend afval waren gewoon naar de hoeken van de kamer geschoven.

Ik zag meneer Ismael nergens, maar in een kamer waar op de deur *Specialist Handwas* stond, vond ik mijn rugzak en Storms jas. Ze lagen op een schap onder de wasbak, alsof ze daar in grote haast verstopt waren. De rugzak was dichtgeknoopt en de noot en de spijkerdoos met de labset zaten erin. De kaart en het kompas had ik verborgen in de voering van Storms jas voor ik op de trein was gesprongen, en ze zaten nog steeds op hun plaats. Daarna deed ik de schaal open en daar waren mijn kits, bang maar levend.

Ik wilde huilen, ik wilde bidden. Ik was nog maar pas vertrokken op mijn reis en ik had al bijna alle regels van mama verbroken. Maar de magie had me gered …

Toen hoorde ik stemmen. Er kwamen mensen aan door de gang.

Ik dook weg in de schaduw en verstopte me zo goed en zo kwaad als ik kon tussen een stapel ongewassen pelzen. Ze stonken verschrikkelijk. De deur ging open en iemand keek naar binnen. Ik zag het silhouet van twee figuren, die naar binnen keken.

Ik hoorde meneer Ismaels stem. 'Daar is niets te zien,' zei hij. 'Zie je? Alleen een ongebruikte waskamer.'

De andere man – het was vast de bezoeker die meneer Ismael had weggeroepen toen hij met mij bezig was – mompelde een vraag. Meneer Ismael mompelde iets terug. Ik vroeg me af of hij probeerde uit te leggen waarom zijn arbeiders en bewakers allemaal met hun neus tegen de grond liepen te zoeken, alsof ze iets kleins en beweeglijks waren kwijtgespeeld …

De deur ging dicht en de voetstappen verwijderden zich. Ik bleef waar ik was, gehurkt in de stinkende ruimte, met mijn schat in mijn armen. Ik werd gek van angst, want ik dacht dat ik die tweede stem had herkend! Maar dat kon niet. *Het kon gewoon niet …*

Ik wachtte om te zien of er nog iets zou gebeuren. Maar er gebeurde niets. Uiteindelijk deed ik Storms jas aan, hing de rugzak over mijn schouders en begon een uitweg te zoeken. Verderop in de verwaarloosde achterkamers van de pelsboerderij merkte ik een gebroken raampje op dat slecht gerepareerd was met karton en plakband. Ik trok het karton los, legde Storms jas over de stukjes glas en klom naar buiten.

Een beetje verder was er een dubbel hek dat aan beide kanten bedekt was met prikkeldraad. Maar het zag er even verwaarloosd uit als de rest van deze plek en er waren geen bewakers in zicht. Ik rende over een kaal veld vol slijk, vond een plek waar de onderkant van het binnenhek losgekomen was en kronkelde eronderdoor. Het buitenste hek was iets steviger. Ik liep naar links, weg van de spoorweg, door de gang tussen twee muren met prikkeldraad. Ik ging ervandoor op een sukkeldrafje, mijn beste pas, en keek uit naar een plek waar ik erover kon klimmen. Maar de waakhonden waren buiten, ze liepen los tussen de twee hekken, en ook al zag ik ze slechts in de verte, ik wist dat ik niet met ze zou kunnen omgaan zoals Neusje en ik met Sultan waren omgesprongen. Deze honden waren anders, stil en efficiënt. Voor me zag ik een hekpaal die een beetje losgekomen was en in een vreemde bocht hing. Ik herinnerde me dat ik ooit kon rennen als de wind …

Ik haalde de paal en viel ertegen met een gemene steek in mijn zij. De grootste van de honden had me ingehaald. Hij gromde zelfs niet. Hij liet zijn massieve kop zakken en ik kon het speeksel tussen zijn kaken zien druipen toen hij zich klaarmaakte om te springen …

Maar opeens kwam er iets naar ons toe geschoten dat tussen de poten van de hond landde. Een wezen vreemder dan een fabrieksdier, een gejaagde bal vol stekels. Neusje had me gevonden. De roedel honden jankte en sprong op. De leidende hond vergat me voor een paar cruciale seconden toen dat vreemde ding voor hem opdook. Misschien was hij getraind om mensenvlees te eten, maar hij deinsde achteruit, verbijsterd door de beet van Neusjes stekels. Ik klauterde over de paal. Mijn Lindquist ontrolde zichzelf en trippelde vrolijk achter me aan. Ik viel neer in het slijk aan de andere kant en bleef bevend liggen.

Ongeveer een uurtje later had ik een plek gevonden waar ik me kon verbergen. Het was een oude kist die verborgen lag achter een paar kale wilgen op de braakliggende grond achter het treinperron. Verspreid over de lege vlakte vond je stapels rotzooi van de pelsboerderij – karton, gescheurde huiden en vuilnis. Ik sleepte wat vuile zakken en een paar rotte pelzen naar binnen. Ik wist dat ik niet verder kon. Ik was doodmoe en mijn zwakke knie had zwaar geleden onder al dat rennen en klimmen. Ze zou me niet veel verder kunnen dragen. Neusje en ik zouden tenminste warm zitten terwijl we wachtten tot de honden ons zouden opsporen.

Maar ik kon niet rusten, nog niet. Toen de schemering viel, liet ik mijn kostbare rugzak achter in de kist bij Neusje, glipte naar de spoorwegrails, sprong op het grind, sloop verder langs het spoor, terug naar het plein van de pelsboerderij. Er was iets wat ik moest weten. Toen ik verstopt zat in de handwasruimte, had ik een stem gehoord en een silhouet gezien dat ik meende te herkennen. Het was krankzinnig, maar ik wilde er zeker van zijn dat ik het mis had.

Een natte hagelbui stroomde neer uit de loden hemel. De honden in de ren waren rustig. Twee gewapende bewakers in pelsjassen schuilden in de deuropening van een schuur; ik zag de kleine, brandende kooltjes van rokende sigaretten in hun gebogen handen. Er was niemand anders. Ik sloop het smalle steegje in achter meneer Ismaels kantoor. Er viel een vuil, geel licht door het raam naar buiten. Ik slaagde erin naar binnen te kijken.

Meneer Ismael zat aan zijn bureau vol rotzooi. Hij was niet alleen, hij praatte met iemand. Ze hadden een fles tussen hen in en borrelglaasjes. De woorden van de boerderijmanager liepen in elkaar over. Hij liep over van zelfmedelijden en waarschijnlijk was hij dronken. Maar ik was geïnteresseerd in de andere man.

'Ikzagzemetmijneigenogen, *helderbruine*. Jekentdehandelnietofjezouweten … hoeveeldatwaardis … Endatmeisjeineenvreemduniform. Wat betekent dat, hè? Waarbrachtzezenaartoe? Endatandereding?'

De andere man vulde meneer Ismaels glas weer bij en mompelde iets.

'Jehebtgelijk,' gaf meneer Ismael somber toe. 'Alsikeenrapportmaakvandevreemdedingendiehiergebeuren, dankrijgikhetteruginmijngezicht. Tisnietmijnschuld. Mutieszullenzezeggen. Neenee, ikzegniets, dankjewelvoorjeadvies.'

De tweede man hief zijn glas en sloeg het achterover, waardoor ik zijn gezicht kon zien. De rimpel tussen zijn ogen, de kromme wenkbrauwen, de lange neus, de uitdrukking om zijn mond. Ik kon me niet vergissen.

Het was Yagin.

Ik liet me op de grond zakken, hurkte neer en legde mijn armen om mijn knieën terwijl de hagel in mijn gezicht sloeg. Ik was als verdoofd. Wat kon dit betekenen? Wat deed Yagin hier? Zocht hij me?

Ik bleef in mijn kist zitten omdat ik geen keus had. Toen ik er weer in kroop nadat ik Yagin had gezien, doorweekt en bevroren en zwart van het roet van de spoorweg, dacht ik echt dat ik de ochtend niet meer zou halen. Ik zou worden opgegeten door de honden en de Lindquist-kits zouden in een bassin in de schuur van de pelsdragers worden gezet. Misschien kon Neusje ontsnappen, maar ze zou helemaal alleen zijn … Maar er gebeurde niets.

Na twee dagen begon ik te geloven dat Yagin – als ik hem echt had gezien, als ik het niet allemaal had gedroomd – meneer Ismael moest hebben overtuigd om het mysterie van de pelsdragers te vergeten en te doen alsof hij het meisje in het vreemde uniform nooit had gezien. Maar waarom zou Yagin dat doen? Als hij achter me aan zat, wilde hij me dan niet te pakken krijgen? Als hij me al had kunnen opsporen tot de pelsboerderij, betekende dat dan niet dat hij wist van mama's schat en dat hij die van me wilde afpakken, zoals de bandieten die onze hut hadden platgebrand? Hij wist dat ik de Lindquists had, meneer Ismael had hem dat verteld. Maar hoeveel wist hij? Wist hij meer dan ik? Ik lag daar in mijn stinkende nest, luisterde naar de honden, probeerde de puzzelstukjes die ik kende bij elkaar te voegen om het geheel te zien.

De manier waarop de Lindquists veranderden en groeiden was zo vreemd dat ik het alleen maar magie kon noemen. Maar ik dacht dat ik nu begreep wat ze *waren*.

Ik had de namen van de verschillende soorten onthouden. Ik herinnerde me dat mama had gezegd dat Nivvy een *echt wild dier* was. Dus … Er waren geen wilde dieren meer over (of zo goed als geen), maar er waren deze kits, die konden *groeien* tot wilde dieren, zoals pelsdragers grote lappen pels konden worden. Maar als het dat was wat deze Lindquists waren, waarom waren ze dan geheim? Waarom zou ik ze niet naar de Ordepolitie brengen? Die moesten immers muties doden en voor echte wilde dieren zorgen. Ik kon zeggen: 'Je denkt dat mijn mama een crimineel was, je denkt dat ze iets vreselijks heeft gedaan, maar dat is helemaal niet zo. Kijk! Hier is het wonder dat ze veilig heeft bewaard nadat ze in de wildernis werd gedumpt; al die jaren …'

Ik piekerde en piekerde, maar ik wist dat er iets mis was. Het kon niet zo eenvoudig zijn. Mama had gezegd: *Als je niemand hebt om je te helpen, kijk dan in je eigen hart.* Dus keek ik en ik vond dat – ook al verlangde ik naar iemand die ik kon vertrouwen – *ik Yagin niet vertrouwde.* Ik zou mijn geloof bij mama houden. Ik zou doen wat zij had gepland. Op een of andere manier zou ik de kits helemaal alleen over de bevroren zee brengen, naar de stad waar de zon altijd schijnt en tot dan zou ik niemand, maar dan ook *niemand* iets vertellen.

Neusje vond eten voor zichzelf, er was meer dan genoeg ongedierte. De kits hadden niets nodig. Gelukkig was het niet al te koud, zelfs 's nachts niet, want ik durfde de kaars niet aan te steken. Ik at de rest van het voedsel op dat Katerina me had gegeven en probeerde te rusten. Het ergste was om bijna geen water te hebben.

Op de derde dag begon ik over mijn angst en uitputting heen te komen. Ik gebruikte de spoorlijn als een soort geheime openluchtdoorgang om diep in de pelsboerderij te komen zonder honden of hekken op mijn weg. Ik zocht mijn weg in voedsel- en huishoudvoorraden. Ik vond een ongesloten schuur met wintermateriaal en stal een kleine slee en een bivaktent … Het stelen was moeilijker dan in de Nieuwe Dageraad, omdat ik geen insider was. Maar soms was het ook makkelijker. De pelsbewakers waren een makkie vergeleken met de zaalverantwoordelijken op de Nieuwe Dageraad. Ze sloten niets af, ook al hingen er overal bordjes dat ze dat wel moesten doen. Ze hielden geen inventaris bij en wisten niet wat ze hadden, dus zouden ze ook niet weten dat de rantsoenen die ik pikte, verdwenen waren. Het plunderen deed me mijn schoolvrienden missen, zelfs Rose, en het bracht de herinnering aan Regens dood weer naar boven, wat ellendig was. Maar het denken aan wat ik moest stelen en hoe ik dat moest doen, hield mijn geest bezig, waardoor er minder plaats was voor depressieve gedachten.

Ik voelde me als mama in de Nederzetting: veilig op de gevaarlijkste plek.

Neusje werd, net als ik, actiever als het begon te schemeren. Wanneer ik terugkwam van mijn uitstapjes, kwam ze snuffelend en knorrend uit het donker gedrenteld en klom ze op mijn schoot (ik was blij dat ik dat dikke uniform had, tegen haar stekels). Ze stond op haar achterpootjes en met haar voorpootjes tegen mijn borst en gaf me kusjes met die natte bessenneus van haar. Ze werd vet als boter van haar feestjes bij de kakkerlakken … en jammer genoeg pikte ze ook een horde vlooien op. Maar spoedig zat ik al even vol met ongedierte als zij, dus we pasten prima bij elkaar. Ik kleedde me natuurlijk nooit uit, en ik waste me niet. Ik werd het gewend om vies te zijn.

Overdag bleven we in de kist, behalve wanneer ik mijn latrinegat moest bezoeken. Ik had een wetsteen gepikt, die ik gebruikte om het roest van mijn slee-ijzers te schaven (het meeste van wat ik had gestolen verkeerde in een erbarmelijke conditie). Ik maakte ook een hoed voor mezelf om Storms gevoerde pet te vervangen, die ik in meneer Ismaels kantoor had achtergelaten. Ik had nog geen naald en draad gevonden, dus probeerde ik met lijm stukjes pels samen te plakken, huid op huid. Het was een smerig werkje. Terwijl ik bezig was, snuffelde Neusje rond op zoek naar snacks en ze kwam vaak even mijn handen aanraken met haar neus om zich ervan te verzekeren dat ik er nog steeds was. De kits speelden in de noot of zaten naar ons te kijken. Ik deed het vlies zelden open, voor het geval dat ik alles bij elkaar moest grabbelen en ervandoor gaan. Ze leken het niet erg te vinden, ze waren levendig en tevreden, en ze hadden bijna hun ware grootte bereikt.

Ik vertelde mijn familie dat we geen tijd verspilden. 'We wachten op het weer,' zei ik. 'Het is veel gemakkelijker om te reizen in de sneeuw en het ijs. De kou is geen vijand als je goed bent voorbereid. Wacht maar af. Jullie zullen het fijn vinden om op de slee te rijden.'

Het was alsof de jaren op de Nieuwe Dageraad een nachtmerrie waren geweest. Ik was weer veilig onder mama's hoede, maakte me klaar om de route te volgen die we lang geleden hadden gepland, dicht bij elkaar tijdens winternachten in ons kastbed. De dromen die ik toen had, waren heel anders dan de smerige, stinkende realiteit en toch was ik gelukkig.

Ik begon Neusje te trainen om hetzelfde eten als ik te eten, want ze zou geen insecten meer kunnen vinden als de grond bevroren was. Ze hield heel veel van gedroogd vlees! Maar con-kaas vond ze maar niks. Ze kauwde ook op gedroogde tomaten of brood.

Ik dacht dat ze voor lange tijd bij me zou blijven, de hele weg over de bevroren zee en naar de stad en nog langer. Ik dacht dat ze zo lang zou leven als mijn Nivvy. Maar ik had het mis. Op de vijfde dag na ons avontuur met meneer Ismael was ze niet lekker. Ik dacht dat ze misschien te veel had gegeten. Toen ik terugkwam van mijn bevoorrading, lag ze languit en bevend in ons nest van zakken en pelzen.

Toen werd ik pas echt bezorgd, dus ik stak een kaars aan voor wat warmte (ik probeerde ervoor te zorgen dat er geen licht ontsnapte). Ik zag dat ze weer was gegroeid en ze verloor haar stekels, die terug in pels veranderden. Maar haar hele lichaam beefde en ze kreunde als ik haar probeerde op te tillen. Al wat ik kon doen, was bij haar knielen, haar aaien, haar zachtjes toespreken en haar druppels flessenwater geven. Toen de nacht voorbij was, veranderde ze opnieuw: van die lange, harige vorm naar vreemdere vormen en toen werd ze snel kleiner, huiverend van de koorts …

Ze herkende me de hele tijd. Ze duwde nog steeds haar neus tegen mijn hand en greep mijn vinger met haar pootjes. Toen ze stierf, was ze een klein ding, hetzelfde wezentje met doffe oogjes dat ik had ontmoet toen we op de vrachttrein zaten. Ik huilde niet, ook al deed het ontzettend veel pijn om haar te verliezen. Ze was zo dapper en slim en grappig geweest. Ik hield haar in mijn hand, zoals toen ze nog heel klein was. Ik vertelde aan de kits dat ze er niet meer was, kuste toen haar fluwelen pels en legde haar neer. Ik begroef me in mijn stinkende stapel pelzen en viel zelf in slaap.

Toen ik wakker werd, lag er een knisperende rijmlaag over mijn beddengoed. De winter is hier, dacht ik. Ik moet spoedig vertrekken. In Neusjes deel van ons nest lag er niets meer behalve een dun, droog, spits balletje, zo groot als een vingernagel.

'Een Lindquist-cocon,' herinnerde ik mijn lessen.

Ik vertelde het aan de kits en ze keken me plechtig aan, bijna alsof ze het begrepen. Het was zo *vreemd*. Het dier dat verandert in andere dieren en dan opgaat in een klein buisje poeder. Wat anders kun je het noemen dan magie? Ik was bijna bang om Neusjes resten aan te raken en ik vroeg me af of dit ook met Nivvy was gebeurd? Ik kon me niet herinneren of mama me hem dood had laten zien … Ik deed wat ik moest doen. Ik haalde de spijkerdoos boven, vouwde de witte tas open en maakte me klaar met mijn handschoenen, mijn masker en een gebed. Ik stak de cocon in een vers buisje en verzegelde die met de kleur die Insectivora betekende. In mijn gedachten kon ik mama's stem horen: *Wees voorzichtig, vermeng ze niet in dit stadium. We kunnen het nog wel oplossen, als je dat doet, maar het is beter dat ze niet vermengd worden.* Er waren zes kleuren. Er zouden er acht moeten zijn …

Ik vroeg me af wat er was gebeurd met de twee die 'verloren' waren.

Ik vroeg me af wat het allemaal betekende en ik dacht verlangend aan Yagin. Kon hij mijn vragen beantwoorden? *Was* hij de persoon die mama had gestuurd om me te helpen?

Al wat ik kon doen, was mijn mama vertrouwen en de schat beschermen met mijn leven.

Die dag bracht ik door met inpakken en eten, het vuur in me moest worden opgestookt. Ik liet de kits even op avontuur gaan, als traktatie. Eens we de sneeuw zouden oversteken, zou het veel te koud voor ze zijn om uit hun nest te komen. Ik liet ze niet van mijn schoot, maar dat vonden ze niet erg. Ze waren volgroeid nu, maar nog wel zo klein dat ik een weids territorium was. Ik probeerde uit te zoeken wie Nivvy was, maar ze leken allemaal op elkaar: speels, onderzoekend, warm en dapper. Die avond gingen ze terug in de noot en ik sliep ermee in mijn armen.

Toen ik wakker werd, was er een echte, zware sneeuwval geweest. De sneeuw was tot in de kist gewaaid en had me bedekt, mijn pelzen waren stijf bevroren en wit. Ik lag daar, blies lucht uit die gezuiverd werd door de kou en voelde een enorme nieuwe kans. Geen halve maatregelen meer, dit was de winter.

De pelsboerderij was geen plek meer voor mij. Hoe onachtzaam de bewakers ook waren, ze zouden zeker mijn voetsporen zien in de sneeuw en de arbeiders zouden voorzichtiger zijn met het sluiten van deuren. Ik kroop uit mijn stinkende nest, at een beetje gedroogd vlees en dronk wat lauw water ('s nachts hield ik een fles water tussen mijn kleren, zodat het niet bevroor). Toen stopte ik de noot in mijn (gestolen) overhemd en maakte een riem vast om mijn middel. Ik trok Storms jas aan, mijn handgemaakte hoed en een paar gestolen handschoenen, die te groot waren. De slee was al volgeladen. Het was tijd om te vertrekken.

In het begin trok ik bergopwaarts, over ruwe grond. Ik probeerde verscholen te blijven en was ervan overtuigd dat iemand in de boerderij me zou zien en de honden op me af zou sturen. Maar toen ik stopte en achterom keek, was de boerderij al niet meer te zien. Ook de spoorlijn was weg. Ik was alleen in de witte leegte, precies zoals ik had verlangd …

De vlakte opende zich en ik vond mijn ritme.

Ik had het niet koud. Ik had goede kleren gestolen, onder andere een waterdichte overall, die ik onder mijn uniformjurk en over mijn schoolonderbroek droeg. Eigenlijk had ik het door het trekken aan de slee steeds te warm en droeg ik mijn jas wijd open fladderend. Ik liep heel lang die eerste dag. De sneeuw was vers en zacht, maar al stevig bevroren en goed om over te lopen. Ik gebruikte het kompas om iets noordelijks voor me uit te kiezen, een rots of een struik riet, en richtte me daarop. Als ik mijn merkteken bereikte, stopte ik en koos er een ander uit. Al snel besefte ik dat ik twee merktekens met elkaar kon verbinden met het kompas en van toen af aan kon ik langer lopen zonder mijn koers te hoeven nakijken.

Ik dacht niet aan de honderden kilometers. Ik marcheerde verder, en verder, onder een heldere hemel, gehypnotiseerd door de leegte, tot de pijn in mijn schouders verdween en mijn benen leken te zwaaien, oneven maar sterk, op hun eigen tempo. Af en toe stopte ik. Ik ging op de slee zitten, at iets en opende de noot om de kits gerust te stellen. Ze duwden tegen het vlies met hun pootjes en neusjes, ze wisten dat er iets opwindends aan de hand was. Maar ik liet ze er niet uit. Het was veel te koud.

Eén keer vloog er een vlucht kleine vogels over, een ander teken van leven kwam ik niet tegen. Ik zag wel de zekere val van de zon aan mijn linkerkant en hield de donkere lijn van het woud voor me. Hoe ver was het?

Veel verder dan ik had gedroomd. Hoe lang zou het duren voor ik die vriendelijke duisternis zou halen? Weken? De hemel veranderde van blauw naar turkoois en de zon ging onder in roodgouden wolken. Er kwam een zilveren maan op, bijna vol en bijna zo helder als het daglicht op de sneeuw, en ik bleef verder gaan.

Maar ik liep trager en trager, en uiteindelijk schudde ik het gareel van de slee van me af. De hemel was als een enorme klok: diepblauw aan de zoldering, schakerend van groen tot lila aan de horizon. De maan maakte violette schaduwen in de witheid. Ik wandelde weg van de slee met mijn hoofd achterover en telde de speldenprikjes van sterren. Terwijl ik keek, werd er een sluier van glinsterend zilver over het blauw geschud. Gordijnen van licht, eerst roze, daarna groen en goud, zweefden door de lucht en trokken zich toen terug om een grootse ring van helder gouden licht te tonen. Het was de aurora borealis.

Lang geleden had mama gezegd dat je deze mysterieuze lichten alleen maar kon zien als je zo ver noordelijk was dat de zon er in de winter nooit opkwam. Ze zei dat onze wereld op nog andere manieren dan alleen de kou was veranderd. Het omhulsel van kleine deeltjes in de ruimte, die deze prachtige show opvoerde, reikte in onze tijd verder onder de polen. In vroegere tijden kon je dat prachtige schouwspel hier dus niet zien! Maar ik had elke winter onder een wolk van stof geleefd. Ik had dit nog nooit gezien. Ik had nog nooit zoiets moois, zoiets immens gezien. Ik stond daar, alleen met die pracht, en vergat alles om me heen. Ik vergat de kou, mijn geschaafde schouders, mijn trektocht, de Lindquists, zelfs mama …

Toen de aurora uiteindelijk vervaagde, zag ik een klein beetje verderop op een rots iets witter dan sneeuw zitten, als een gevallen ster. Ik liep erheen, mijn laarzen kraakten in de ultieme stilte. Het was een dier. Hij wachtte en liet me naar zich toe komen, zonder angst, als een Lindquist. Zijn pels was wit, zijn gezicht was lang maar niet puntig en hij had een aardige uitdrukking. Hij had lange oren, die plat lagen, maar toen ik dichterbij kwam, schoten ze overeind, zodat ze hoog boven zijn hoofd stonden. Hij zat op zijn grote achterpoten, zijn voorpoten stonden netjes naast elkaar, en hij bekeek me met donkere ogen.

'Ben jij een mutie?' vroeg ik. Maar ik wist dat hij dat niet kon zijn.

Zijn oren draaiden zich naar het geluid van mijn stem.

'Ben je een echt wild dier?'

De witte pels kleurde blauwgrijs op zijn flanken. Zijn verbazende oren – ze leken half zo groot als zijn lichaam – waren helemaal wit en zwart aan de topjes. In de schoonheid van het maanlicht zag hij eruit als een vredige prins.

'Als je een Lindquist was,' zei ik, 'zou je diegene zijn die ik "Oren" noemde. De Lagomorph die rent als de wind en zich verbergt in vol zicht.'

Ik ging naast zijn rots in de sneeuw zitten en we deelden een beetje brood en con-kaas. Zijn voortanden leken wel geslepen beitels, maar ik was niet bang dat hij me zou bijten, en hij was helemaal niet bang voor mij. De sterren schenen neer en de sneeuw siste van de heldere, felle kou, maar hij was niet bang voor de kou en hij had geen schuilplaats nodig. Ik dacht erover hem te temmen en hem mee te nemen. Hij zou me dan leren leven in deze prachtige leegte. Maar alsof hij mijn gedachten had gelezen, sprong hij opeens van de rots af en schoot weg. Hij liet een spoor van afdrukken na, als spatten indigo …

Toen stopte hij en hij keek om.

'Tot ziens!' schreeuwde ik. 'En dank je wel!'

Ik denk dat hij het enige echte wilde dier was dat ik ooit zag.

Ik liep terug naar mijn slee en sloeg mijn bivaktent op. Het was zwaar werk om de tent opgezet te krijgen, alles wat ik nodig had te vinden in de bundels, en alles erin te krijgen. Toen ik klaar was, was ik doodmoe. Ik bedacht hoe moeilijk het zou zijn om dit elke nacht helemaal alleen te moeten doen, en ik huilde bijna. Maar ik had de kits en ze beurden me op.

Ik sliep met de noot in mijn dekens.

Ik werd laat wakker en was nog steeds heel moe. Toen ik weer op weg ging, was de zon al voorbij de middag. Ik bleef stappen, naar het noorden, in de pure witheid … Soms leek het alsof ik in mijn kinderdromen wandelde. Soms was het gewoon zwaar en uitputtend. Mijn vredige prins kon rennen als de wind en slapen onder de sterren; ik kon dat niet. Elke nacht moest ik mijn tent opzetten. Elke ochtend moest ik de slee opnieuw bepakken. De hele dag was er geen geluid, behalve het gekraak van mijn laarzen en het *wish, wish* van de metalen ijzers. Soms probeerde ik te zingen of hardop met de kits te praten. Maar al snel gleed ik opnieuw in een zonderlinge trance, een witte, wakkere droom.

Ik deed mijn best om licht te reizen. Een halve kaars was voldoende om de tent de hele nacht te verwarmen. Ik at weinig en vaak, en zoog bevroren sneeuw op om mijn flessenwater te sparen. Ik was bang (de hele tijd!), maar ik voelde me sterk …

Op de vierde dag begon ik mijn geduld te verliezen. Ik had voorraden voor een maand, maar ik kon niet zo lang lopen. In mijn zwakke been voelde ik al een zacht brandende pijn, die ik probeerde te negeren. Ik zocht naar een karavaanroute, een van de bandietenwegen die de wildernisvlakte doorkruisten. Er stond er een gemarkeerd op mijn moeders kaart, die ik had willen tegenkomen, maar ik was bang dat ik ze had overgestoken zonder het op te merken. Als ik geen andere reizigers zou ontmoeten die me een lift konden geven, moest ik een kamp maken en uitrusten tot mijn been niet meer pijn deed – of ik moest het risico nemen helemaal niet meer te kunnen lopen. Maar als ik te lang kampeerde, zou ik zonder eten komen te zitten en hoe zou ik dan overleven …

Op de vijfde dag zag ik in het noordwesten een groep kleine kegelbergen, nauwelijks zichtbaar tegen de hemel. Ik wist meteen wat die waren, want er waren geen natuurlijke heuvels in deze vlakte. Die kegels markeerden een grote stortplaats, een overblijfsel van lang geleden, toen er nog steden waren in de buitenlucht. Toen ik mijn ogen vernauwde, zag ik geen rook, noch voertuigen of sporen, maar ik kon de zwenkende stipjes van meeuwen zien.

'Komaan, kits. Kijk daar! Afval! We zijn gered!'

Toen ik ze eindelijk had bereikt, waren de kegelbergen uitgegroeid tot een monsterlijke grootte. Ze doemden boven me uit, bedekt met sneeuw, pokdalig met donkere holtes, stomend waar de hitte van giftig materiaal ondergronds gistte. Lang geleden had hier een stad of een gemeente gestaan die haar vuilnis in gigantische stortwagens hiernaartoe had gebracht. Nu bleven alleen de stapels rotzooi over. Ik trok de slee tussen ze in en ging op mijn gebonden bundels zitten op zoek naar een veelbelovende groef. Ik bedacht dat ik hier zou blijven tot er andere reizigers kwamen en wilde mijn geluk beproeven als vuilnisjutter. Hoewel je in de bergen afval geen eten kon vinden (er waren wel conserven, maar het was niet veilig om daarvan te eten), was er een overvloed aan andere dingen. De bandieten vonden hier spullen die ze ruilden voor Nederzettingsvoorraden.

Ik haalde de noot tevoorschijn en deed ze open. 'Ik zal voorzichtig zijn,' beloofde ik de kits. 'Ik weet dat stortplaatsen gevaarlijk zijn. Maar we hebben dingen *nodig*. Ik heb een hoed nodig, mijn zelfgemaakte stinkt. We hebben iets nodig om op te koken en we moeten ook een beetje brandstof hebben. En we hebben ruilgoederen nodig om meer voedsel te kunnen kopen. Kijk naar de meeuwen. Die zouden hier hun tijd niet verdoen als hier alleen maar giftig afval lag.'

Vijf gepunte gezichten tuurden naar me; ik had het gevoel dat ze me afkeurend aankeken. Misschien hadden ze gelijk. Misschien was ik een idioot om hier te gaan plunderen, maar we *hadden* spullen nodig. De grote kou was nog maar pas begonnen en we hadden bijna geen kaarsen meer. We hadden snel brandstof nodig en iets om als kachel te gebruiken, of we zouden omkomen.

'Goed dan, kom maar mee,' zei ik. 'Om er zeker van te zijn dat ik niets stoms doe.'

Ik liet de slee achter, stopte de noot in mijn overhemd en klom een steile helling op, tot ik een veelbelovende breuk vond, waar oude lagen geopend waren door een afvalverschuiving. Eerst pakte ik een stuk metaal op, roestvrij en met een scherpe rand, dat kon een prachtig graafwerktuig worden. Toen merkte ik de glans van staal op en ik groef een grote sauspan op, zonder steel, maar verder helemaal compleet, zelfs met een deksel! Als ik iets van brandstof kon vinden, dan had ik een kachel … Ik zocht naar de bruine vlek van afvalslik. Als ik een zak vol steenkoolgruis kon vinden, wat een luxe! (Ik dacht er niet bij na hoe ik dat extra gewicht zou moeten sleuren.)

Ik merkte de andere kinderen niet op, tot ze pal voor mijn neus stonden. Ze waren met z'n tweeën: een jongen en een meisje. Het meisje was jonger, ze had lang zwart krulhaar en droeg een groene jurk onder een gevoerde, geborduurde jas, een groene broek en dikke vilten laarzen. De jongen was ongeveer vijftien, hij was bruin van huid en had schuine zwarte ogen. Hij was in het zwart gekleed, maar zijn kleren waren even mooi als die van het meisje. Hij had mooie rode laarzen en een rode leren pet op zijn hoofd. Ze waren duidelijk ook het vuil aan het doorzoeken, net als ik, maar ze zagen eruit als een prins en een prinses.

Ik staarde hen aan, en zij staarden terug. Ze zeiden niets, dus deed ik dat ook niet. Ik bewoog me weg van hen, verder langs de geul. Ik wist hoe ik eruitzag. Ik wist hoe ik rook. Ik wilde hun commentaar niet horen. Maar ze hadden vast volwassenen bij zich, en transport. Ze waren vast niet hierheen gelopen, zo mooi gekleed …

Ik ging verder met graven en zoeken, en vroeg me af of ik zou kunnen meerijden, tot een grote meeuw een paar stappen van me landde en daar bleef staan. Op zijn kwaadaardige bek zat een scharlaken vlek, als bloed. Ik hield niet van de blik in zijn ogen, dus bedreigde ik hem met mijn graafstok, wat een grote vergissing bleek te zijn. Hij spreidde zijn vleugels, deed een uitval naar me en trof mijn wang. Ik sloeg terug, maar ik miste en opeens waren er overal om me heen meeuwen.

Ik draaide rond en zwaaide met mijn wapen. De vogels schreeuwden en wervelden, maar ze vlogen niet weg. Ze omsingelden me terwijl ze wild met hun vleugels zwaaiden. Ik kon een van hen een afschampende klap geven. Hij zwenkte en spoot een straal witte vogelpoep over mijn ogen. Ik liet mijn stuk ijzer vallen en ze vielen aan. Ze sloegen op mijn hoofd met hun harde, zware vleugels, zodat ik de kans niet kreeg om mijn ogen schoon te vegen of naar mijn wapen te zoeken. Ik greep mijn stalen sauspan – het deksel moest ik prijsgeven – en begon langs de geul naar beneden te klauteren. Maar daar bevonden zich de chique kinderen, die naar boven kwamen …

'Ga terug!' schreeuwde de jongen. 'Ze groeperen zich daarbeneden!'

Hij had gelijk. De kloof beneden krioelde van de vleugels.

'Wat moeten we doen?' snikte het meisje.

'Rug naar de muur,' schreeuwde ik zo hard ik kon om boven de kreten van de vijand uit te komen. 'Als we alle drie naar hen blijven slaan, geven ze het vast op.'

'Nee!' gilde de jongen. 'Ze zijn te slim. Ze zullen ons bombarderen met poep om ons zicht weg te nemen, zodat we een gemakkelijke prooi worden. We moeten naar boven. Naar de andere kant van deze berg. Eens we in het zicht van de trucks zijn, zijn we veilig. Ze hebben geweren …'

We klauterden omhoog, met het risico dat we een verschuiving veroorzaakten en bedolven raakten onder het afval. Ik moest mijn sauspan wegsmijten, maar ze trof tenminste een van de meeuwen en ik denk dat ik zijn vleugel brak. We gooiden ons net in een smalle kloof aan de andere kant, toen het meisje schreeuwde: 'O nee! Ratten!'

Het was een hele horde die naar boven kwam gezwermd. Ze hadden gezien dat de meeuwen een grote prooi aanvielen, en ze kwamen delen in de feestvreugde.

'Terug naar boven! Terugtrekken!' gilde de jongen.

'Kan niet!' schreeuwde ik. 'De meeuwen pikken ons dood! Naar voren! Aanvallen!'

Meeuwen en ratten waren niet bang voor mensen. Ze hadden geleerd ons te beschouwen als een vervelend iets of een prooi, tenzij we wapens bij ons droegen. Wij bleven met z'n drieën dicht bij elkaar staan en bekogelden hen met alles wat we maar te pakken konden krijgen: modder, metaal, half-vergane oude rommel. De meeuwen konden ons niet bombarderen eens we in de kloof zaten, en de ratten deinsden terug voor onze woeste uitval.

Toen verdween de vijand opeens.

'Dat was nipt!' zei de jongen. Hij zakte neer op een stapel oude stenen, zette zijn rode pet af en veegde met een blauwe zakdoek het vuil van de meeuwen van zijn gezicht. 'Dat was *nipt!* Kleine Vader had gelijk. We hadden niet ongewapend mogen komen zoeken.'

'Zouden ze ons hebben opgegeten?' vroeg het mooie meisje.

'Jazeker,' zei ik, 'ik heb gehoord dat dat gebeurt.'

Ik keek naar beneden en zag waarom de ondieren het hadden opgegeven. Ik had de bandietenroute gevonden. Een strook sporen sneed door de witte vlakte, draaide om de afvalbergen heen en leidde naar de horizon. Er stonden zes trucks onder ons en mensen bewogen heen en weer, mannen en vrouwen met geweren, en kinderen, allemaal gekleed in heldere, flamboyante kleren, kleren die je nooit zou zien in een Nederzetting.

'Waar staat jouw familie geparkeerd?' vroeg het meisje.

Ik schudde mijn hoofd. Ik sloeg Storms vuile, gescheurde jas over mijn vuile, modderkleurige hemd, omarmde de troostende omtrek van de magische noot en liep weg. Ik bleef lopen, om de onderkant van de heuvels heen, tot ik terug bij mijn slee kwam. Die was er tenminste nog. Ik ging zitten op mijn stinkende bundeltjes en legde mijn hoofd in mijn handen. 'Ik mag blij zijn dat ik nog leef,' fluisterde ik. 'Ik weet het. Jullie hadden gelijk, ik had niet mogen gaan afvaljutten. Maar dit is het einde, kits. Ik kan niet om een lift vragen. Ik *kan het niet …*'

'Tegen wie praat je?'

De twee chique kinderen waren me gevolgd. Het was het meisje dat me had aangesproken.

'Tegen mezelf,' zei ik. 'Dat doe je, als je alleen reist.'

'Waar kom je vandaan?' vroeg de jongen.

Ik haalde mijn schouders op. 'Van nergens, eigenlijk.'

'Wij horen bij de karavaan,' zei het meisje. 'Maar jij bent niet een van ons. We zouden je kennen. Waar ga je heen? Er is hier niets. Alleen leeg land overal om ons heen.'

'Ik ben op weg naar het noorden.'

'Wil je meerijden?' vroeg de jongen. 'Mijn naam is Satijn.'

'Ik ben Smaragd,' zei het meisje. 'We gaan ook naar het noorden. We hebben trucks.'

'Sloe,' zei ik. 'Ik zag de trucks.' Ik slikte mijn trots in. 'Ja, ik heb een lift nodig. Maar ik heb geen geld en ik heb niets om te ruilen.'

Ze glimlachten. 'Je hebt geen geld nodig,' verzekerde Satijn me. 'Je kunt maar beter meekomen naar Kleine Vader.'

'Je vader?' vroeg ik weifelend. Ik wist hoe afschuwelijk ik eruitzag en ik kon me voorstellen dat deze kinderen vast een vader als een koning hadden.

'Komaan,' zei Smaragd. 'Hij zal doen alsof hij je niet wilt en zeggen dat we geen plaats hebben, maar maak je geen zorgen, we halen hem wel over.'

Kleine Vader was een grote man met dik, donker haar dat tot aan zijn schouders krulde en een dikke, donkere baard. Hij zag er maar slonzig uit tussen al die mooi geklede mensen, want hij had een jas aan die gemaakt was van jutezakken en die bijeengeknoopt werd met een touw. Maar onder die jas zaten veel chiquere kleren en zijn haar was netjes geknipt en gekamd.

Toen we naar hem toe liepen, zat hij met een paar andere mannen aan een vouwtafeltje bij een heel grote truck. De tafel was ooit picknickmeubilair geweest voor een stijlvolle stadspatio en zag er vreemd uit in de sneeuw. Ik zag de gouden ringen aan zijn grote vingers terwijl hij luisterde naar Satijns verhaal en door zijn baard streek. Ik wist dat hij een bandiet was, maar hij zag er koninklijk uit. Hij stond op om me beter te bekijken, maar deinsde algauw terug terwijl hij een zakdoek tevoorschijn haalde.

'Bah. Ze ruikt als ranzig vlees.'

'Alsjeblieft,' vleide Smaragd. 'Ze heeft onze levens gered, echt, en ze is gezond.'

Kleine Vader liep terug naar de tafel en pakte een kop heet water uit de theepot. Hij sopte er zijn zakdoek in en wreef over mijn wang. Ik stond daar, voelde me vreselijk beschaamd en hoopte vurig dat ik werd aanvaard.

'O, hohoho,' zei de grote man lachend, zijn stralende tanden verschenen tussen zijn donkere baard. 'Hoe lang heeft deze prinses op de mesthoop gelegen, hè? Haal het korstje eraf en ze is een klein wit brood met ogen als zwarte kersen.'

'Ze is sterk en hartelijk,' beloofde Satijn. 'En ze heeft karakter.'

Ik hield er niet van om beschreven te worden alsof ik er zelf niet bij was, maar ik hield mijn mond. Smaragd en Satijn leken te weten wat ze deden.

'Hm,' zei Kleine Vader. 'Loop rond, mijn beste. Loop gewoon eens een beetje rond.'

Toen wist ik dat hij had gezien dat ik mankte. Ik liep rond, de mannen en vrouwen van de karavaan kwamen om me heen staan en bekeken me. Ik probeerde me zo gewoon mogelijk voort te bewegen.

'Wat jammer. Dat is blijvend, dat zie ik zo. Het bederft haar.'

'O *alsjeblieft*,' huilde Smaragd. Ze sloeg haar handen in elkaar onder haar kin en wapperde schaamteloos met haar wimpers alsof ze drie was. 'Voor je kleine Smaragdje?'

Kleine Vader lachte en tikte haar vriendelijk tegen het hoofd. 'Als het aan jou lag, pakte ik elke zwerver mee naar het noorden. Ach, vooruit maar, laat Baba wat water opwarmen en kijken of ze die stinkende korst eraf krijgt. En *verbrand* haar kleren. We hebben er zat.'

Smaragd nam me mee naar de achterkant van de truck. De laadklep stond open. De binnenkant zag eruit als een schattengrot van kleuren: aan de muren hingen gordijnen en heldere dekens, op de grond lagen tapijten. Er stond een kachel met een schoorsteen en daarnaast zat een oude vrouw te breien. Ze maakte een heleboel heisa, maar ze deed wat Kleine Vader wilde en sloot de laadklep om me wat privacy te gunnen. Ik moest in een half vat kruipen dat gevuld was met heet water, terwijl de oude dame me schuurde met een schuurborstel en het vet en de pelsboerderijtroep uit mijn haar waste. Het water moest drie keer worden ververst, maar het water was *heet* en ze gebruikte echte, zoete zeep. Ik was niet meer zo schoon geweest sinds ik een baby was. Ze tut-tutte toen ze de snee op mijn wang zag die ik had overgehouden aan het gevecht met de meeuwen. Ze deed er zalf op en met twee schone papieren pleisters plakte ze heel voorzichtig de randjes samen.

Ik kreeg ondergoed en kleren, verschillende lagen rokken en broeken voor eronder, een nieuwe jas en vilten laarzen. Baba probeerde zelfs een lint in mijn haren te doen, maar die waren nog te kort van op de Nieuwe Dageraad.

Mijn bovenste rok was rood, met bloemen erop. Ik vond hem prachtig.

Satijn en Smaragd hadden mijn slee bewaakt tegen de andere kinderen. Toen ik in mijn nieuwe kleren buitenkwam en mijn gezicht en handen zo bleek als melk waren, juichte Satijn en hij gooide zijn pet in de lucht.

'Nu maken we een vuur!' zei Smaragd.

Er schoot een plotselinge pijn door mijn borst toen ik mijn Nieuwe Dageraad-uniform zag verdwijnen. Een groot deel van mijn leven ging op in de rokerige, vette vlammen. Niet alleen het deel waar Regen en Rose in zaten, en al die slechte herinneringen, maar ook de klas in de Nederzetting en meneer Snurk. Hoe trots ik was op mijn goede punten, hoe ik huiverde bij de gedachte dat ik een nieuwe kans had gekregen in het leven. En ik zou Storms jas missen … Smaragd en Satijn hadden mijn vuile rugzak ook in het vuur willen gooien, maar dat had ik tegen kunnen houden. Baba had hem in plaats daarvan gewassen. De kits waren veilig. Ik was erin geslaagd ze samen met mijn kaart en mijn kompas in de spijkerdoos te stoppen toen de rugzak werd leeggemaakt. Ik zei aan Baba dat ik daar schone doekjes in bewaarde voor tijdens mijn menstruatie en ze begreep dat een meisje dat dicht bij zich wilde houden.

Maar ik vroeg me af hoe lang mijn geheimen bewaard konden blijven …

'Hoe betaal ik voor de rit?' vroeg ik. 'Is er werk dat ik kan doen?'

'Kleine Vader is rijk,' zei Satijn. 'Hij is vrijgevig, hij houdt van geven.'

'We helpen in het kamp,' legde Smaragd uit, omdat ze merkte dat ik geen bedelaar wilde zijn. 'Het is geen hard werk, maar er is genoeg te doen.'

Toen het vuur uiteindelijk doofde, was het donker. De truck waarin ik gewassen was, was die van Kleine Vader zelf. Hij woonde in een kamer voorin, achter de chauffeurscabine. Smaragd en Satijn woonden achterin, met Baba, die voor hen zorgde, en ik mocht met hen meereizen. De andere kinderen verdwenen geleidelijk, de oude vrouw riep ons binnen. Ze diende kommen hete pap op, met siroop en room erbovenop, die we opaten bij de kachel, op een zacht tapijt. Daarna praatten en speelden we (Smaragd en Satijn hadden een doos met speelgoed en puzzels) tot Baba zei dat we moesten gaan slapen. Ze had een bed voor me opgemaakt in een van de banken die verborgen zaten achter de gordijnen die aan de muren hingen.

Ik wachtte tot het stil was in de truck, behalve het ritmische snurken van de oude vrouw. De laadklep was gesloten, maar er zat een kleine deur in, die bedekt was met een dik gordijn en die wel vergrendeld maar niet gesloten was. Ik sloop op blote voeten en gehuld in een deken naar beneden, de ijskoude nacht in, en liep naar mijn slee. Ze stond nog steeds waar we ze hadden laten staan, bij de resten van het kampvuur, maar al mijn bundeltjes waren weg. Alles wat ook maar een beetje nuttig was, had men in de gemeenschappelijke bergplaats gelegd en de rest was weggegooid …

Ik had me de lift heel anders voorgesteld. Ik had gedacht dat ik nog meester zou zijn over mijn eigen toekomst. Nu waren zelfs mijn kleren niet van mezelf. Ik voelde me heel vreemd.

'Wil je ze houden?' zei een zachte stem achter me.

Satijn was me gevolgd. Hij ging op de slee zitten.

'Ik weet niet wat ik moet doen,' zei ik. 'Jullie zijn te vrijgevig.'

Er viel een lange stilte.

'Maak je geen zorgen,' zei de jongen uiteindelijk. 'We begrijpen het, Smaragd en ik. We zullen je slee bijhouden. Kleine Vader merkt het vast niet. Dan weet je dat je weg kunt.' Hij raakte verlegen mijn schouder aan. 'Het is goed om je dat voor te houden. Ook al is het niet waar.'

De dag nadat ik me bij de karavaan had gevoegd, sloeg het weer om.

De wolken waren dik en boos toen we vertrokken, maar niemand trok zich er iets van aan. Toen de storm losbrak, reden de trucks er recht doorheen. Wij kropen in de bovenste banken en zaten daar veilig en warm, terwijl een verblindende, kolkende witheid tegen de dubbele beglazing in de zijkant van onze voortsnellende haven schuurde.

'Als we daarbuiten waren,' zei Smaragd grimmig, 'dan waren we nu dood.'

Ik dacht niet aan het weer. Ik dacht aan je verbergen in volle zicht, zoals het wilde dier dat ik mijn vredige prins had genoemd. Om te overleven zonder thuis, in de wildernis, moet je een schuilplaats in de open vlakte kunnen vinden ... Ik besloot dat de ontmoeting met Satijn en Smaragd het beste was dat me had kunnen overkomen. Ik was niet gekleed als Sloe, ik gedroeg me niet als Sloe, ik was een deel van Kleine Vaders familie. Niemand kon vermoeden dat ik een eenzame vluchteling met een geheim was!

Het was geen probleem om de kits te verbergen of mijn spijkerdoos veilig te stellen. Kleine Vader kwam nooit rondneuzen achter in de truck, het was ons terrein. Oude Baba was halfblind en Smaragd en Satijn probeerden zich nooit met mijn zaken te bemoeien. Ik hield mijn rugzak in mijn slaapbank, maar telkens als we stopten om zaken te doen of om kamp te maken, droeg ik de noot bij me. Soms – niet elke dag, maar toch vaak – sloop ik weg tussen zonsondergang en duisternis, wanneer het in het kamp het drukste was. Ik wandelde dan een eindje weg in de sneeuw en deed de noot open en praatte met de kits.

Dan was ik voor even weer Sloe, alleen in de koude oneindigheid.

Smaragd en Satijn hielden er niet van dat ik dat deed. Ze waren bang dat Kleine Vader mijn wandeling zou opmerken en dat hij boos zou zijn. Ze leken evenveel van hun vader te houden als dat ze hem vreesden (ik nam aan dat hun moeder dood was of weggehaald, ik vroeg er nooit naar). Maar ze voelden met me mee, vooral Satijn, dus beschermden ze mijn vreemde manieren.

Onze trucks bleven op de ijsbepakte weg, maar telkens als we onderweg waren, patrouilleerden verkenners de woestenij, op indrukwekkende gemotoriseerde sleeën. Het zwerversleven werd verondersteld illegaal te zijn, omdat het gold als 'onbevoegd reizen', maar natuurlijk keken de verkenners uit voor rivaalbandieten, niet voor de wet. De Nederzettingcommissie (dat had mama me verteld) trok zich niets aan van wat er in de wildernis gebeurde, zolang niemand de steden probeerde in te komen. Wanneer de verkenners tegen de schemering binnen kwamen rijden om aan Kleine Vader te rapporteren, waren Smaragd, Satijn, ik en de kinderen van de andere trucks altijd in de buurt. We waren gefascineerd door de motorsleeën en de pochende jongemannen met hun lange geweren en grote laarzen.

Op een nacht brachten ze Yagin mee.

Ik was zonder meer aanvaard door de andere kinderen, al kon ik met sommigen van hen niet praten: in sommige trucks spraken ze een andere taal, een oude bandietentaal van lang geleden. We waren allemaal aan het voetballen in het donker toen we de sleeën van de verkenners hoorden. We hadden toortsen in de sneeuw gezet en we renden om onze schaduwen heen op zoek naar de bal. We stopten het spel en verzamelden bij Kleine Vaders picknicktafeltje. Een van de verkenners reed met een gemotoriseerde slee die we nooit hadden gezien en er liep een vreemdeling met hen mee, tussen twee van onze jonge mannen. De volwassenen hadden zich ook verzameld. Een echte vreemdeling was zeldzaam, want bandieten leken elkaar allemaal te kennen. Wie we ook ontmoetten, er was altijd wel iemand in de karavaan die neef was of dezelfde persoon kende. Ik zag dat de man Yagin was, en deze keer schrok ik daar zelfs niet van. Ik voelde me alleen gedoemd. Natuurlijk had hij me weer gevonden. Hij zou me altijd vinden …

Het zag er slecht voor me uit. Hij liep vrij en praatte vertrouwelijk met de jonge mannen. Ze hadden wapens op hem gericht, maar dat betekende niets, dat waren gewone bandietenmanieren. Ik wist niet of ik moest vluchten of blijven en er onschuldig uitzien. Ik leek helemaal niet meer op Sloe! Misschien herkende hij me niet …

Ik had me de moeite kunnen besparen om er onschuldig uit te zien. Ik zag hoe hij zijn pet afzette, als respect voor de bandietenkoning. Ik zag hoe hij werd uitgenodigd om aan tafel te komen zitten als een geëerde gast … en weldra hoorde ik hem aan Kleine Vader vertellen dat hij op zoek was naar een meisje. Een pupil van de staat, die was weggelopen van de Nieuwe Dageraad. Donker haar, zwarte ogen, bleke huid, vrij groot, ongeveer *zo* hoog … (hij liet met zijn hand in de lucht mijn lengte zien). Ze mankte een beetje met haar rechterbeen. Er was een royale beloning voor haar behouden terugkomst en hij zou die delen met iedereen die hem informatie kon verschaffen …

'Dus je bent een premiejager,' donderde Kleine Vader terwijl hij door zijn baard streek. 'Welke misdrijf heeft ze gepleegd, die kleine sneeuwgors?'

'Ernstige misdrijven,' verklaarde mijn zogenaamde engelbewaarder. 'Opruiing, ondermijning van het gezag en het verderven van de geest van haar medeleerlingen. Het is volgens de Nederzettingcommissie een zware misdaad om haar ook maar enige hulp te bieden.'

'Nou, dat is niet goed,' zei Kleine Vader. 'En hoeveel is ze waard?'

Ik zag hoe Yagin een grote geldzak opdiepte en de ruw gemaakte gouden muntstukken van de wildernis over de tafel rolden. Hij was een dappere man! Wist hij dan niet dat de bandietenkoning hem kon laten vermoorden en alles in zijn zak kon stoppen? Maar iets in de manier waarop Kleine Vader naar Yagin keek en het gevoel dat door de omstanders ging, vertelde me dat dat niet zou gebeuren. Mijn engelbewaarder leek hen wel te hebben betoverd…

Ik liep langzaam achteruit, weg van de kinderen. Ik wist waar mij slee was, ze was vastgehaakt aan de zijkant van de truck, waar ander materiaal lag, zoals ski's en stokken, schoppen en borstels. Ik dacht dat ik ze er wel alleen af kon krijgen. Ik had de noot bij me. Ik zou achter in de truck moeten sluipen om mijn rugzak te pakken en misschien wat eten ... Ik sloop voorbij oude Baba, die zat te dutten bij de kachel en haalde mijn rugzak op. Ik was heel stilletjes de voedselkast aan het openmaken toen ik de stem van Smaragd vlak achter me hoorde en een meter in de lucht sprong ...

'Sloe?' Ze aaide mijn wang en kneep in mijn hand.

'Het is in orde, Sloe. Kleine Vader stuurt hem weer weg.'

'Ik geloof je niet,' zei ik schor.

'Kom dan kijken.'

We klommen de ladder op naar de tweede verdieping, naar de rij slaapbanken waarin niemand sliep, en loerden door de dubbel beglaasde ramen. Yagin was er nog. Ik kon niet horen wat er werd gezegd, maar ik zag hoe Kleine Vader het goud terug in de zwarte beurs stopte en die over de tafel gooide. Yagin begon te argumenteren, Kleine Vader lachte. Yagin werd boos. Hij zwaaide met zijn armen. Het volk roerde zich onheilspellend, de verkenners richtten hun lange geweren. Maar Kleine Vader gaf het bevel niet ...

Yagin pakte zijn beurs en vertrok op zijn slee, achtervolgd door waarschuwingsschoten.

'Ze zullen hem niet neerschieten,' zei Smaragd op een zelfverzekerd toontje. 'Hij was niet in uniform, maar hij is politie. Je haalt ze er steeds uit. Maar hij kan maar beter niet terugkomen.'

Ik kwam zelden dicht bij Kleine Vader. Als Satijn en Smaragd tijd met hun papa doorbrachten, bleef ik discreet op een afstandje. Instinctief was ik bang voor iemand die zoveel invloed had op mijn lot. Maar na het voorval met Yagin ging ik naar hem toe zodra ik de kans kreeg.

'*Dank u,*' zei ik en ik boog voor hem en kuste zijn hand, zoals ik het zijn eigen mensen had zien doen wanneer Kleine Vader hun een speciale gunst had bewezen.

Zijn grote hand rook naar kruidenzeep, ze was zacht en sterk, met haartjes op de knokkels. Hij lachte, tilde me op en gleed met zijn dikke duim over de plek op mijn wang die gewond was geweest. Hij knikte tevreden.

Het was goed genezen, ik zou er geen litteken aan overhouden.

'Kleine sneeuwgors,' bromde hij. 'Jij bent een goed meisje.'

Soms donderden we voort in een ijltempo. Soms sloegen we zonder een bepaalde reden voor dagen ons kamp op. Ik was niet bezorgd. Er lagen nog maanden en maanden winter in het verschiet. Ondanks alle haltes trokken we in een veel sneller tempo naar het noorden dan ik in mijn eentje had kunnen doen.

Met z'n drieën hielpen we Baba met de klusjes, we speelden veel samen en soms speelden we met de kinderen van de andere trucks. Ik ontdekte dat Satijn en Smaragd niet de kinderen van Kleine Vader waren. Een groot deel van de kinderen waren zwervertjes, die de bandieten langs de weg hadden opgepikt. Ik vond dat erg aardig. Ik zei tegen Satijn dat ik wou dat de mensen in de Nederzettingen zouden weten dat de bandieten niet alleen meedogenloos, maar ook aardig waren. Hij haalde zijn schouders op en zei koeltjes: 'Ik neem aan dat ze even aardig zijn als de andere mensen op de wereld.' Ik vroeg me af waarom hij niet dankbaarder was.

We waren vrienden, maar Smaragd en Satijn verwarden me soms. Natuurlijk vertelde ik hun mijn geheimen niet en zij vertelden me nooit wat er met hun families was gebeurd. Dat leek in orde, je kon maar beter in het heden leven. Maar er was iets leegs aan hen. Ze hadden geen doel in het leven, geen dromen, behalve warm blijven en goed te eten hebben. Stiekem had ik medelijden met hen, al waren ze zo rijk.

De bandietenstammen waren het eens met mijn mama: de winter is het moment om te reizen. We waren op weg naar een grote bijeenkomst, de winterkermis, waar er zou worden gefeest en geruild en waar nieuwtjes zouden worden uitgewisseld. Mijn kaart bleef in mijn rugzak met mijn kompas. Ik wilde niet dat iemand wist dat ik die dingen had. Maar ik had een goed idee waar die kermis zou plaatsvinden en ik had beslist dat ik daar de karavaan zou verlaten. Het werd tijd dat ik naar het westen trok, om het punt te bereiken waar de smalle zee het smalst was. Ik wou dat ik Kleine Vader iets kon betalen, maar de achterkant van onze truck, achter de gordijnen en onder de wandtapijten, was volgepropt met balen en dozen en ik had zijn minachting gezien voor een gevulde beurs van de Nederzettingscommissie. Ik had niets anders dan de kaart en het kompas, en mijn Lindquists. Ik hoopte dat ik op een dag mama terug zou vinden en dat we samen Kleine Vader zouden kunnen opsporen en hem iets konden geven in ruil voor al zijn goedheid.

Op een nacht, toen ik veilig achter de gordijnen van mijn slaapbank lag, haalde ik de noot boven om goedenacht te zeggen tegen de kits en ik merkte dat de schaal een beetje gekrompen was en dat de kleur weer veranderde van geel naar bruin. De kits lagen tegen elkaar gedrukt te slapen. Ze tilden hun hoofdjes slaperig op en knipoogden naar me. Ik zei goedenacht, sloot de schaal en ging bevend liggen.

'Het is het beste zo,' zei ik tegen mezelf. 'Het is niet voor altijd.'

De volgende dag kreeg ik geen kans om naar ze te kijken. Toen ik de schaal 's avonds opendeed om ze goedenacht te wensen, waren ze dood.

Ik ging liggen en huilde zonder geluid. Ik dacht aan die nacht in mama's hut, toen ze op de bultige matras hadden gespeeld. De vrachttrein, ons grote avontuur in de pelsboerderij, de stinkende kist waarin we hadden gewoond met Neusje ... En bovenal onze tocht door de sneeuw ... Ik was nooit eenzaam geweest, niet één keer. Ik werd verondersteld de verzorger te zijn, maar ik zou verloren geweest zijn zonder hen ...

Ik had geen familie, geen dierbaren meer. Ik zou alleen maar een doos met zaadjes meedragen. Ik oogstte de cocons en stopte het poeder weer in verse buisjes, die ik weer keurig in de onderkant van de labdoos zette. Ik probeerde te doen alsof er niets was gebeurd, maar dat lukte helemaal niet, al was het gemakkelijk om onopgemerkt triest te zijn.

We naderden de grote bijeenkomst. Andere stromen voertuigen reisden mee, ze kwamen uit verschillende richtingen. Iedereen had het druk, er was gen tijd om te spelen. Baba deed er uren over om Kleine Vaders koperen en zilveren goederen op te poetsen, werk dat ze niemand anders durfde te laten doen. Smaragd en Satijn moesten lijsten maken van de inhoud van de mysterieuze balen. Er kwamen meer wapens in omloop en de kinderen bleven in de trucks, dus geen voetbalspelletjes meer.

De bijeenkomst werd gehouden bij de kruising van verschillende winterwegen in een natuurlijke arena, een vlakke ruimte die omringd werd door stijgende grond. Onze karavaan kwam 's nachts aan en Baba had de opdracht gekregen om de laadklep vergrendeld te houden, wat behoorlijk frustrerend was. We loerden door de ramen op de tweede etage en luisterden naar het grommen van vreemde motoren, het knerpen van sneeuwbanden, het tumult van een massa … terwijl Baba beneden zat met haar breiwerk. Ik was opgewonden, al rouwde ik nog steeds om mijn kits. Achter de verblindende lichten meende ik de duisternis van het woud te zien … Smaragd en Satijn leken terneergeslagen. Ik dacht dat het kwam omdat Kleine Vader hen was vergeten op deze grote nacht. Ik voelde me schuldig, omdat ik hen ook zou verlaten.

Mijn instinct had me verteld dat ik maar beter geen afscheid kon nemen. Zo gewonnen, zo geronnen. Ik had voedselvoorraad ingeslagen, dingen die niet gemist zouden worden, en mijn rugzak was gepakt. Ik was nog aan het overleggen met mezelf of ik een paar korte ski's zou meenemen. Ik wilde niet stelen van mijn weldoeners, maar zij hadden zo veel …

's Ochtends trok ik mijn warmste kleren aan. Baba ging zelf water halen, wat meestal onze taak was, en vertelde dat de temperatuur twintig graden onder nul was volgens de buitenthermometer. Ze waste ons en kamde onze haren alsof we baby's waren en ze gaf ons een grote kom pap met een sentimentele glimlach. Ik dacht dat het de ontroering voor de grote bijeenkomst was die de oude vrouw een beetje vreemd deed lijken.

Ik had mijn rugzak meegebracht naar het ontbijt in plaats van hem op mijn slaapbank te laten. Ik dacht nog na over een excuus om hem mee te nemen naar de markt, toen er op de laadklep werd gebonsd.

Baba ontgrendelde de kleine deur en Kleine Vader zelf wrong zich naar binnen, gevolgd door twee van zijn verkenners en een paar andere mannen die ik niet kende.

'Ja,' zei Kleine Vader. 'Ja! Sta op, alle drie!'

We gingen rechtop staan. De achterkant van de truck was gevuld met lichamen. De vreemde mannen loerden naar ons en een van hen zei: 'Ik wil ze wel eens in het daglicht zien.'

Ik keek naar Satijn, die zijn schouders ophaalde. Smaragd hield haar ogen op de grond gericht.

We stapten uit en buiten stond er een hele groep kinderen. Ik merkte dat het allemaal zwerfkinderen van onze karavaan waren. Ik moest heen en weer lopen, mijn manke been lokte commentaar uit. Een van de vreemde mannen keek in mijn mond en voelde met harde vingers hoe dik ik was, terwijl de winterkermis achter ons vrolijk doorging. Ik was vervuld met afschuw. Ik merkte niet dat dezelfde dingen gebeurden met Satijn en Smaragd. Ik dacht dat ik uiteindelijk toch aan de premiejagers werd overgeleverd en ik begreep niet waarom alle andere kinderen stonden te kijken. Ik zocht wanhopig naar een kans om te ontsnappen … De mannen pikten mij eruit, samen met Satijn en Smaragd en nog drie kinderen. De andere zwerfkinderen werden weggestuurd en toen werd de waarheid me pas duidelijk. En ik herinnerde me – te laat – alle kleine dingen die mensen hadden gezegd en gedaan en die me hadden moeten waarschuwen …

De handelaars zeiden dat Smaragd te jong was en dat Satijn slechte tanden had. Ze kibbelden nog langer over de prijs die Kleine Vader voor mij vroeg. Maar hij was onverzettelijk. 'Mijn sneeuwgors,' zei hij, 'is een collegestudent. Huid als melk, ogen als zwarte kersen, leest en schrijft als een ontwikkeld mens. Je vindt niet gauw een meisje als dit. Je zou het geld eens moeten zien dat ik voor haar moest dokken.'

Uiteindelijk was het pingelen voorbij en leek iedereen tevreden.

Smaragd en Satijn hadden hun bundeltje bezittingen, ik had mijn rugzak. De andere drie, een jongen en twee meisjes, hadden ook hun persoonlijke spullen. Ik was niet geschokt door Kleine Vader. Ik was niet geschokt door de mannen die ons hadden gekocht. Ik wist dat het gewoon een handeltje was. Ik walgde van Smaragd en Satijn. Ze hadden de hele tijd geweten dat ik het niet begreep. Ze hadden het geweten toen ze me een lift aanboden bij de stortplaats. Dat ze ruilgoederen waren, zoals de balen en dozen achter in Kleine Vaders truck. Ze hadden geweten dat als ik me bij hen aansloot, ik op een dag, net als zij, verkocht zou worden als slaaf.

Niemand lette op ons toen we over het kermisterrein liepen met onze handen gebonden en met een touw aan elkaar verbonden. Boven de witte hellingen om ons heen en tussen het gedrang van mensen en voertuigen door kon ik een glimp opvangen van de rand van het woud. We hadden eindelijk de zwarte lijn bereikt die, zolang ik me kon herinneren, de verste grens van mijn wereld was. Maar het zag ernaar uit dat ik niet verder zou komen.

We werden naar de slavenveiling gebracht, waar we de volwassen slaven zagen, opeengepakt in een afgesloten kooi. Onze kopers registreerden ons voor verkoop, terwijl we stonden te beven van de kou. We hadden onze persoonlijke bezittingen mogen meenemen, behalve onze jassen. Het kantoor van de veilingmeester was een donkere hut op palen en met een verwaarloosd dak, het soort gebouw dat de bandietenstammen in stukken meezeulen op speciale trucks. Ik vond dat het eruitzag als een grote, boosaardige, donkere vogel. De mannen die ons van Kleine Vader hadden gekocht, wilden dat we een speciale behandeling kregen, want we waren handelswaar van hoge kwaliteit. Maar de veilingmeester zei dat er maar één kooi was voor kinderen. We werden naar het achterste kamertje van de hut gebracht en onze handen werden losgemaakt. Een van de veilingmensen zei: 'Zo, dat is toch niet al te slecht, hè? Binnen, weg van de kou. Emmer staat daar, als je die nodig hebt.' Toen lieten ze ons alleen, ze namen hun lamp mee.

Er werden zware balken voor de deur geschoven en er werd een sleutel omgedraaid. De achterkamer had geen ramen. Het enige licht viel door de kieren tussen de ruwe planken van de muren. Verderop konden we vaag een verwarde massa samengepakte lichamen zien. Iemand van hen kreunde, een woordeloze kreet van ellende.

'Wie zijn jullie?' huilde een gebroken stem.

'Gewoon kinderen,' antwoordde Satijn. 'We worden verkocht, net als jullie ...'

'Wat hebben jullie?' klonk een andere stem, in de oude bandietentaal. De lichamen golfden naar ons toe vanuit het donker. Het was als een vloed kakkerlakken van menselijk vlees. Ik weet dat ik geen medelijden voelde … Ik denk dat niemand van ons zessen dat deed. We vochten ons los van de slavenkinderen, met stevige stompen en stampen. We waren vers en sterk, en ze gaven het snel op en trokken zich terug. We gingen in de hoek op de stoffige vloer zitten met onze bezittingen en Smaragd, die de jongste was, in het midden. Ik vroeg me af hoe lang het zou duren voor we zouden worden als die anderen …

We konden de emmer niet zien, maar we roken hem wel.

'Ik moet plassen,' fluisterde Smaragd. 'Sloe, kom je mee?'

'Je *wist* het,' siste ik naar Satijn. 'Je *wist* dat we slaven zouden worden! En je waarschuwde me niet eens! Ik dacht dat jullie mijn vrienden waren. Jullie hebben me *verraden*!'

'Je zou buiten in de storm hebben gezeten, weet je nog?' Hij deed alsof hij verbaasd was over mijn woede. 'Je was dood geweest als we je niet naar Kleine Vader hadden gebracht. Het zal wel niet zo erg zijn. Het is beter om geld waard te zijn dan gewoon een zwerfkind te zijn. Geloof me, ik heb dat geprobeerd.'

'We hebben je niet verraden,' huilde Smaragd. 'Zo was het niet! We wisten dat Kleine Vader ons misschien zou verkopen, maar hij was aardig voor ons. Ik was zijn kleine meisje, en ik had mooie dingen. Het was fijn. Het kan opnieuw fijn zijn … Vertel het haar, Satijn.'

'Ik dacht dat je het wist,' zei hij. 'We dachten allemaal dat je het wist. We praatten er niet over, omdat we dat nooit doen. Wat is het nut van praten?'

Ik keek hem boos aan en hoopte dat hij mijn uitdrukking kon zien. Er waren veel momenten geweest waarop hij had kunnen uitzoeken of ik het wel begreep … Maar Smaragd en Satijn dachten niet zoals ik. Ze waren niet van zichzelf, ze *verwachtten* niet om vrij te zijn …

'Laten we geen ruzie maken,' zei de andere jongen die gekocht was. Hij heette Bakkial. 'We moeten bij elkaar proberen te blijven. We zijn maatjes, laten we dat zo houden.'

'Ik hoop dat we goede meesters krijgen,' zei een van de meisjes dapper.

Ze was de grootste, een lange, sterke tiener. 'Ik vind het niet erg om te werken voor een goede meester.'

We bleven met z'n zessen stilletjes zitten en hielden elkaars hand vast. Smaragd en Satijn waren niet langer koninklijk, we waren allemaal gelijk, het afval van de wereld. We hadden geen menselijke waarde. We konden ons gelukkig prijzen als we hardwerkende slaven werden. Er waren ergere dingen.

'Kleine Vader laat zijn mensen geen volwassen slaven houden,' zei Satijn met een vlakke stem. 'Hij zegt dat ze het niet waard zijn. Ze zijn niet te vertrouwen. Ze pikken gewoon mooie zwerfkinderen op, zorgen er goed voor en ruilen ze als bijverdienste.'

'Hoe lang denk je dat die andere kinderen hier al zitten?' vroeg ik.

'Misschien wilde niemand ze kopen, zijn ze overschot van een andere markt …'

'*Wij* zullen worden verkocht voor het einde van de kermis,' zei het grote meisje, dat Tanya heette. 'Wij zijn van goede kwaliteit, dat ziet iedereen. Dus dat is ten hoogste tien dagen.'

Tien dagen hierin!

'Ik moet nog steeds plassen,' zei Smaragd ongelukkig.

'Ik ook,' zei het derde meisje. Ze was jonger dan ik en ze had lange maisgouden vlechten; ik kon me haar naam niet herinneren.

Ik ging met ze mee, als bewaker. Ik was blij dat het donker was toen we de emmer vonden die in het midden van de kamer stond. Hij stroomde bijna over. Donkere, vuile gezichten loerden naar ons, grijpende handen trokken aan onze kleren, maar we hadden geen echte problemen en kwamen veilig terug in onze hoek van de kamer. Het was heel koud. Het zou nog veel kouder worden 's nachts. Als niemand ons dekens gaf, zouden we ons misschien bij die kermende hoop menselijke kakkerlakken moeten voegen, alleen maar om in leven te blijven. Die gedachte maakte me misselijk.

Ik ging tussen Satijn en Smaragd zitten, met mijn armen veilig om mijn rugzak. Ik broedde op een plan. Als ik eenmaal verkocht was, zou ik wel een manier vinden om te ontsnappen. Zoveel was zeker. Maar hoe kon ik de Lindquists geheimhouden? Ik herinnerde me hoe het was om een nieuwe te zijn op de Nieuwe Dageraad. Ze hadden alles van me afgepakt, me kaalgeplukt zodra ik was aangekomen. Hoe lang zou ik mijn rugzak bij me kunnen houden als ik een slaaf was? Gelukkig waren de kits tenminste in hun zaadjesvorm. Ze zouden niet bang zijn of gewond raken, wat er ook gebeurde …

De kits … Er ontstond een idee in mijn wanhopige geest.

Ik hoorde mijn mama's stem: *Er gebeuren vreemde dingen, wonderbaarlijk vreemde dingen met de Lindquists wanneer ze volledig tot uiting komen …* Ik herinnerde me Neusje, de moedige strijdster die me had gered op de pelsboerderij …

'Hé, wat als ik ons hieruit kreeg?'

'Doe niet zo stom,' zei Smaragd. 'We hebben geen kleren voor buiten.'

'Het zou niet helpen,' zei Tanya. 'We zijn geld in een gesloten doos. Ze zouden ons vangen en terugbrengen. Geld kan niet lopen. Het is hopeloos.'

'We kunnen niet ontsnappen,' zei Satijn. 'Rustig maar, Sloe. Het is niet zo erg.'

Ik wist niet wat er zou gebeuren als ik de kits zou laten groeien. Ik kon me niet herinneren of er een minimumtijd was dat ze in het ruststadium moesten blijven. Misschien zou het proces niet op gang komen of zouden de kits sterven. Maar ik had geen andere keus. 'Ik heb iets in mijn rugzak,' zei ik. 'Het is min of meer magie. Ik zou kunnen proberen het te gebruiken. Maar jullie moeten me allemaal beloven dat wat jullie me ook zien doen, dat je dat nooit ofte nimmer aan iemand vertelt.'

Vijf gezichten staarden me aan.

'O, die rugzak!' zei Satijn. 'Sloes rugzak waar iedereen maar beter afblijft.'

'Hou je mond, Satijn,' zei Tanya. 'Iedereen let op zijn eigen spullen.'

'Is de magie de reden waarom de premiejager achter je aan zat?'

'Ja. Maar ik kan er niet over praten en je mag het niet verder vertellen.'

'We zullen het niet vertellen,' zei Bakkial. 'Nooit.'

Ze vormden een halve cirkel om me heen, voor het geval de veilingmensen terugkwamen of de slavenkinderen opnieuw dichterbij kwamen. Ik haalde de labtas tevoorschijn en opende ze, pakte mijn masker en handschoenen en deed een schietgebedje. Er was heel weinig licht. Ik werkte op de tast en op mijn herinnering, zo snel ik kon. Ik kweekte alle kits; ik wist niet of ze zouden groeien als ze niet samen waren. Ik zou trouwens niet geweten hebben welke soort ik moest nemen.

'Wat gaat er gebeuren?' fluisterde Satijn toen ik klaar was en de schaal weer gesloten was. 'Komt er nu een *Djinn* naar jouw verkoop?'

'Ik weet niet wat een *Djinn* is.'

'Een machtige geest. Magiërs kunnen hen doen gehoorzamen.'

'Is het een bom?' vroeg Tanya opgewonden. 'Is dat ronde ding een bom? Je bent gek!'

'Ik mag er niet over praten,' zei ik.

'Hoe lang voor het begint te werken?' vroeg Bakkial.

We loerden allemaal naar het kluitje slavenkinderen. Ze waren stil nu, maar ze wisten dat we iets hadden. Ze zouden ons niet lang met rust laten.

'Ik denk dat er tegen de schemering wel al iets gebeurd moet zijn.'

De kieren tussen de planken waren grijze lemmeten: de ijskoude lucht en de gedempte geluiden van de kermis kwamen binnen, maar je kon niet naar buiten kijken. We praatten niet veel. We hadden allemaal water en eten in onze bundeltjes (ik had alle voorraden die ik voor mijn vertrek had gestolen), maar we durfden niets tevoorschijn te halen. We dutten een beetje, leunend tegen elkaar, maar altijd waakzaam. Twee keer was er een aanval van de kinderen aan de andere kant, maar elke keer konden we hen terugdrijven.

Na eindeloze uren hoorden we voetstappen bij de deur. Het slot ratelde, de balken werden weggenomen. De slavenkinderen drukten zich tegen de muur, als kakkerlakken die gestoord werden door het licht. Er kwam een veilingman binnen met een lamp en hij zette een grote, stomende pot op de grond. 'Hier is jullie pap,' zei hij. 'Komaan, je hoeft niet bang te zijn. Opeten!' De kinderen aan de andere kant schoten vooruit, graaiden over de rand van de pot, schepten de hete pap op met hun handen. Er waren geen lepels. Wij bleven waar we waren.

'Ik heb geen honger,' mompelde Satijn.

'Ik wel,' zei Smaragd met een klein stemmetje. 'Maar dat ziet er niet smakelijk uit.'

Er kwam een andere man binnen met een andere lamp, zoals de kaartjesknipper in de vrachttrein. Hij keek in wat voor toestand we waren en verzekerde zich ervan dat de lichamen die niet bewogen nog in leven waren. Hij had een zweep aan zijn riem hangen, maar die gebruikte hij niet. Hij kwam naar mij toe, tilde mijn kin op alsof hij een stuk stof van een baal plukte. 'Heel mooi,' mompelde hij. Als we allemaal samen spanden, dacht ik, alle kinderen samen, dan konden we deze twee mannen overmeesteren … Maar ze wisten dat we niets zouden doen. We konden hen overmeesteren en wat konden we dan doen? Waar zouden we heen gaan?

Al snel was de pot leeg. De mannen namen hem terug mee en de deur werd weer afgesloten en vergrendeld. De kamer was veel donkerder nu.

'Het is tijd,' fluisterde ik. 'Zorg dat ze wegblijven.'

Mijn vrienden maakten zich klaar om een aanval tegen te houden. Ik haalde eten tevoorschijn (een stuk con en wat gedroogde bessen) en de geïmproviseerde olielamp die ik in mijn mama's hut had gemaakt toen de Maffia was gekomen. Voor dit deel had ik licht nodig. Ik zette de lamp in elkaar en vulde ze met olie, die ik gepikt had uit de kast van Kleine Vaders truck. Zodra het licht aanging, zwermden de slavenkinderen naar ons toe, verhongerde gezichten, holle ogen, blinkende tanden, voddenkleren en halfnaakte ledematen flitsten op uit het donker. Satijn, Tanya en Bakkial dreven hen weg, terwijl ik knielde in de cirkel van licht, met mijn mama's magische cadeau in mijn handen als een kommetje. Als het meisje in het sprookje deed ik de noot open. De kits leefden. Ze waren in het poppenhuisstadium, zo klein dat ik bang was om ze aan te raken, maar perfect. Ze sprongen naar me toe, duwden tegen het schild en mijn hart zwol van liefde. Ik kan het gevoel niet omschrijven hoe blij het me maakte om hen terug te zien op deze vuile, miserabele plek …

Er was geen tijd om na te denken. Ik bad dat mijn keuze juist was en tilde de levendigste eruit. Ik zegelde de rest weer af, terwijl ik de kit in mijn ene hand hield. Ik voelde het gekietel van de kleine snorharen terwijl het aan het stukje con peuzelde. Smaragd en het meisje met de maisgouden vlechten hielpen me alles weg te zetten. De slavenkinderen hadden niet gezien wat ik in de noot had zitten, maar ze moeten hebben gevoeld dat er iets vreemds aan de hand was. Ze gaven hun aanval op en deden hun kakkerlakkenvlucht achterwaarts. Ze maakten gebaren die wildernismensen maken tegen het kwade. De kit in mijn hand voelde aan als een klein kloppend hart. En het groeide al. Ik deed mijn vingers een beetje open om er een paar besjes tussen te schuiven en een piepklein neusje rook aan mijn vinger, waarna de kit me beet, met de allerkleinste tanden. Ik voelde de tong aan de druppel bloed likken.

Nivvy? Mijn ruggengraat tintelde. Mama had me gewaarschuwd dat Nivvy gevaarlijk kon zijn ...

'Meer eten,' fluisterde ik dringend. 'Kleine dingen, maar laat het blijven komen.'

Ze stelden geen vragen. Het meisje met de vlechten duwde gedroogde bessen in mijn hand. Smaragd hakte met haar vingernagel schilfers chocola van een reep. De anderen hielden de wacht.

Even later was al het eten dat ik tevoorschijn had gehaald op, en de Lindquist-kit was gegroeid tot de grootte van een appel. Het zat op mijn hand en voederde zich ijverig met de resten van Smaragds chocolade.

Het was geen Nivvy. De pels was bruin en wit, het lichaam plomp en zacht, de ogen waren twee rode bessen. Het had ronde, naakte oren, kleine roze poten, scherpe tanden en geen staart.

'Wordt het een draak?' vroeg Smaragd hoopvol.

Ik had het vreselijke gevoel dat ik mijn geheimen doelloos had prijsgegeven.

'Dit kan even duren,' zei ik. 'De magie heeft tijd nodig om te werken.'

Mijn lamp begon uit te gaan. Ik blies ze uit en stopte ze weg. De kamer werd compleet zwart. Ik ging liggen met mijn gezicht naar de hoek en met mijn lichaam maakte ik een grens, zodat ik de Lindquist over de vloer kon laten rennen. De anderen kwamen om me heen zitten.

Satijn en Maisvlecht hielden als eersten de wacht, ze bewaakten de bundels en hielden de gevaren in de gaten: de deur en de slavenkinderen. Smaragd kroop tegen mijn rug aan, Tanya en Bakkial mompelden iets tegen elkaar en vielen toen stil. Ik bleef de kit eten geven, zocht steeds opnieuw in mijn voedselreserves, in een trance van koude vermoeidheid. Ze bleef verdwijnen in de duisternis en terugkomen.

Toen hoorde ik haar knagen aan de planken. Ze probeert onze gevangenis open te breken, dacht ik. Maar dat kan weken duren. Ik stak mijn hand uit en streelde haar met een vinger en ontdekte iets dat me aan het schrikken maakte. Waar er *één* klein dier had gezeten, leken er nu verschillende te zijn … Mijn Lindquist had baby's gekregen …

Het knagen ging voort en werd een koor.

Ik tastte opnieuw rond en ontdekte dat er meer waren, en nog meer …

'Onmogelijk,' mompelde ik.

Maar ik had altijd geweten dat de kits magisch waren.

De zwarte uren gingen voorbij. Ik sliep nooit helemaal, maar alles liep in elkaar over: de tastende aanvallen van de slavenkinderen, de stank van de emmer, de kou en het geluid van het knagen. We sloegen naar de tastende handen en ze verdwenen. De Lindquists bleven naar me toe komen om te eten en gingen daarna snel weer aan het werk. Altijd maar voort. De aanraking van snorhaartjes en neusjes, het geschuifel achter me wanneer de anderen weer een aanval afhielden, het eten uit mijn rugzak, het gewicht van Smaragds hoofd op mijn schouder …

Ik werd wakker met mijn rugzak in mijn armen. Hij voelde leger aan, en het zwart was overgegaan in grijs. Het was de kou die me had gewekt. In de hoek lag een massa zaagmeel, er was een gapend gat, groot genoeg voor mijn hoofd en schouders, dat door de planken wand geknaagd was, en er lag een kolkend tapijt van kleine bruin-witte pelzen diertjes …

'Wakker worden! Iedereen, pak je spullen! Het is tijd om te gaan!'

Satijn was al wakker en staarde naar de horde. Smaragd tilde haar hoofd op en loerde huiverend tussen haar zwarte krullen door. Bakkial werd wakker met een schok, snakte naar adem en sloeg een kruis om het kwade af te weren. Het meisje met de vlechten zei: 'Wat zijn dat? Zijn het muties?'

'Nee,' zei ik. 'Ik zweer je dat ze dat niet zijn. Ze zijn heel belangrijk en ik moet ze ergens naartoe brengen. Ik moet naar het noorden, maar jullie kunnen allemaal meekomen …'

Vijf gezichten staarden me aan, vuil en vermoeid in het grijze licht …

'We zouden sterven van de kou,' fluisterde Smaragd.

'Maar we zouden geen slaven zijn. En we vertrekken niet meteen. Het is een kermisterrein. Het zit vol met spullen die we kunnen jatten en de mensen letten toch niet op nu. Komaan!'

'Ik kan het niet,' zei Tanya, haar ogen strak op de Lindquists gericht. 'Ik durf niet. Ik ben bang. Het is hier niet zo slecht. Misschien krijg ik een goede meester …'

'We kunnen niet weglopen,' zei Bakkial. 'Kleine Vader zou zijn gezicht verliezen en razend zijn. Hij zou ons opjagen en wat zou er dan met ons gebeuren?'

'Wie geeft daarom? Ze zullen ons niet pakken als we *nu* gaan …'

Achter ons was een licht gemompel ontstaan. Toen zei een van de slavenkinderen helder maar bitter: 'Ze breken uit. Ze gaan ervandoor.'

Een andere stem viel in. Iemand begon op de vloer te slaan. Spoedig waren ze allemaal op de vloer aan het slaan en scandeerden ze: 'Ze gaan ervandoor, ze gaan ervandoor, de mooie gaan ervandoor!' Het kon hun niet schelen dat we ook kinderen waren, net als zij. Ze zaten zo diep in de ellende dat we gewoon de vijand waren … Ik had niet veel tijd voor de veilingmensen zouden komen zien wat al dat lawaai te betekenen had.

'*Alsjeblieft!*' smeekte ik. '*Alsjeblieft*, laat me jullie niet achterlaten!'

'Jij hebt iets belangrijks te doen,' zei Satijn. 'Je moet dat doen.'

'Ga nou, Sloe,' zei Tanya. 'Je bent een goed mens, maar het komt wel goed met ons.'

De Lindquist-horde stroomde als een bruisende waterval door het gat in de grijze ruimte daarachter.

'Ik zal jullie terugbetalen,' huilde ik. 'Op een dag, dat beloof ik!'

Er klonk een geweldig geratel aan de vergrendelde deur en het scanderen veranderde in schreeuwen toen ik door het gat dook …

Ik was vergeten dat de hut op palen stond. Ik viel twee meter naar beneden en kwam op mijn knieën terecht op de bevroren sneeuw. De Lindquist-horde zwermde om me heen. Maar ze verdorden als dode bladeren, verschrompelden razendsnel en uiteindelijk waren ze niet meer dan kleine propjes stof. Er bleef maar één bruin-wit dier over. Haar poot lag op mijn knie en ze keek me aan in opperste vertrouwen, haar bessenrode ogen leken druppels blinkend bloed.

Naast de hut stonden trucks geparkeerd, de onderkanten bevonden zich op mijn ooghoogte. Ik pakte mijn Lindquist op, stopte haar veilig tussen mijn kleren en kroop op mijn buik door de sneeuw, met één hand mijn rugzak achter me aan slepend. Eerst onder de ene truck duiken en rollen, dan onder de volgende, enzovoort … Een paar keer werd ik bijna opgemerkt door mensen die vuren onder hun motor maakten om ze weer aan de praat te krijgen na de koude nacht, maar niemand zag me echt. Ik bereikte het einde van de rij, ging rechtop staan en liep vlug weg.

Ergens achter me hoorde ik geschreeuw en gestamp van voeten. Misschien was dat voor mij, maar ik rende niet. Ik begroef mezelf in de massa. Ik vond een zwart waterbestendig deken dat iemand over een geparkeerde motorslee had gelegd om hem niet te laten bevriezen. Ik hulde mij erin en mijn felle kleren verdwenen. Ik wandelde tussen rijen flikkerende toortsen, die bleek werden in het daglicht. Ik hing rond bij de kampvuren en barbecues. Een oude vrouw die maiskolven bakte, gaf me er een, gratis en voor niets. Ik probeerde te staren naar een andere man die hondenvlees stond te grillen, maar hij gaf me niets.

In een grote stapel raapzaadolievaten vond ik een nest en ik voelde me veilig genoeg om mijn Lindquist eruit te laten en haar te strelen. Ze was groter dan Neusje, maar niet zo groot als wanneer die haar stekels had uitgestoken. Haar rode ogen waren een beetje vreemd, maar ze had een erg dapper, vrolijk voorkomen.

'Ik weet wie jij bent,' zei ik. 'Jij bent de Lindquist die er vele wordt, Rodentia. Ik noemde je Tandje, toen ik nog een klein meisje was.'

Ik aaide haar en prees haar en gaf haar de rest van mijn mais. Ik was een beetje bang dat ze weer *vele* zou worden, als iets ons bedreigde. Als iemand dat zag gebeuren, zouden we in grote moeilijkheden zitten. Ze zou gedood worden, met al haar kinderen, en ik waarschijnlijk ook. Ik probeerde zo kalm mogelijk te zijn. Ik vertelde haar dat ik een diefstalexpert was en dat ik spoedig voorraden bijeen zou zoeken voor de volgende etappe van mijn reis …

Het was iets van een vijfentwintig, dertig graden onder nul. Ik was niet gekleed op de kou en ik was moe en had honger, maar dat wist ik niet. Ik dacht dat ik niets had gedaan, ik had alleen maar een dag en een nacht stilgezeten in die hut. Er gebeurt iets gevaarlijks met je wanneer je moe bent en honger hebt en wanneer het echt koud is. Je denkt niet meer helder, en je voelt dat niet gebeuren. Ik besloot om terug te gaan naar Kleine Vaders trucks en mijn eigen slee te gaan stelen. Ik wist precies waar die was, vastgehaakt aan de zijkant van de truck met de korte ski's en stokken …

Ik had mijn slee nodig, zodat ik er het eten op kon leggen dat ik zou gaan stelen. Ik had al mijn voedsel aan Tandje gegeven toen ze me redde uit de slavenhut. Ik moest dringend opnieuw uit stelen gaan. Mijn tanden klapperden, de wind ging als een mes door mijn versleten oude deken en mijn mooie kleren. Misschien zou het makkelijker zijn om van Kleine Vaders stam te stelen, omdat ik ieders gewoontes kende …

Het duurde eeuwen om mijn weg terug te vinden. Ik voelde me duizelig en ik had het moeilijk om me te concentreren. Uiteindelijk zag ik de trucks die ik herkende. Kleine Vader zat vast aan zijn picknicktafel, want iedereen stond daar samengetroept (behalve diegenen die naar de kermis waren). Het deed me pijn om dat vertrouwde tafereel te zien. Ik wilde dolgraag door het deurtje in de laadklep naar binnen klimmen om bij de kachel te gaan zitten in die warme, gezellige grot en pap eten met Smaragd en Satijn. In plaats daarvan liep ik naar de zijkant en pakte ik mijn slee. Niemand zag me. Ik sloeg het gareel om mijn schouders en hulde mijn hoofd opnieuw in de deken.

Toen besloot ik om te gaan kijken wat er bij de picknicktafel gebeurde. Ik zwalkte nonchalant naar de rand van de menigte en vond een plekje vanwaar ik alles goed kon zien. Niet te dichtbij, maar met niets in de weg … Ik zag vier mannen in lange, zwaaiende, donkere jassen die voor Kleine Vaders tafel stonden. Ik zag de gekleurde flitsen aan hun kragen en de blazoenen op hun sleehelmen.

Ordepolitie!

Problemen voor Kleine vader, dacht ik. De Ordepolitie was de enige autoriteit die door de bandieten werd gevreesd. Ze joegen niet alleen op muties. Ze waren ook bevoegd om elk voertuig te doorzoeken en de goederen van iemand die werd verdacht van handel in fabrieksdieren of het vervoer ervan zonder vergunning, in beslag te nemen. Dat waren de ergste misdrijven die je kon plegen in de wildernis, naast het proberen binnen te dringen in een stad …

Met een schok ontwaakte ik uit mijn verdoving. Wat als de Ordepolitie naar *mij* op zoek was? Wat als ze al wisten wat er in de slavenhut was gebeurd? Ik moest er meteen vandoor. Het stelen kon ik maar beter vergeten, ik zou recht naar het woud gaan. Ik had mijn goede vilten laarzen, mijn slee, mijn deken. Ik zou wel op een of andere manier eten vinden, en warmte en een schuilplaats. Mijn magische Lindquist zou me redden.

Ik liep weg zonder gehaast te lijken. Ik cirkelde om de kermis heen, tot ik een gat in de ring van besneeuwde hellingen vond, waar een weg naar het noorden in de arena kwam. De lucht was dik en hing laag sinds de ochtend en er begon sneeuw te vallen toen ik de mensen achter me liet. Het duurde niet lang voor de grote vlek van de kermis achter me werd weggevaagd. Ik was alleen in een werveling van wit.

Ik was zo verdoofd dat ik dacht dat dat goed was …

Ze zullen me nooit vinden nu, dacht ik, terwijl ik de storm in trok. Al snel besefte ik dat ik verdwaald was. Ik haalde mijn kompas boven, zocht het noorden en ging verder. De Lindquist werd zwaar. Ze was zo zwaar dat ik haar in mijn armen moest dragen, met haar hoofd op mijn schouder. Haar pels was donker geworden en haar behaarde gezicht was ruig, haar tanden waren lange, grote, gele beitels. Ze hield me tenminste warm.

'Ga je te groot worden om gedragen te worden?' prevelde ik. 'Op dit moment zou het goed zijn als *jij* groot genoeg was om *mij* te dragen.'

Ik hoopte dat ze niet te veel zou veranderen. Ik herinnerde me dat Neusje veel was veranderd en Neusje was dood … Mijn hoofd was heel wazig. Ik had al in het woud moeten zijn, maar dat was weggesmolten. Toen de wind de sneeuw wegblies, zag ik hier en daar een boom met dode en bladerloze takken. De bomen waren ziek, zoals de boom waar ik naar keek toen ik in de Nieuwe Dageraad zat. Mama had gezegd dat het woud ons zou beschermen … Ik kon geen stap meer verzetten.

Aan de voet van een van de zieke bomen ging ik op mijn slee zitten, met mijn deken over mijn hoofd en onder mijn billen en Tandje in mijn armen; het enige lapje warmte in de hele wereld.

'De bomen zullen een schuiloord zijn, Tandje. We zullen een schuilplaats maken van takken.'

Ik zag alleen maar wervelend poeder, het kwam in mijn ogen.

'Ik ben heel moe,' zei ik. 'Ik ga liggen.'

Ik kroop in elkaar op de slee en sloot mijn ogen.

Tandje klom uit mijn armen. Ik hoorde het knarsen van haar tanden. Ze viel de zieke boom aan!

Ik probeerde recht te gaan zitten en mompelde: 'Nee! Hij zorgt voor beschutting!'

Ze mepte even met haar dikke, platte staart op de sneeuw en ging door met knagen.

'Niet genoeg te eten,' mompelde ik. 'Niet genoeg te eten. Ik heb geen vuur vanbinnen. Mag niet slapen. Als ik nu in slaap val, word ik nooit meer wakker.'

De sneeuw viel. Ik dacht aan Satijn en Smaragd, en Tanya en Bakkial, en het meisje wiens naam ik me niet meer herinnerde. Ik hoopte dat ze samen waren verkocht. Tandje bleef doorwerken, als een wezen met een belangrijk plan. Ze was een erg vastberaden Lindquist, maar haar doel was altijd hetzelfde. Knagen … De stam van de boom was niet erg dik. Ze knaagde tot hij bijna brak, toen ging ze op haar achterpoten staan en duwde. Het gescheurde hout knarste en de boom viel neer. Ze maakte een huis voor ons, een blokhut met maar één blok. Ze spitte in de sneeuw en schepte die over mij en de slee en de gevallen boom samen. Het zou gezellig en warm zijn.

'Niet genoeg te eten. Geen vuur vanbinnen. Mag niet slapen zonder eten.'

Maar toen ze het huis had gemaakt en bij me was komen liggen, kon ik niet anders dan in slaap vallen. Ik sloeg mijn armen om Tandjes warme lijf, met alleen mijn neus en een stukje van de deken die uit een ademholletje staken, het was hemels.

Ik sliep een lange tijd. Eerst was ik echt in slaap, daarna was ik in een andere toestand, waarin ik wist dat ik dicht bij de dood zweefde. Ik had geen kou. Er was geen verschil tussen warm en kou. Ik was als een kachel met alleen maar een heel fijn lijntje rood en dat fijne lijntje vervaagde. Daarna viel ik in een diepe zwartheid, zonder dromen, zonder gevoel.

Ik werd plots wakker, terug bij mezelf. Ik dacht even dat ik in de slaapzaal in het college was, de zaalopzichtster met haar rammelende sleutels zou spoedig komen. Maar ik kon een houtvuur ruiken. Ik deed mijn ogen ver genoeg open om te zien dat ik op een bed met stapels dekens lag, in een kleine kamer met open kachel waarin een vuur gloeide. Er zat een man naast. Hij moet me hebben horen bewegen, want hij draaide zich om om naar me te kijken.

Het was Yagin.

Hij had achterom gekeken, maar hij had niet gezien dat mijn ogen open waren. Hij draaide zich weer naar het vuur. Ik was nog steeds aangekleed, op de buitenste laag van mijn mooie kleren na. Mijn rode gebloemde rok en de strakke bloes die erbij hoorde, hingen over de leuning van een stoel naast Yagins stoel, dicht bij de kachel. Mijn laarzen stonden te dampen op de vloer. Mijn rugzak lag op een tafel, die in het midden van de kamer stond, en Tandje lag ernaast op een schone witte doek. Ze was veranderd in haar zachte, kleine, bruin-witte vorm. Ze lag op haar zij, haar bovenlip teruggetrokken van haar dappere stompjes van knagende tanden. Ik kon zien dat ze dood was. Ik had haar uitgeput, ze was te veel veranderd en dat had haar gedood.

Ik wenste dat ze niet dood was. Ik wenste dat mama's magische wezens niet steeds hoefden te sterven om mij te redden. Ik werd verondersteld hun verzorger te zijn …

Yagin keek op. Hij zei niets en kwam naar het bed met een stomende mok. Ik nipte van de hemelse zoetheid van vruchtenthee met honing. Hij drogeert me, dacht ik, en ik viel opnieuw in een diepe slaap.

Toen ik weer wakker werd, was mijn hoofd helder. Het leek nacht, er brandde een lamp op tafel. Yagin zat bij de open haard te lezen met een bril op zijn neus. Mijn rode rok en bloes lagen op het voeteneinde van het bed. Ik stond stilletjes op en trok ze aan. Mijn laarzen stonden er ook. Ik keek naar de deur van de kamer, die vergrendeld en waarschijnlijk ook gesloten was. Mijn slee stond tegen de muur van ruwe houten planken, net als de slavenhut. Mijn rugzak lag nog steeds op tafel. Op de witte doek ernaast, waar Tandjes lichaam had gelegen, lag een kleine grijze cocon. Yagin weet alles, dacht ik. Hij weet *alles* … O mama, het spijt me zo. Ik liep er op mijn sokken naartoe en bleef staan kijken naar wat eens Tandjes lichaam was geweest. De tranen prikten in mijn ogen.

'Ga je ze oogsten?'

Zijn haar was gegroeid. Het was ruw als hondenpels, een mengeling van zwart en grijs. Hij zag er gezonder uit dan in de Nieuwe Dageraad. Zijn gezicht was blozend, zijn ogen hadden een lichtgekleurde, doordringende blik en tussen zijn wenkbrauwen zat nog steeds de rimpel. Ik staarde hem aan en zei niets. Ik was in zijn macht en misschien had ik niets meer te verbergen, maar dat wilde nog niet zeggen dat ik zou meewerken …

Yagin lachte. 'Kom en eet.'

Hij had een pan con-stoverij op het vuur staan. Ik besefte opeens dat ik razende honger had, haalde mijn schouders op en volgde hem. Hij gaf me een lepel, pakte een andere voor zichzelf en we aten, met de pan tussen ons in, tot alles op was. Ik voelde de warmte ervan door me heen stromen en de hoop flakkerde weer op.

Wat als ik het mis had? Wat als ik hem toch kon vertrouwen?

'Wie ben je? *Waarom* heb je me gevolgd?'

'Ik heet Yagin,' zei hij. 'Ik ben je beschermengel. Ik ben hier om je te helpen je queeste te volbrengen. Wat hoef je nog meer te weten? Niets! Dat is genoeg.'

'Waar zijn we.'

'Veilig in een hut in het woud, zoals je ziet.'

'Maar er was geen woud. De bomen waren ziek.'

'Het woud is ziek aan de rand, waar ik je vond, maar nu zitten we er dieper in. Ik heb je hierheen gebracht. Wees niet bang, niemand zal ons hier vinden. Er is een geweldige sneeuwstorm aan de gang, het sneeuwt nu al twee dagen, dat kan nog een week duren. Ik heb je maar net op tijd gevonden, meisje. Je hebt geluk dat je nog leeft.'

'Je hebt ervoor gezorgd dat ik werd weggestuurd,' zei ik. 'En je … je volgde me naar de pelsboerderij.'

'Als je niet was weggestuurd,' zei Yagin, 'was je in De Doos terechtgekomen, of erger. Ik denk dat ze je naar een zwakzinnigeninrichting zouden hebben gebracht, want je bent te jong voor de gevangenis. Het is erg moeilijk om iemand daaruit te krijgen. Als je niet gek bent van bij het begin, dan stoppen ze je in een rubberen cel, ze spuiten vergif in je aders tot je echt gek bent, daarna gooien ze de sleutel weg.'

Ik had daarover nagedacht, of iets in die aard. Ik knikte bezorgd.

'Dat is wat er met je moeder gebeurde,' zei Yagin. 'Toen ze haar weghaalden uit de Nederzetting, staken ze haar in een beveiligd ziekenhuis. Maar vrienden hebben haar er kunnen ontvoeren, ze is veilig nu. En ik kwam naar de Nieuwe Dageraad, om op jou te letten.'

Mama leefde! Mama was veilig! Ik weet niet hoe ik erin slaagde het niet uit te gillen. Mijn hoofd duizelde, maar ik knikte alleen maar opnieuw, zonder uitdrukking. Hij had me hoop gegeven op de Nieuwe Dageraad en dat was wat hij me nu gaf. Hoop en een heleboel onbeantwoorde vragen.

'Je probeerde me te kopen van Kleine Vader.'

'Ha! Je bedoelt dat ik je probeerde te redden voor je als slaaf werd verkocht. Je hebt geluk dat ik in de buurt bleef. Ik heb lang gezocht naar een manier om je weg te krijgen bij die aardige, vriendelijke kinderdief van je. Zo heb ik je uiteindelijk kunnen vinden in de sneeuw.'

Hij stond op en liep naar de tafel, deed mijn rugzak open en haalde de spijkerdoos eruit. Het was een schok om hem dat te zien doen, ook al wist ik dat hij het wist van de Lindquists. Ik moest hem naar de tafel volgen, het was sterker dan mezelf …

'Je moet die cocon echt oogsten. Ze mogen niet te lang aan de lucht worden blootgesteld, anders gaat hun DNA achteruit. Dus je hebt een andere kit doen groeien, hè? Wat ben je toch een roekeloos meisje. Heeft je moeder je niet verteld dat je een kit nooit naar het tweede stadium mag brengen, tenzij je absoluut veilig bent? Je kunt nooit weten wat er met een tweedestadiumkit gebeurt als die onder stress komt te staan. Je wordt verondersteld een geheim te bewaren, niet om spelletjes te spelen.'

Hij gaf me te kennen dat hij mama's geheimen kende om me te overtuigen dat hij haar vriend was, maar er wrong iets, iets verhinderde dat ik me blootgaf.

'Ik had ze nodig.'

Ik wist niet wat ik moest geloven, maar ik was nog steeds de verzorger. Zonder hem aan te kijken, haalde ik de labtas tevoorschijn. Ik deed ze open, deed handschoenen en een masker aan, bracht Tandjes overblijfselen over naar een vers buisje en sloot het af. (Tandjes kleur was groen.)

'Ik zie dat je je taak kent,' zei Yagin.

De lof verwarmde me, ondanks alles. Ik was al zo lang alleen met mijn mysterie, met alleen maar de kennis van een kind van wat het allemaal betekende, altijd bang dat ik vreselijke fouten maakte. Yagin greep weer in de rugzak en haalde de noot boven. Ze was dikker geworden en veranderde van rood naar bruin. Ik herinnerde me met een schok dat de kits daar levend in zaten. Hij lachte om mijn gelaatsuitdrukking en draaide de noot om in zijn hand, zocht met zijn vinger langs de naad. Er gebeurde niets.

'Zie je. Ze zijn veilig voor me. Alleen jij kunt de incubator openen, mijn beste Sloe. Jij, of je mama. Nu, kunnen we verder praten?'

Zonder een woord draaide ik me om en ging ik naar mijn stoel. We gingen elk aan een kant van de tafel zitten. Yagin zocht in zijn zak, haalde er een gevouwen kaart uit en gaf ze aan me. Ik keek naar tekeningen van dieren. Het waren geen goede tekeningen, niet veel beter dan een kindertekening, maar …

Yagin bekeek me met een vreemde, intense, bijna hongerige blik …

'Heb je een van deze bijna mythologische wezens gezien, Sloe?'

Ik herkende Neusje, in haar spijkervorm, met het woord *Egel* ernaast gedrukt. Nivvy werd een *Wezel* genoemd. Tandje was een *Lemming* in haar 'vele' vorm, maar een *Bever* toen ze die boom omknaagde. Het dier dat ik op in de vlakte ontmoet had en dat niet door mijn moeders magie gemaakt was, was een *Sneeuwhaas*.

'Waar komt deze kaart vandaan?'

'Dat? Het is de officiële gids van de Ordepolitie, zodat ze kunnen uitmaken of ze een wild dier of een mutie voor zich hebben. Meestal hebben de rekruten nog nooit een van de wezens gezien die ze behoren te beschermen, zelfs niet op foto's. Deze gids schijnt voldoende te zijn.'

'Maar dat is hij niet! Ik bedoel, dat moet Neusje in haar volledige vorm zijn …' Ik wees naar de egel. 'Maar je kunt bijna niet zien of ze stekels heeft of pels. En de bever ziet er even groot uit als de lemming, wat helemaal niet klopt …'

Yagin hield zijn adem in en zijn ogen glansden.

Ik voelde me gepakt, en ik was boos op mezelf. Hoeveel hij ook wist, ik had hem net nog meer verteld. Ik schoof de kaart terug naar hem.

'Hoe ben je daaraan gekomen, als het van de politie is?'

'Gestolen. Je zit dik in de problemen, kleine meid. De Ordepolitie weet niet precies wat je bij je hebt, maar ze zijn je op het spoor. Het is alleen door dicht bij hen te blijven dat ik je heb kunnen beschermen.' Zijn ogen glansden nog steeds. 'Dus,' voegde hij eraan toe, en hij staarde naar me alsof ik opeens betoverd was, 'ze hebben het overleefd. En ze zijn nog steeds levensvatbaar.'

'Waarom zou de Ordepolitie een gids hebben die tot niets dient?'

'Er is een eenvoudige regel,' zei Yagin ernstig. 'Als je het dier niet herkent, dan is het een mutie: dood het. Als je denkt dat je het herkent, dood je het ook maar, want misschien is het besmet, wie zal het zeggen?' Hij richtte zijn vinger naar me en keek ernaast. 'Schiet ze neer en verbrand ze! Zo houd je de natuur zuiver!'

'Maar dat is klinkklare onzin!'

'Ha! Dat vond je mama ook. Zo is ze uiteindelijk gevangene geworden.' Yagin stopte de kaart weg, leunde naar voren en legde zijn armen gevouwen op tafel.

'Luister, kleine meid. Al meer dan honderd jaar daalt de populatie van wilde dieren catastrofaal. Dat betekent dat er nog maar heel weinig over zijn. Onze verontreiniging en onze monsterboerderijen hebben daarvoor gezorgd, met als gevolg het verlies van de natuurlijke habitat, omdat er te veel mensen waren, en daarna de grote kou … De vogels, de vissen, de bloemen, de bomen en de paddenstoelen zijn ook allemaal in gevaar, maar de wilde zoogdieren waren altijd het slechtst af. Dus besliste de regering dat er zaadbanken moesten worden gemaakt. Dat zijn DNA-voorraadhuizen van alle diversiteit die we aan het verliezen waren. De bedoeling was dat alle dieren, planten, vogels … op die manier gered zouden worden, zodat we de aarde opnieuw konden bevolken wanneer het klimaat verbeterde. Jouw mama en papa waren – als wetenschappers in het Biologisch Instituut – de leiders van het team dat de zaadbank voor wilde dieren ontwikkelde. Ze maakten de verbazingwekkende, wonderlijke creaties die we de Lindquist-kits noemen. Ken je dat verhaal? Heeft ze je het verteld?'

Het was doordat ze me over haar wetenschap had verteld, dat mama was weggehaald. Ik haalde mijn schouders op en hield mijn gezicht zo strak als ik kon.

Yagin lachte. 'Nou, ik zal het je opnieuw vertellen. Nadat je mama en papa de Lindquists gemaakt hadden, ontdekten ze dat de regering helemaal niet van plan was om de wereld opnieuw te bevolken met wilde dieren. De Ordepolitie zijn echte verdelgers. De junioragenten weten het niet, maar de senioragenten weten dat het echte plan is om alle grote zoogdieren uit te roeien. Dan zouden de mensen de schaarse voedselreserves van deze winterse planeet niet met hen hoeven te delen. Er zal niets anders leven dan de mens, en zijn ondieren, de monsterdingen die hij kweekt voor zijn eigen gebruik.'

'Maar waarom wilde de regering de Lindquists dan?'

'O, de zaden zijn nuttig. De genen van wilde zoogdieren hebben veel eigenschappen die van pas kunnen komen bij het kweken van fabrieksdieren. De Lindquist-kits hadden een soort verzekering moeten zijn, een spaarpot, zeg maar, alleen voor industrieel gebruik. Toen je mama en papa dat te weten kwamen, besloten ze de kits het Instituut uit te smokkelen. Ze vernielden hun verslagen, vernielden alles, behalve een set kits … Die wilde je papa naar een andere stad brengen, een meer verlichte plek. Dat was tien jaar geleden, toen de dingen leken te veranderen. Hij geloofde dat hij deed wat de goede kant van onze regering vroeg, en dat iedereen spoedig zou weten dat hij juist was. Maar dat was niet de mening van de Ordepolitie. Hij werd gearresteerd …'

Ik probeerde nog steeds een uitgestreken gezicht te behouden, maar misschien zag Yagin toch iets waardoor hij even zweeg. Hij ging weer verder, op een zachtere toon.

'Je vader werd opgepakt, maar hij slaagde erin de kits te vernielen voor ze van hem konden worden afgepakt. Je mama werd naar de Nederzettingen gestuurd, omdat ze met hem was getrouwd. Maar niemand vermoedde hoe nauw ze bij de zaak betrokken was, en niemand wist dat er een duplicaatset was. Ik was een hechte vriend en ik vermoedde de waarheid wel. Ik kende je mama: hoe zacht ze ook lijkt, zo doortastend is haar ziel. Maar ik wist niet waar ze naartoe was gebracht. Ik durfde haar niet te zoeken om geen verdenking op haar te trekken. De wildernis is een enorme plek en er zijn ontzettend veel Nederzettingen ... Dus de jaren gingen voorbij, je moeder wachtte geduldig, vermoed ik, op een kans om de Lindquists in veiligheid te brengen. Tot er op een dag een klein meisje naar de Nieuwe Dageraad werd gebracht, en een nieuwe episode van het verhaal begon.'

Ik wilde niet praten over de Nieuwe Dageraad.

'En wat gebeurt er nu?' vroeg ik.

'Je hebt voor heel wat problemen gezorgd,' zei Yagin streng. 'Maar ik vergeef het je. Nu moeten we wachten tot de storm voorbij is, en dan breng ik je met de kits naar het noorden, naar de bevroren zee, om onze achtervolgers af te schudden. We steken over en leveren ze af, zoals je mama het wilde, in de stad waar de zon altijd schijnt.'

'Goed.'

Hij keek me wantrouwend aan. Ik probeerde een verlegen glimlach, en hij grijnsde. 'Goed, afgesproken. De incubator is levend,' voegde hij eraan toe, op een vreemde, smachtende toon. 'Ik zie het aan de kleur. Wil je ze me laten zien?'

Ik dacht aan het kantoor van de Directeur op de Nieuwe Dageraad. Ik wist dat zijn hele verhaal opnieuw een wrede list kon zijn. Maar ik wilde dat hij dacht dat ik hem vertrouwde, dus deed ik de noot open. De kits waren gegroeid. Ze waren bijna zo groot als het bovenste kootje van mijn duim. Vijf kleine puntige gezichten piepten over de rand van hun nest en vijf paar kleine bessenzwarte ogen lichtten op toen ze wisten dat ik er was. Yagin zei niets, hij keek alleen maar, geconcentreerd en gefascineerd, terwijl de kits vertrouwen wonnen en er een voor een uit klommen. Ze kwamen naar me toe gerold op hun kleine gestreepte en kromme ledematen.

'Waarom worden ze Lindquists genoemd? Mama heeft me dat nooit verteld.'

'Het is de naam van een grote wetenschapper van lang geleden,' zei Yagin zacht, zijn ogen op de kits gericht. 'Zij was degene die erachter kwam dat mutaties – de kleine natuurlijke veranderingen waardoor dieren evolueren – in een genoom kunnen worden opgeslagen en dan allemaal tegelijk kunnen worden geopenbaard door een knip van een genetische schakelaar, die kan worden afgestemd op stress … Wist je dat elk dier een kleine gebruiksaanwijzing in zich draagt, die geschreven is in het DNA van elk van zijn cellen? Elke van jouw Lindquists heeft verschillende gebruiksaanwijzingen; de DNA-aanwijzing voor een heel grote familie of soort of orde van wilde zoogdieren.'

Ik knikte en hoorde mijn moeders stem in mijn hoofd; mijn mama, die kleine Rosita de magische woorden vertelt: *Insectivora, Lagomorpha, Rodentia, Artiodactyla, Chiroptera, Carnivora.*

'De zeezoogdieren waren verloren …'

Yagin keek me scherp aan en schraapte zijn keel. 'Hm, inderdaad. Nou, ik zei dus: deze kleine primitieven' – hij gebaarde naar de kits, die wegvluchtten voor de schaduw van zijn hand – 'zijn opnieuw gecreëerd vanuit een vroeg stadium van zoogdierevolutie. Hun naam is Haramiya. De echte wezens leefden in het mesozoïcum, tweehonderdvijftig miljoen jaar geleden. We zaaien de DNA-sporen in een klein beetje heel speciale voedingsgel …'

Nieuwtriet, dacht ik.

'… die deze kleine dingen voortbrengt. Om naar het tweede stadium te gaan, een verschillend type dier van elke soort, moeten ze gewoon eten en contact maken met hun surrogaatmoeder. Alle andere soorten kunnen worden opgewekt in het laboratorium, of ze kunnen tot uiting komen door stress …'

'Ze kunnen heel raar veranderen,' zei ik, en ik dacht aan Tandje.

'Dat neem ik van je aan,' zei Yagin, en hij keek me weer aan met die hongerige blik. 'Al heb ik het nooit gezien. De samengepakte genomen zitten vol trucjes. Niemand behalve je mama weet hoe het is gedaan, maar er zit iets in van paddenstoelen en slijmschimmels, wat voor een verbazende groeisnelheid zorgt. En iets van insecten, voor de metamorfose – de verandering van vorm. O, een heleboel slimme trucs! De Rodentia' – hij tikte op Tandjes buisje met de groene stop – 'heeft iets van de bladluis, herinner ik me. Dit type dier, dat een Lemming is, wordt zwanger geboren, zodat het snel in aantal kan toenemen. Dat is ook nodig voor de ecologie van roofdier en prooi. Het moet een ongelooflijk zicht zijn!' Hij trok zijn wenkbrauw op en keek me aan, maar ik was niet van plan hem iets te vertellen dat ik niet hoefde.

'Maar dan zijn ze eigenlijk niet hetzelfde als echte wilde dieren.'

Yagin haalde zijn schouders op. 'Natuurlijk, de vreemde eigenschappen zouden uit hun genen worden gehaald voor de dieren weer gekweekt zouden worden om in het wild vrijgelaten te worden. Dat was het plan. Voor jouw mama en papa waren de slimme trucjes niet belangrijk. Gewoon een middel om een doel te bereiken, dat ze daarna weer zouden weggooien …'

De rimpel tussen zijn wenkbrauwen leek opeens scherper en dieper. De kits kropen bij elkaar en ik hoopte maar dat Yagin niet wist dat dit betekende dat ik bang was.

'Als je ze wilt,' zei ik. 'Waarom pak je ze dan niet meteen?'

'Omdat ze van jou zijn!' De beangstigende spanning gleed uit hem weg en hij lachte. 'Heeft ze je dat niet verteld? Bekijk dit dan eens. Het is erg onderhoudend, het is een feesttruc.'

Hij reikte naar de labtas. Ik was diep geschokt toen hij mijn mama's magische tas aanraakte, maar ik protesteerde niet. Hij trok vlotjes een masker over zijn mond en neus, deed een paar plastic handschoenen aan zijn handen en maakte een schoteltje klaar met Tandje-starter, zijn grote handen waren handig met het kleine glaswerk. Toen pakte hij mijn pols, gebruikte de scherpe rand van een druppelaar om over mijn huid te schrapen en legde de huidschilfer in een ander klein schoteltje, met een druppel voedsel. Hij schudde de schoteltjes voorzichtig.

'Wat doe je?'

'Wacht maar af, kleine meid.'

Toen hij tevreden was dat er iets gebeurde, gebruikte hij zijn gehandschoende vingertoppen om de twee schoteltjes over de tafel te duwen, terwijl hij grinnikte achter zijn masker. Ik zag hoe het mengsel in een van de schoteltjes *bewoog*, en hoe het probeerde bij het mengsel in het andere schoteltje te komen. Waar Yagin het kitschoteltje ook zette, de starter klom tel-

kens langs het glas omhoog alsof het leefde, en probeerde om dichter bij ...
bij het schoteltje te komen waar *ik* in zat.

'Het is imprinten,' zei Yagin. 'Een stempel op het gen plaatsen. De chemische bases zelf denken dat jij hun moeder bent. Of het leven zelf! Elke cel van elke Lindquist zou voor je sterven, zoals de cellen van je eigen lichaam voor je sterven om jouw leven te redden.' Hij trok de handschoenen en het masker uit en begon de schoteltjes schoon te maken. 'Van jouw kant, wel, menselijke emoties zijn nogal complex. Maar heb je ze graag?'

De kits waren nog steeds een angstig hoopje. Ik zette mijn hand bij hen neer en liet ze in mijn handpalm kruipen, zette hen terug in de notenschaal en sloot die af.

'Ik denk dat je veel weet,' zei ik, 'maar je begrijpt niet veel.'

'Nu heb ik je beledigd. Ze zal je wel hebben geleerd om de spirituele schoonheid te zien in de manier waarop de Lindquists van je houden en jij van hen. Ik ben er zeker van dat ze dat deed. Manya moest er altijd iets spiritueels bij halen. Het koude feit is dat dit verbond tussen jou en de kits gemanipuleerd is, het is gewoon een chemische truc voor hun veiligheid.'

Mijn moeders naam was Maria. Ik had niemand haar ooit Manya horen noemen, dat wist ik zeker, maar de bijnaam bracht iets bij me teweeg. Verloren herinneringen ...

'Ik hou meer van mama's manier van denken.'

Hij bulderde van het lachen. 'Natuurlijk doe je dat! Maar je gaat me toch vertrouwen? Je zult niet opnieuw proberen weg te lopen?'

Ik bedacht opeens dat hij waarschijnlijk had gedronken. Toen ik om me heen keek, zag ik de fles – een lange, smalle fles op de grond bij zijn stoel, zonder kurk, halfvol met een heldere vloeistof. Ik wedde dat er nog meer waren. Ik wierp een blik op de deur van de hut en wenste toen dat ik mijn ogen beter onder controle had. Yagin was niet zo dronken. Hij stond te glimlachen, alsof hij mijn gedachten kon lezen.

'Wel, wel, geen haast. Ik heb op deze kans gewacht sinds jij en je mama naar Siberië werden gestuurd. Ik kan nog wel een beetje langer wachten op je vertrouwen ...'

'*Siberië*? We werden naar een Wildernisnederzetting gestuurd.'

Hij boog opzij, pakte de fles op en bood ze me aan. Ik schudde mijn hoofd. 'Siberië? Eens was het een koude plek, ver weg, waar mensen die de regering hadden beledigd naartoe werden gestuurd om er dood te vriezen of van de honger om te komen. Nu is het overal Siberië. De hele wereld is naar Siberië gestuurd. We zijn allemaal in Siberië.'

Hij sloeg een grote slok wodka achterover en zuchtte diep. 'Niet te haastig. We zitten hier voor een poosje vast. Jij kunt nergens heen tot de storm uitgeraasd is, en voor die tijd zal ik je ervan overtuigen dat ik je vriend ben.'

Ik wilde niet verder praten met hem. Ik stond op, liep naar het raam en duwde het gordijn opzij. Het was dubbele beglazing, wat bewees dat deze hut ooit van een rijk iemand was geweest. Ik kon de storm tegen de houten planken horen geselen, ik zag alleen een wervelend wit. Ik keek naar de sneeuw, terwijl Yagin naar het vuur keek en zijn fles wodka koesterde. Er was iets wat hij me niet had verteld, maar het was duidelijk. De Lindquists waren kostbaar, extreem kostbaar, als goud en juwelen. Misschien zou de politie hen vernietigen, maar andere mensen zouden hen willen hebben en de slimme trucs die mijn mama en papa hadden bedacht, willen gebruiken om nieuwe fabrieksdieren te maken, om een heleboel dingen te doen. Als Yagin mijn leven had gered, als hij me al die tijd was gevolgd om me te beschermen, was dat niet omdat ik ook kostbaar was? Hij had me net laten zien hoe belangrijk ik was voor iedereen die de kits wilde kweken.

Maar ik verlangde ernaar hem te vertrouwen.

Er was in de hut maar één kamer en één bed. Er lag een matras op die ritselde en naar iets stoffigs en zoets rook. Ik sliep erop. Yagin sliep op de vloer, op dekens die hij had uitgespreid over een stapel sprokkelhout dat hij had meegebracht van de houtvoorraad. Hij had een heleboel blikvoer en een voorraad wodka. Hij wilde niet dat ik naar buiten ging. Hij ging brandstof halen bij de houtvoorraad en vulde de pan met sneeuw om vers water te smelten. Er was een privé-emmer in een kast die hij de badkamer noemde en Yagin trok de storm in om die leeg te maken. Telkens als hij naar buiten ging, sloot hij de deur achter zich, en hij sloot en vergrendelde ze wanneer hij terugkwam. Hij had de sleutel aan een touwtje om zijn nek hangen. Ik bracht mijn tijd door met lezen; Yagin had een paar boeken bij zich, in zijn grote tas. Ik stopte de spijkerdoos weg in mijn rugzak, en hij leek te aanvaarden dat hij de kits niet meer zou zien.

Hij begon een jas en een pet voor me te naaien uit een dubbel deken en een dikke olieachtige stof die hij in de hut had gevonden. Hij was erg handig met naald en draad.

Op een dag zagen we een straaltje daglicht door ons raam vallen. Yagin ging naar buiten om de pan met sneeuw te vullen en bleef lang weg. Toen hij terugkwam, zei hij dat de wind luwde en dat de barometer op zijn slee beter weer aankondigde. Morgen of de dag daarna konden we vertrekken. Ik zei: 'Dat is goed!' Maar Yagin zag er niet gelukkig uit. De rimpel tussen zijn wenkbrauwen zag eruit alsof ze was uitgehold met een beitel.

Ik zat naar de gids van de Ordepolitie te kijken, die Yagin graag liet rondslingeren, in de hoop dat ik meer zou praten over de Lindquists. Zijn grote hand daalde neer over mijn schouder heen en raakte de pagina aan …

'Artiodactyla,' zei hij. 'De evenhoevigen.'

Ik herinnerde me hoe mama me dat moeilijke woord had proberen te leren …

'Teengangers is een andere naam voor deze families,' zei Yagin, terwijl hij ging zitten. 'Op de tenen lopend, of op de vingers, zo je wilt. Het vijfvingerige lichaamsdeel is wat wij zoogdieren allemaal hebben. Een spitsmuis, een mol, een aap, een mensaap, een bever, een mens … we hebben allemaal poten van hetzelfde patroon. De runderen namen mutaties over waardoor ze een paar van hun vingers of tenen verloren, omdat dat nuttig bleek om te rennen. Kijk naar de beenderen. Je kunt het onderliggende patroon zien en hoe het is verschoven. Ze lopen op hun teennagels, die we hoeven noemen …'

Hij pakte mijn hand en plooide de duim naar beneden en duwde daarna de twee buitenste vingers tegen mijn palm.

'Artiodactyla betekent 'even tenen', het kunnen er twee zijn of vier. In de meer ontwikkelde soorten zijn het er meestal twee, al kun je vaak de andere twee nog zien, weggestopt. Stel je zo'n grote hippopotamus voor, op zijn tenen met een balletrokje aan.'

Ik wist niet wat een hippopotamus was.

'Een waterpaard,' zei Yagin. 'Zachte maar heel dikke huid. Leefden vroeger in rivieren. Je zult ze niet vinden op die kaart. Ze zijn al heel lang geleden verdwenen.'

Hij liet mijn hand los, bracht de kookpan naar de kachel en ging ernaast zitten.

'Het echte paard noemt men Perissodactyla, onevenhoevigen, en dat zijn dan drie hoeven of een hoef, maar het ontwikkelde paard rent op een teen, die een harde hoef is geworden. Er is geen Lindquist voor het paard: de wilde paarden van Europa gingen op het laatste moment verloren. Ze stapten nooit op de DNA-ark. Misschien doet het er niet toe. Ze waren om onbekende redenen uit de Nieuwe Wereld verdwenen, tot de Spanjaarden ze terugbrachten. Paarden zijn als volksliederen, ze slingeren zich in en uit onze menselijke geschiedenis, verdwijnen hier, verschijnen daar …' Hij porde misnoegd in de smeltende sneeuw in de pan. 'Wat een *armoede* aan leven is er nu. Als dit de betere tijden waren, dan zou ik gaan jagen in de stilte na de storm. Ik zou dan een stel hazen of een dik jong hert meebrengen.'

'Hoe kun je ze nu willen doden, als je me wilt helpen om ze in leven te houden.'

'Omdat ik zelf een dier ben,' zei Yagin, en hij liet me zijn tanden zien. 'Een tertiaire consument. Ik ben ontworpen om de zwakkere soorten op te eten tot ik zelf opgegeten word door de dood, die altijd sterker is. Dat is de natuurlijke roof van het leven, kleine meid. Het kan geen kwaad.'

Yagin was een vreemde man. Hij legde dingen uit die ik heel graag wilde weten, en dan zei hij opeens dingen die me hem deden haten, alsof hij het met opzet deed.

Doelbewust liep ik naar de kachel, schonk hem een glas wodka in en gaf het hem. 'Welke kant gaan we uit als we hier vertrekken? Heb je een kaart?'

Hij deed een oog dicht en lachte. 'Heb jij er een?'

Ik haalde mijn schouders op. Ik verwachtte wel dat hij mijn rugzak had doorzocht terwijl ik aan het slapen was. Daar kon ik niets meer aan veranderen.

'Je vertrouwt me nog steeds niet, hè?' Hij sloeg zijn glas achterover, fronste en hield zijn glas opnieuw voor. 'Het is een lange weg naar de kust. Verder dan je kunt lopen op dat arme, zwakke been van je, dat is zeker.'

Ik schonk meer wodka in. 'Heeft je slee genoeg brandstof om ons tot daar te brengen?'

'Mijn slee heeft geen brandstof meer,' zei Yagin quasi zielig. 'Ik heb die allemaal opgebruikt om een koppig klein meisje te zoeken toen ik ontdekte dat ze was weggelopen van de slavenhandelaars. Maar ik weet waar er een goed brandstofdepot is. Ik kan je er niet mee naartoe nemen, dat zou te riskant zijn. Ik zal haar volgieten en dan naar je terugkomen.' Hij dronk zijn glas leeg. 'Ik weet waar die vragen heen leiden. Knoop het in je oren, elke hand daarbuiten is tegen je. De slavenhandelaars zoeken je, Kleine Vader zoekt je, de Ordepolitie zoekt je. Beloof me dat je het niet in je eentje gaat proberen?'

'Ik beloof het plechtig. Ik zal niet proberen in mijn eentje.'

Yagin zuchtte. 'Ah, die zwarte ogen.' Hij reikte zijn hand naar me uit en pakte mijn kin tussen zijn vinger en duim. 'Je moeders ogen. Maar als ik de brandstof ga halen, sluit ik je toch op!' Hij liet zijn glas vallen. Het brak niet, het rolde gewoon over de planken vloer. 'Tijd om te eten. Laat me eens kijken of ik nog iets anders heb dan die verdomde stoverij.'

Er was niets anders dan con-stoverij en vruchtenthee met siroop. Voor mij was dat smakelijk eten, maar Yagin was duidelijk anders gewend. Hij at zonder smaak, ik smulde bijna het hele blik leeg. Daarna wilde hij dat ik mijn pet en jas paste. Het jasje had nog wat naaiwerk nodig. Hij werkte eraan tot het klaar was, toen ging hij zitten drinken, in sombere stilte, tot hij naar zijn bed op de vloer strompelde. De kachel brandde op een laag pitje. Ik liep naar hem toe, knielde bij hem en staarde naar zijn slapende gezicht. Yagin wist zo veel. Maar als hij iemand was die ik moest vertrouwen, waarom vertelde hij me dan niet dat ene ding waardoor ik in hem kon geloven?

Wie ben je?

Ik wilde de foto uit mijn rugzak pakken, die mama voor me had achtergelaten, maar ik durfde het niet, voor het geval hij wakker zou worden. Ik probeerde me hem jonger voor te stellen, maar ik kon niet door de jaren heen kijken. Hij was diep in slaap, lag op zijn rug en snurkte. Voorzichtig sloeg ik de deken en de kraag van zijn sjofele hemd terug. Onder aan zijn keel, aan de rechterkant, precies waar het zich moest bevinden, vond ik de delicate kleine tatoeage, een cirkel van vederachtige groene blaadjes. Het was de Kervelring, het teken van het Biologisch Instituut. Ik had het gezien op oude schoolboeken op de Nieuwe Dageraad. Mama had me verteld dat kervel het eerste kruid was dat mensen vroeger plantten wanneer ze een nieuwe tuin aanlegden. Het betekende de vernieuwing van het leven. Yagin was wetenschapper geweest op het Instituut, net als mama. Dat was duidelijk door de dingen die hij me vertelde en de dingen die hij wist.

Mama's tatoeage was doorgehaald, omdat ze in ongenade was gevallen. Ze was verraden geweest door iemand in haar directe omgeving. Ze had me dat nooit verteld, maar ik had het altijd geweten.

Ik trok zijn hemd en de deken weer goed. Hij zag er niet uit alsof hij wakker zou worden, hij was zo goed als bewusteloos van de drank. Ik liep naar zijn grote rugzak, die tegen de muur stond, en maakte de riempjes los. Ik was op zoek naar meer informatie en naar dingen die ik kon stelen. Er waren chocoladerepen en een kaart, die ik opzijzette om naar mijn rugzak over te hevelen (die kaart zou beter kunnen zijn dan de mijne). Onder de kaart zaten wat opgevouwen kleren. Een lange zwarte uniformjas en een tuniek met tekens van rang. Natuurlijk. In gedachten zag ik de Ordepolitie voor de picknicktafel van Kleine Vader staan, en ik wist, koud en hard, dat Yagin een van deze mannen was geweest …

Hij was eerst alleen gekomen en had gedaan alsof hij een eenzame premiejager was. Toen Kleine Vader me niet had willen verkopen, was hij versterking gaan halen.

Ik vouwde de jas op en legde alles terug zoals ik het had gevonden.

Toen het sneeuwlicht me 's ochtends wekte, lag hij nog te snurken. Ik pookte de kachel op en maakte wat thee met een van de medicijnenpakjes die ik van Katerina had gekregen op de dag dat de Maffia was gekomen. Ik roerde er veel siroop door om de smaak te verhullen, toen wekte ik hem en zei ik hem dat hij een brouwseltje nodig had voor zijn kater. Hij gromde en mompelde, maar dronk het leeg.

'Je zult me de sleutel moeten geven,' zei ik. 'Ik moet hout gaan halen voor de kachel en sneeuw voor water, en ik moet mijn emmer leegmaken.'

'Ik sta zo op.'

'Je hoofd doet pijn, je voelt je ziek. Je hebt te veel wodka gedronken. Slaap verder. We kunnen nog een dagje wachten. Je mag in mijn bed, dan lig je beter.'

Ik hielp hem overstappen in mijn bed. Hij gaf me de sleutel en viel weer in slaap.

Ik haalde de spijkerdoos tevoorschijn en deed de notenschaal open. Toen ik het vlies opende, keken vijf identieke kits naar me op en maakten kleine spinnende geluidjes van blijdschap. Ik keek lang naar hen, tot ik dacht dat ik het *wist*. Toen haalde ik haar eruit en gaf haar te eten.

Yagin zakte dieper weg in het donker terwijl de uren voortgleden. Ondertussen gaf ik de Lindquist te eten, en ze groeide. Yagins huid werd bleek en klammig, zijn ademhaling zonk naar een ruisen. Ik had hem het hele pakje slaapmedicijn gegeven, ongeveer tien dosissen. Ik wist dat Katerina's kruidenmengelingen heel sterk konden zijn, en ik hoopte maar dat ik hem niet had vermoord. Ik wilde niemand vermoorden, wat ze ook verkeerd hadden gedaan.

Ik had besloten om de zwarte uniformjas mee te nemen, hij zag er nuttig uit. Hij lag opgerold op tafel met al het eten en de extra dekens erbij, samengebonden met een touw. Ik had mijn rugzak gepakt met nog meer eten, inclusief Yagins chocolade en zijn kaart. Ik wist dat als ik hem iets over de jas zou vragen, hij een antwoord zou hebben. Hij zou zeggen dat hij zich had *vermomd* als Ordepolitieagent, zoals hij *vermomd* was geweest als bewaker in de Nieuwe Dageraad, zodat hij me kon beschermen.

In mijn hart durfde ik onder ogen te zien dat ik het mis kon hebben. Yagin kon een echte vriend zijn en mama's echte vriend, of zelfs meer dan dat.

Maar je kunt iemand vertrouwen, of je kunt het gewoon niet.

De schat die ik moest bewaken, kwam op de eerste plaats. Ik kon geen risico nemen.

Ik rakelde het vuur op. Ik had wat eten voor hem achtergelaten en hij had genoeg dekens. Ik deed de jas en de pet aan die hij voor me had gemaakt. Hij leefde toen ik wegging uit de hut, ik meende zelfs dat zijn ademhaling weer sterker werd. De nieuwe Lindquist huppelde voor me uit de sneeuw in. Ze was gegroeid tot ongeveer de grootte van de wilde haas die ik in de sneeuwvlakte had ontmoet. Haar pels was roodbruin en haar achterpoten waren groter dan haar voorpoten, maar niet veel. Ze had nog steeds *vingers*, dikker en sterker dan vingers hoorden te zijn, maar niet solide als een hoef. Ze liep op de gespleten tippen ervan. Ik sloot de deur en gooide de sleutel weg. De Lindquist snuffelde aan mijn hand en draafde weg. Ik wist dat ze niet ver zou afdwalen. Yagins motorslee stond in de houtschuur. Ik controleerde de meter, voor het geval hij gelogen had, maar er zat inderdaad geen brandstof meer in. Ik vond een grote steen en maakte zoveel schade als mogelijk was.

De maan was vol, de diepe sneeuw schitterde, de bomen leken wel gegoten in metaal. Het leek al honderd jaar geleden dat ik me aan het begin van deze lange reis had verborgen en had toegekeken hoe de Maffia onze hut in brand stak. Kon het echt nog maar twee maanden zijn? Ik ging op mijn slee zitten en wachtte …

Toen mijn nieuwe vriend terugkwam, was ze veel groter, het grootste dier dat ik ooit had gezien, met een dikke, grijze pels en een lange rug. 'Ik denk dat je een rendier bent,' zei ik. 'Ik zag je in de gids. Maar ik noem je Teentje.'

Ze boog haar hoofd en knabbelde aan mijn gezicht terwijl ik over haar fluweelachtige gewei wreef, haar adem was warm en zoet.

We verlieten de open plek en drongen het stille, zilveren woud binnen.

Het pad dat naar de hut leidde, was diep begraven door de sneeuwstorm, en de takken van jonge bomen aan beide kanten waren bedolven door sneeuw. Teentje liep voorop, terwijl ik worstelde met de slee en ervoor zorgde onze sporen uit te wissen. Het duurde uren voor we de weg bereikten waarvan ik wist dat hij in de buurt lag. Het was tenminste duidelijk toen we eraan kwamen. De wind had het oppervlak ervan schoongeveegd tot de bevroren voren. Ik probeerde het zo te doen lijken alsof ik naar het noorden was gegaan, toen liet ik de slee achter. Ik duwde ze in een greppel achter de bomen en stampte er een massa zachte sneeuw achteraan, dat was het beste wat ik kon doen. Ik legde mijn armen om Teentjes nek en wreef met mijn wang tegen haar warme grijze pels. 'We halen het wel,' zei ik. 'Ik weet dat we het zullen halen.' Ik gooide de bundel dekens over haar schouders. Toen ik op haar rug probeerde te klimmen, boog ze uit zichzelf door haar knieën om het me gemakkelijker te maken. We verlieten de weg naar het westen en ik liet Teentje ons pad zoeken.

We gingen lang door, in het maanlicht. Uiteindelijk merkte ik een sneeuwgrot op die de storm onder de takken van de witgeklede bomen had gemaakt, zoals de schuilplaats die Tandje voor me had gemaakt, maar dan groter. Er was plaats voor mij en Teentje. Ik had een grondzeil gepikt van Yagin. Ik rolde me erin op en ook in de dekens en in de zwarte lange jas. Daarna kroop ik tegen Teentjes flank, met de rugzak in mijn armen. Ik sliep een hele poos niet, ik lag gewoon te staren naar de stille pracht. De nachtelijke lucht voelde als zilveren messen in mijn keel en het woud was zo magisch als ik had kunnen dromen.

Door het woud naar de zee …

De volgende dag viel ik vaak van Teentjes rug en ik leek altijd die plekken uit te kiezen die hard en bultig waren als een bed van stenen. Teentje stond dan over me heen gebogen en likte me met haar lange, dikke tong, terwijl ik daar lag met mijn hoofd dat schalde. Ze porde me om weer op te staan wanneer ze vond dat ik te lang bleef liggen … Neusje was mijn ondeugende, grappige vriend geweest. Tandje was een beetje vreemd geweest, iemand die ik niet helemaal begreep. Teentje was als een moeder voor me. Ik voelde me erg veilig bij haar.

Ik werd beter in het rijden en ik slaagde erin om vele uren op haar rug te blijven zitten. Soms waren de bomen dik als gras in de zomerwildernis, soms waren ze dun of dood en stilstaand, leunend tegen elkaar. Soms liepen we over bevroren moerassen, waar alles onder een sluier van bevroren korstmos en veen lag. Soms waren er heldere, glanzende paden die de straten in een oude stad leken te zijn. Ik keek nooit naar de kits, ik was bang dat de kou ze te pakken zou krijgen. Ik dacht aan mijn mama en aan Yagin en probeerde niet te denken aan de eenzame onmetelijkheid die overal om ons heen lag. Het woud was prachtig, maar ook beangstigend.

We gingen maar door in de maanverlichte nachten, want Teentje leek nooit moe te worden, en ik stopte pas wanneer ik een plek zag om een schuilplaats te maken. Dan deed ik een kaars aan en stak ik die in de sneeuw of op een tak, zodat ik mijn kaarten kon bestuderen. Er waren geen nederzettingen in het woud, maar het werd doorkruist met verschillende bandietenwegen en sporen, zoals degene die we achter ons hadden gelaten. Als we naar het westen bleven gaan, zouden we de grote voorraadweg van de Nederzettingscommissie bereiken, waarvan mama me lang geleden had laten zien dat het de weg naar de zee was … Ik dacht dat het ons zo'n tien dagen zou kosten om die te bereiken. Dan moesten we weer in noordelijke richting gaan, maar we zouden uit het zicht moeten blijven. Er zouden voertuigen zijn op de grote weg: voorraadtreinen voor de Nederzettingen; bandietenkaravanen. En ik kon Teentje niet echt in mijn binnenzak verstoppen.

Bijna honderd kilometer door het woud naar de grote weg, dan honderd kilometer naar de zee. Ik bleef de afstand meten – met mijn vingers en een stukje touw – en vergelijken met de schaal op de zijkant van de kaart. Ik kon de afstand niet kleiner maken.

Teentje vond haar eigen eten: ze at het mos van de bomen en van de grond waar de wind de sneeuw had weggeblazen. Ik had bijna geen blikvoer en chocolade meer (ik probeerde nooit vuur te maken, ik zorgde ervoor dat het eten niet bevroor door het in mijn kleren te stoppen als ik ging slapen). Maar als we de grote weg bereikten, zouden er plekken zijn waar voorraad was. Ik zou Teentje verbergen en uit stelen gaan.

We kruisten sporen en paden en één keer kwamen we voorbij een verlaten fabrieksboerderij met hoge hekken, maar we zagen nooit iets bewegen. Toen de zon op de zesde dag (ik dacht dat het de zesde dag was, je bent snel de tel kwijt, als je alleen reist) op haar hoogste punt stond, staken we net een hogerliggende open plek in het woud over. Teentje leek niet op haar gemak te zijn en ik voelde me al net zo: we hielden er niet van om in de open vlakte te zijn. In het westen zag ik een rij zwarte palen, als rechte inktpatronen. Dat waren vast sneeuwmerkpalen op een stuk weg. Ik zocht bezorgd naar de kaarten in mijn lagen kleren. We konden helemaal niet vlak bij een weg zijn … Teentje maakte een plotse beweging, waardoor ik bijna van haar af viel. Toen hoorde ik wat zij moest hebben gehoord: een hoog insectengejammer. Drie kleine zwarte puntjes kwamen uit de richting van die inktpatronen in het zicht gezoefd. Motorsleeën!

Ik stopte mijn vuisten in Teentjes dikke pels en rukte eraan om haar te doen omkeren. 'Ren, Teentje! Terug naar de bomen!'

Ik hoopte dat het alleen maar de verkenners waren van een karavaan zoals die van Kleine Vader. Ze hadden Teentje vast gezien, maar ze zouden het wel opgeven zodra we in het struikgewas waren. Waarom zouden bandieten een mutie opjagen? Teentje begon met gestrekte benen te draven. Ik klampte me vast, legde me plat tegen haar rug, probeerde mijn knieën tegen haar flanken te klemmen. Mijn ruggengraat probeerde weg te schokken via mijn hoofd en mijn tanden drumden op elkaar.

We doken in een ondiepe, kale vallei, waar Teentje schouderdiep door de sneeuw ploeterde met zachte bewegingen, maar de bomen kwamen dichterbij en ik dacht dat we een kans maakten. Toen hoorde ik het insect *voor ons* jammeren, en nog een snelle zwarte vlek, die als een vlieg over de witte vlakte gleed, kwam naar ons toe gesnord om ons de pas af te snijden. Ik probeerde Teentje vooruit te duwen met mijn vuisten en mijn knieën en schreeuwde naar haar. De rol met dekens viel. Die waren we kwijt, niets aan te doen …

'Ga hem voorbij, Teentje! Ga hem voorbij!'

De slee maakte een grote zwaai, joeg een wolk zilveren sneeuw op en stopte. Ik zag hoe de berijder achter zich naar zijn wapen greep. Ik zette Teentje nog meer tot spoed aan, wanhopig, maar er was iets gebeurd met haar, ze wankelde. Er gingen huiveringen en schokgolven door haar heen, als ontploffingen diep in haar … Ik voelde een schok, alsof er iets groots en onzichtbaars voorbijtrok, en toen lag ik op mijn rug in de sneeuw. De man was van zijn slee gestapt. Hij had een keer geschoten en gemist. Hij kwam dichterbij. Hij had een donker uniform aan, met hoge laarzen en een glimmende sleehelm, maar geen jas.

Ik vroeg me af waar hij zijn geweer en zijn helm had verstopt toen we in de blokhut waren. Ik had kunnen weten dat hij het nooit zou opgeven.

Teentjes gezicht kwam tevoorschijn en keek neer op het mijne. Ze was veranderd, ze was lager bij de schouder, maar veel massiever. Haar gewei was verdwenen. In de plaats daarvan kwamen er een paar moordende slagtanden uit haar snuit. Maar haar moederlijke ogen waren dezelfde. Ze wilde niet dat ik opstond. Ze duwde me terug neer en ging over me heen staan, haar voorpoten wijd en haar grote hoofd omlaag.

'Sloe! Ga weg van het beest …'

'*Verrader!* Laat ons met rust!'

'Ik probeer je te helpen,' riep Yagin terug. 'God weet dat ik het haat om dit te doen, maar ik moet. Ga uit de weg!'

Hij staarde naar Teentje; ik kon zijn ontzag en bewondering voelen.

'Dood haar niet!' smeekte ik. 'Hoe kun je het opbrengen om haar te doden! *Alsjeblieft!*'

'Mijn mannen hebben haar gezien. Ik heb geen keus.'

Ik sloeg naar Teentje met mijn vuisten. 'Ren, Teentje! Ga!' Ik vocht om op te kunnen staan, maar mijn rechterknie werkte tegen en het was te laat. Teentje had haar beslissing gemaakt. Ze bewoog, donderde en viel aan, met recht overeind staand nekhaar, in wilde furie, haar grote kop naar beneden als een stormram. Ik hoorde Yagins schreeuw, die klonk als een jammerklacht van wanhoop en zijn geweer knalde opnieuw.

Toen de drie mannen dichterbij kwamen, lag Teentje in de sneeuw in een enorme plas scharlaken bloed. Yagin had een brandstofkan van zijn slee gehaald en gooide de stinkende vloeistof over haar lichaam. Hij was niet bij me in de buurt geweest. Hij wist dat ik niet kon ontsnappen, ik kon zelfs niet rechtop staan. De Ordepolitieagenten sprongen van hun slee af (twee van hen zaten samen op een slee) en gaapten. Ze waren nog jong, met goed gevoede, onschuldig kijkende binnengezichten.

'Wat *is* dat ding, meneer?' vroeg een van hen terwijl hij salueerde.

'Mutie,' verklaarde Yagin, met gezag in zijn stem. 'Een menseneter. Heel gevaarlijk. Het sleurde haar mee naar zijn hol.' Hij stak een lucifer aan en de massa van huid en haar en vlees dat mijn Teentje was geweest, begon te branden. Yagin staarde in de vlammen.

'Het meisje mag van geluk spreken dat we zagen wat er gebeurde en dat we haar tijdig konden bereiken.'

'Ik begrijp niet dat ze zo ver is geraakt, meneer,' zei een andere jongeman. 'We zijn bijna zeventig kilometer van de blokhut vandaan.'

'Er is nog veel dat je niet begrijpt van deze zaken,' zei Yagin. 'Ze heeft natuurlijk bondgenoten. En die zullen we ook moeten opsporen.'

Hij kwam naar me toe gestapt. Ik werd misselijk van de gedachte dat ik hem ooit bijna had vertrouwd, maar ik was blij dat ik hem zo haatte. Het zorgde ervoor dat ik niet huilde waar ze bij stonden.

'Deze jonge vrouw is de dochter van twee vijanden van ons kwetsbare milieu,' kondigde Yagin aan. 'Een ervan is succesvol uitgeweken, geholpen door andere gevaarlijke misdadigers. Daarom plaatste ik haar onder geheim toezicht in haar school en daarom achtervolgde ik haar, alleen, sinds ze op de vlucht is. Ik heb helemaal geen versterking gevraagd, maar jullie drieën zijn, hm, een grote hulp geweest. Haar misdaden zijn niet gering.'

'Ja, meneer,' zeiden de drie in koor.

'Er is het feit dat ze vluchtte en de mysterieuze brand in haar moeders hut. Ze heeft zichzelf ook te schande gemaakt in haar school, ze heeft beschadigingen toegebracht aan een pelsboerderij en ze is betrokken bij kinderslavernij. Ten slotte heeft ze geprobeerd me te vergiftigen.'

Hij bukte zich en voor ik wist wat er gebeurde, had hij me in zijn armen. 'We brengen haar naar de surveillancewagen, voor ze weer iets probeert.'

Yagin en zijn mannen hadden veel brandstof verbruikt bij de jacht op Teentje, en twee van de sleeën werden belast met extra gewicht. We gingen maar langzaam vooruit, in een gesloten formatie. Ik denk dat Yagins mannen bang waren voor nog meer 'mensenetende muties'. Het was al donker toen we de plek bereikten waar ze hun sneeuwsurveillancewagen hadden achtergelaten: een brandstofdepot aan de grote weg die ik vanaf het plateau had gezien. Het was de weg waar ik naar onderweg was, Wildernis Voorraadweg 808; ik had me vergist in de afstand of de kaarten klopten niet helemaal. De brandstof voor officiële voertuigen werd bewaard in een bunker, die zwaar bewaakt werd achter hoge hekken. Ernaast stond een lange grijze schuur met een zoutkleurige parkeerplaats ervoor. Daar stond de surveillancewagen, naast verschillende gedeukte, opzichtig geschilderde trucks die geen officiële voertuigen waren. De jonge agenten deden de achterklep open, reden de sleeën er achterwaarts in en sloten hem weer af. Ik stond bevend, koud en stijf achter het lange voertuig en keek naar de leugenachtige stelling op de zijkant: *Ordepolitie: beschermt jouw kwetsbare milieu.*

Ze hadden een lange zoektocht achter de rug: eerst naar Yagin, die in zijn eentje naar mij op zoek was gegaan, en dan naar mij, door het woud. Yagin besliste dat ze eerst iets zouden gaan eten en drinken in de schuur, die een restaurant bleek te zijn, voor ze weer verder trokken.

'En het meisje?' vroeg een van de mannen. 'Nemen we haar mee?'

'Nee,' zei Yagin. Hij wees naar de andere trucks. 'Zie je niet dat dit bandietenterritorium is? Ik wil niet dat ze contact maakt met dat schorriemorrie daarbinnen.'

De agent die de vraag had gesteld, leek medelijden met me te hebben, maar hij knikte. De drie jonge mannen hadden veel respect voor Yagin. Die 'hielp' me ruw de cabine en het slaapcompartiment van de chauffeur in terwijl zijn mannen bleven wachten. 'Jij blijft hier,' zei Yagin luid. Het was de eerste keer dat hij iets tegen me zei sinds we Teentje brandend in de sneeuw hadden achtergelaten. Toen leunde hij naar voren en mompelde: 'We hebben een ongeluk gehad in de storm. Dus er is een *erg gebarsten raampje.* Maar daar kan ik niets aan doen!'

Ik wilde niet naar hem kijken. Hij trok het metalen luik dicht en sloot me op.

Het slaapcompartiment was als een kastbed, met een erg lage zoldering en kleine, dikke raampjes aan beide kanten. Er zat een spinnenwebbarst in een ervan en het geraamte eromheen was uit zijn vorm gebogen. Ik kon de lichten van de parkeerplaats zien en vage witte bergen van vervallen gebouwen. Het brandstofdepot lag in het midden van een verlaten stad. Ik trok mijn rugzak uit en omarmde hem op mijn knieën. Ik was blij dat Yagin nog leefde. De gedachte dat ik misschien iemand had vermoord, had me de stuipen op het lijf gejaagd.

Waarom had hij mijn rugzak niet van me afgepakt?

Hij had mij net zo goed nodig als de Lindquists, omdat die 'mijn stempel' droegen. Maar als hij er zeker van wilde zijn dat ik niet zou ontsnappen, hoefde hij alleen maar mijn rugzak af te pakken. Misschien wilde hij niet dat de jonge agenten wisten wat erin zat. Of misschien speelde hij echt een dubbel spel. Ik rolde naar de andere kant en ging met mijn vinger over de omtrek van het spinnenweb, voelde de scherpe kantjes. Ik dacht aan de manier waarop Yagin had gepraat in de cabine en de heel andere manier waarop hij praatte in het bijzijn van zijn mannen. Wat als hij mijn Teentje had gedood om het geheim van de Lindquists te bewaren? Wat als hij me hierin had gelaten, zodat ik de kans kreeg om te ontsnappen? Maar ik had niets, behalve mijn rugzak. Als ik uit deze gesloten doos kon ontsnappen, zou Yagin me weer vinden, of zou ik tegen de ochtend dood zijn.

Mama had altijd gezegd dat er in de wildernis geen bewakers nodig zijn. Yagin hoefde me niet te bewaken. Het kon hem niet schelen dat ik opnieuw en opnieuw 'ontsnapte'. Hij wist waar ik heen ging, hij zou me altijd opnieuw vinden. De kou en de leegte controleerden me, maar Yagin maakte me bang. De mysterieuze manier waarop hij handelde, de manier waarop hij naar me keek, de manier waarop hij praatte …

Ik ging liggen, met mijn rugzak nog steeds dicht tegen me aan. De matras voelde ongelooflijk zacht. Ik dacht aan de kits. Teentje was gestorven en ik had haar cocon niet kunnen oogsten, maar de Artiodactyla Lindquist was nog steeds veilig. Ze waren allemaal nog veilig … Maar ze waren gevangenen, zoals ik. Wilde dieren, in poeder gegoten en opgesloten in kleine buisjes. Ik probeerde ze me voor te stellen, een voor een. Teentje, groot en sterk. Neusje, de insecteneter. Oren, de prachtige sneeuwprins. Tandje met al haar kinderen. Mijn lieve felle kleine Nivvy. En als laatste Chiroptera, een klein pelsdiertje met vleugels. Ik wou dat ik nu vleugels had, dacht ik.

Lang geleden was er een klein meisje dat Rosita heette, die speelde dat ze de magische wezentjes was. Het was haar geheim, zelfs mama wist het niet. Ze hield ervan om Chiroptera te zijn, de meest vreemde en ongewone van de zes. Ze hield de rok van haar jurk breeduit en flitste rond door de kale, vuile gevangenishut en zei 'Piep! Piep!' Soms hield ze haar ogen gesloten … Ook al begreep ze niet hoe 'Piep!' zeggen kon helpen om je weg te vinden in het donker, ze bleef het proberen.

Ik ging rechtop zitten. Het leek alsof Rosita erbij was komen zitten. Een stout, uitdagend klein meisje, met haar eigen ideeën over alles … 'Ik ben *niet* hulpeloos!' fluisterde ik. 'Ik *wil* niet opgeven.'

Ik mat het kapotte raampje met mijn voorarm. Het was niet groot, maar groot genoeg. Daarna plunderde ik snel het compartiment. Ik vond een stel handschoenen, een fles thee en een verduft pak gesneden zwart brood. De matras had een deken en een thermische sprei (de Ordepolitie slaapt in stijl). Ik rolde het beddengoed op en bond het aan de buitenkant van mijn rugzak. De andere dingen stopte ik in mijn zakken.

Het parkeerterrein was donker en verlaten. Ik ging op mijn rug liggen en stampte met mijn linkervoet tegen het raampje tot het gebarsten paneel eruit viel. Niemand kwam op het geluid af, ik wrong me door het gat, liet me vallen en schoot, mankend, naar de beschutting van de bunkers vol rommel, die tegen de achterste muur van de schuur stonden.

Het was koud in de auto, maar buiten was het heel koud. Ik hoorde geritsel achter me en tuurde in de schaduwen, verrast dat zelfs ratten konden bewegen. Vuile kindergezichten met blauwe kringen en verkleumd van de kou, staarden terug. Ze hadden me zien ontsnappen uit de politiewagen. Ze spraken niet, en ik ook niet.

Stilletjes kropen ze uit het zicht.

Ik herinnerde me wat Satijn had gezegd: beter een slaaf dan een zwerf-kind in de wildernis. Dat is wat er met me zal gebeuren, dacht ik. Ofwel pakt Yagin me weer, ofwel word ik een van de verlorenen. Ik wilde mijn mama, meer dan ik haar ooit had gewild ... Maar ik was niet alleen. Ro-sita was bij me. 'Piep,' fluisterde ik en ik spreidde mijn armen, een klein meisje dat deed of ze vleugels had.

Ik dronk de helft van de zoete thee uit de fles en at twee sneden brood. De rest liet ik achter voor de zwerfkinderen. Ik hield de restaurantdeuren in de gaten, terwijl ik met mijn armen fladderde en af en toe 'Piep' fluis-terde. Misschien werd ik een beetje gek, maar het leek te helpen.

Het duurde niet lang of er kwamen twee mensen naar buiten, pratend en lachend. De vrouw had een geborduurde sjaal aan. Toen ze haar jas dicht-knoopte, zag ik een riem met gouden munten en een zwaaiende roodgele rok. De man droeg versleten, maar felle rode laarzen. Bandietenvolk, dacht ik. Mijn soort mensen.

Ik kuierde naar ze toe, probeerde zo weinig mogelijk te manken en zelfbewust te kijken.

(Piep, ik ben een vreemd en ongewoon wild wezen ...)

'Hé, jullie beiden. Kunnen jullie me soms een lift geven?'

Onheil sloeg toe. De vrouw keek me onderzoekend aan, met schuine, donkere ogen, zoals die van Satijn, in een bruin gezicht met blozende wan-gen. Ik kende haar, ze was van de karavaan. Opeens herkende ze me ook. 'Als dat Kleine Vaders kleine sneeuwgors niet is,' riep ze uit. 'Wat betekent dit? Jij bent dat kind dat is ontsnapt van de slavenhut en toen kwam die verdomde mutiepolitie vragen stellen over jou. Kleine Vader was woedend!'

'Je weet duidelijk niet veel over Kleine Vaders zaken,' zei ik. 'Dat was de derde keer dat ik werd verkocht dit jaar. Ik werd verondersteld me te verstoppen tot het einde van de kermis en onderweg weer opgepikt te wor-den. Maar die duivels van een mutiepolitie pakten me op, zonder reden nog wel. Ik ben net ontsnapt. Waar is de rest van de karavaan?'

De man lachte. 'O, mijn god, een zwendel. Net iets voor Kleine Vader.'

'Je bent een dapper kind,' zei de vrouw die me had herkend. 'We zijn op weg naar hen. Als je zeker bent dat dat is wat je wilt, dan mag je wel mee.'

Mijn vrienden heetten Yulia en Aliek. Yulia was tot het einde van de kermis bij haar vriend gebleven, nu bracht Aliek haar terug naar haar familie. Ze zouden Kleine Vader ontmoeten in Rocket Town – alweer een verlaten stad – waar de bandieten in de winter graag samen kwamen. Rocket Town was de compleet verkeerde richting uit voor mij, maar ik kon altijd terug, ik wilde gewoon weg van Yagin.

Hun cabine was warm en kleurrijk: beschilderde panelen, sjaals en hoofddoeken, en allerlei bungelende ornamenten. We roddelden de laatste karavaannieuwtjes bij elkaar (het was gemakkelijk om vertrouwelijk te lijken, ik was Chiroptera: ik vloog, vreemd en vrij.)

Al snel zei Yulia dat ze honger had, ook al hadden ze net gegeten. Ze maakte gekookte worst op een hete plaat op de bedplank. We aten het met echte mosterd en spoelden het door met vruchtenthee met een scheutje wodka erin. Ik weet niet wat er in het 'vlees' zat, maar ik had nog nooit zoiets vets en heerlijks geproefd. De truck donderde majesteitelijk door de kleine putten op zijn sneeuwbanden en zwenkte om de grote heen, terwijl de muren van grimmige sneeuw aan beide kanten van de weg voorbijzoefden, oplichtend in de stralen van de grote koplampen en weer wegvallend in de duisternis.

'We zullen tegen de middag in Rocket Town zijn,' zei Aliek. 'We kunnen je meteen naar Kleine Vader brengen. Ik weet waar hij kampeert.'

'O, dat hoeft niet,' zei ik gewoontjes. 'Zet me maar ergens af, ik weet hem wel te vinden.'

Aliek, die reed, keek Yulia vluchtig aan met een scheve glimlach.

'Kleine sneeuwgors,' zei Yulia vriendelijk. 'We nemen je het niet kwalijk dat je het probeert, maar je bent een weggelopen slaaf. Ben je er *zeker* van dat je naar Rocket Town wilt?'

Elke hand zal tegen me zijn, dacht ik. Ik ben er geweest. Ik vergat Chiroptera te zijn. 'Nee,' zei ik en ik kwam hard terug in de werkelijkheid terecht. 'Dat ben ik niet.'

Ik zat tussen hen in, ik kon geen van de deuren bereiken en Aliek reed trouwens snel, zelfs over ijs in de nacht. Ze keken elkaar aan over mijn hoofd heen.

'Zo, waar wil je echt heen?' vroeg Aliek rustig.

'Ik wil naar het noorden, naar de bevroren zee. Ik … ik was onderweg daarheen, toen ik door Kleine Vader werd binnengehaald. Mijn moeder is ontsnapt uit een Nederzettingsgevangenis en ze is daarlangs gevlucht. Ik wil achter haar aan.'

Net op dan moment dook de weg naar beneden, alsof hij recht naar het centrum van de aarde ging. We gingen naar beneden in duisternis. Aliek botste tegen wat zacht ijs en reed in een prachtige glijbaan.

'Rijd erin! Rijd erin!' schreeuwde Yulia. 'Niet remmen! Verander de versnelling!'

De grote truck begroef zijn geharnaste neus in een muur van steenharde sneeuw. Aliek lachte, schakelde in zijn achteruit en maakte dezelfde wilde omwenteling, maar dan achteruit, we misten nu alleen een rij koplampen.

'Achterbankchauffeur,' riep hij. 'Blijf achteraan zitten of rijd zelf!'

'Je weet dat ik nachtblind ben!'

Toen zette Aliek de motor af en de stilte van de koude nacht omsingelde ons. 'We zijn verdoemd als Kleine Vader erachter komt,' merkte hij op na een poosje te hebben nagedacht. 'Maar we zouden haar naar het Depot kunnen brengen. Het is niet zo ver.'

'Waarom zou hij erachter komen?' zei Yulia. '*Ik* ga het hem niet vertellen.'

Ik viel in slaap. Yulia wekte me en dwong me met zachte hand naar het bed. Ik ging in een bolletje liggen, met mijn rug naar de cabine, en droomde dat ik vloog.

In de grijze ochtendschemering schudde Aliek me wakker en hij duwde een mok heel hete, bitterzoete donkere vloeistof in mijn handen. Yulia reed.

'Wat is dit?'

'Het heet koffie. Het is heel lekker en zeldzaam als kippen. Het zal je wakker maken.'

Ik ging weer op de voorste bank zitten. Er was geen woud meer te zien, geen hoge muren van sneeuw, alleen een plat, door de wind uitgesleten heideland zo ver je kon zien. We reden nog een uur, tot we een wijd betonnen panorama bereikten, dat schoongeveegd was door de wind. Er stond een rij schuren en eromheen, gedeeltelijk bedolven onder sneeuw, gedeeltelijk bloot getrokken, stonden stapels dozen van verschillende grootte op elkaar.

'Waar zijn we?'

'Dit is het Depot,' zei Yulia. 'De voorraadtrucks van de Nederzettings-commissie komen tot hier. Men zegt dat het vroeger een vliegveld was, maar er zijn geen vliegtuigen meer. Al jaren niet meer. Geen brandstof, of geen reservestukken, of zoiets. De trucks laden nu uit zonder reden. Ka-ravanen komen hierheen om te kijken of er iets bruikbaars bij is.'

Ze wees over de stapels dozen. 'De smalle zee is die kant op. Niet ver. Ik denk ongeveer een kilometer.'

'Je gaat naar het Observatorium,' zei Aliek. 'Daar komen de mensen sa-men die gaan oversteken. Probeer het niet in je eentje! Het is gevaarlijk.'

'Zijn er bewakers?'

Aliek haalde zijn schouders op. 'Niet nodig. Wie kan het wat schelen dat je oversteekt. Het is nog steeds de wildernis aan de andere kant, be-halve als je stadspapieren hebt.'

'Vroeger waren er bewakers in het Observatorium,' zei Yulia. 'Nu niet meer.' Ze omarmde me en stopte een vettig papieren pakje in mijn zak. 'Veel geluk, kleine sneeuwgors. Geniet van je vrijheid.'

Aliek deed de cabinedeur open en liet me eruit. Hij gooide mijn jas achter me aan. 'Niet alleen oversteken! Wacht op andere mensen, ze ko-men wel opdagen. Mensen zoals jij!'

Ik stond daar en keek op naar hun lachende, verweerde, zorgeloze ge-zichten.

'Kom mee. Ik ... ik heb iets zoals stadspapieren. Ik kan jullie binnen krijgen. Jullie kunnen ook vrij zijn en in luxe leven en geen bannelingen zijn ...'

Yulia lachte. 'Wij zijn al vrij.'

Toen ik ernaast stond, zag de schuddende en grommende truck er groot uit. Hij zag er heel klein uit toen hij in de verte verdween, maar ik was nog kleiner. Ik had het ijskoud in mijn mooie kleren. Ik raapte mijn jas op en trok hem aan. Hij had op de vloer van de cabine gelegen en de naden waren stijf van de rijp. Mijn been was ook stijf. Ik had geen vleugels meer. Chiroptera, het pelsdiertje dat vliegt, heeft veel energie nodig en ik had er plotseling geen meer. Ik kroop over de dichtstbijzijnde dozen en ging zitten om mijn knie in te wrijven. Ik vroeg me af of ik zelfs nog zo ver, tot de zee, kon lopen. En wat dan?

Wat dan?

De dozen droegen een stempel – WN, WILDERNIS NEDERZETTINGEN – met een Brigade, een Sector en een Nummer. Lang geleden waren ze verzegeld met plakband, maar die was vergaan en eraf gevallen. Ze zagen er vreemd bekend uit. Ik trok het deksel van de doos vlak bij me en vroeg me af wat ik zou aantreffen. Misschien moest ik dit Depot eerst maar eens doorzoeken. Misschien vond ik mondvoorraad of andere nuttige spullen …

De doos zat vol spijkers.

Ik legde mijn hoofd in mijn handen en huilde. Ik huilde voor mijn mama en al die jaren dat ze geketend aan die bank in de werkplaats had moeten zitten, al die uren van nutteloos geploeter onder het rode rattenoog. Voor de magie die me niet kon redden van eenzaamheid en hulpeloosheid. Voor de ontelbare verspilde levens, zodat de steden warm en licht konden blijven. Ik huilde voor al de haat in mijn wereld en voor iedereen die had gevochten, had gehoopt, had *geprobeerd* en er uiteindelijk niet in geslaagd was …

Toen stond ik op in de koude ochtend en ik vertrok, mankend en heel stijf, om te zien of ik dat mysterieuze Observatorium kon vinden.

Er was maar één gebouw. Het stond op een landtong, op het uiterste puntje van een wijde baai, waar de witte woestenij van het open veld samenvloeide met de bleke lucht. Het had een koepelvormig dak en rondom zaten overal ramen; het dubbele glas was bedekt met een dikke korst sneeuw. Het moest een uitkijktoren geweest zijn, of misschien een weerstation, toen er nog mensen aan de kust leefden. Voor het gebouw begon een betonnen pad dat gedeeltelijk versperd was door stenen en dat door de lage, roodachtige kliffen sneed naar de kust beneden. Ik had nog nooit eerder de zee gezien, maar alles wat ik kon denken toen ik daar stond, was dat het bultige grijze ijs dat helemaal naar de horizon liep, eruitzag als een akelige wandeling.

De deur bevond zich aan de landzijde, beschut. Toen ik de sneeuw eraf klopte, zag ik dat ze was gesloten met een hangslot en een ketting. Maar het was slechts een Nederzettingscommissieketting. Ik sloeg erop met een steen tot hij kapotsprong.

Ik kwam in een korte, schaduwrijke gang met oude, ingelijste foto's van schepen aan de muren, en daarna in een grote kamer, ongeveer twee keer zo groot als onze hut. Door de gesluierde ramen viel vaag licht. De koepel, hoog boven me, bestond uit stukken die eruitzagen alsof ze moesten bewegen. Er was een galerij rond de onderkant van de koepel, waar je heen kon via een smeedijzeren trap. Er stond ook een kachel met een stapel hout ernaast (ik was heel blij dat te zien) en banken tegen de muren met kasten eronder. Sommige banken hadden gescheurde matrassen. Op de vuile vloer lag een kinderwant onder het stof.

'Mama?' fluisterde ik. Ik voelde haar nabijheid zo sterk. Het leek alsof we hadden afgesproken om elkaar hier te ontmoeten. Maar waar was ze?

Ik stak een vuur aan met een van mijn laatste kostbare lucifers, at de helft op van de vette worst die Yulia me had gegeven en dronk wat van het overgebleven water. Geleidelijk aan sloop de warmte weer in mijn lijf, samen met een beetje moed. Ik begon de kasten open te maken. In de eerste die ik probeerde, vond ik een doos met potten en pannen. 'Dat is goed,' mompelde ik, om optimistisch te blijven. De volgende kast bevatte een voorraad blikken die er nog vrij vers uitzagen, een tros touw en een lamp die ook een kachel was met een voorraadje kleine brandstofblokken. Een stapel opgevouwen gladde stof bleek een complete bivaktent te zijn.

Ik knielde neer met mijn mond open, duizelig van mijn vondst. Ik was gered!

Ik liep terug naar de kachel, haalde de noot uit mijn rugzak en opende ze voor het eerst sinds de ochtend dat Teentje stierf. De vier overgebleven kits hadden hun volledige grootte bereikt. Ze keken me met heldere ogen aan. 'Hoi,' zei ik. 'Het spijt me dat ik niet meer met jullie heb gepraat. Teentje en ik kwamen in wat probleempjes terecht en Yagin kreeg me weer te pakken. Maar ik kon ontsnappen en alles is goed nu. We zitten op een goede plek, exact waar we moeten zijn, en we hebben alles wat we nodig hebben voor het laatste deel van onze reis.'

Ik keek in de andere kasten en vond nog een goede doos lucifers in een ervan en een paar erg roestige, gezwollen blikken in een andere. Er waren twee luiken in de vloer. Toen ik het grootste opentrok, zag ik een ladder naar beneden gaan in de duisternis. Een vlaag van dodelijk kou steeg op: het was een kelder, uitgesneden in de bevroren aarde. Ik besloot die te laten voor een andere keer. Onder het kleinere luik zat alleen maar een smalle ruimte, waarin een schoolboek lag met een donkere omslag en een potlood. Ik opende het boek en vond gedateerde notities, zoals in een dagboek …

19 december … IJspeilmeting eindelijk bevredigend voor onze gids. We vertrekken morgen om de zee over te steken.

Ik had geen gids. Waar kwamen de gidsen vandaan?

16 maart … De storm duurt voort, maar we moeten morgen vertrekken, anders hebben we niet genoeg voorraden. Kleinere slee verloren toen we de baai overstaken, een rukwind … Bid voor ons. Saskia Lensky, Jacob Lensky, Shastha Sigratha, Victorine Sigratha (acht jaar).

Die aantekening maakte me bang, maar er waren er nog ergere.

12 februari … Kleine Ekaterina stierf vandaag. Ze zal haar broer terug-

zien. Hoe vreselijk om onze baby's achter te laten op deze desolate kust. We vertrekken zodra papa's voeten beter zijn, lopen doet nog steeds veel pijn voor hem …

Sommige aantekeningen waren in inkt die vervaagde, sommige in potlood. Ze gingen jaren terug. Allemaal laatste boodschappen van mensen als ik, die zo ver waren gekomen tijdens hun wanhopige ontsnapping uit de Nederzettingen of door andere problemen. Hoewel mama me nooit over deze plek verteld had en het niet op haar kaart stond, was er geen twijfel dat dit was waar ze gepland had dat ik terecht zou komen … De voorraden die ik vond, waren vast overschotten, overtollige bagage achtergelaten door andere vluchtelingen …

7 maart … We vertrekken zodra Manya's koorts genezen is. Het is laat op het seizoen, maar Vadim zegt dat het ijs nog wel een week of twee goed blijft.

Kon die Manya mijn moeder zijn geweest? Er was geen jaar aangeduid, maar het was een van de laatste notities. Ze was ziek geweest … O, maar ze was hier geweest!

Ik zei tegen mezelf dat ik er niet zeker van kon zijn. Maar de hoop die in me leefde sinds ik weg was van de Nieuwe Dageraad, had nog nooit zo fel gewoed.

Ik nam een pan mee naar buiten en laadde die vol sneeuw voor vers water. Ik vulde ook een mok om thee te maken. Toen spreidde ik mijn gestolen sprei en deken uit bij de kachel en maakte het me gezellig met een blik jam en een lepel. Ik deed de noot open, zodat ik de kits als gezelschap had. Ze duwden hun pootjes en neusjes tegen het vlies, maar ik wilde ze er niet uit laten. Ik voelde me niet veilig genoeg.

Ik was heel moe. Mijn armen en benen deden pijn. Ik nipte hete bessenthee en sloeg bladzijden om van het logboek. Er waren grafieken en nuttige tips, maar ik wenste dat er niet zo veel mensen waren die het tot hier hadden gehaald en dan waren gestorven. Vooral kinderen …

Ik schrok wakker.

De kamer was donker en koud. Ik greep de noot en sloot ze, geschokt dat ik in slaap was gevallen en ze open had laten staan. Ik pookte de kachel op tot het vuur weer helder brandde. Er kon maar beter nog ergens hout te vinden zijn … Maar wat was dat? Ik had iets zien bewegen, in mijn ooghoeken. Er was iets wits, dat akelig langzaam over de vloer bewoog. O nee, alsjeblieft geen spook. Was dat een kinderhand, die uit het luik kwam dat naar de kelder leidde? Ik greep een brandend stuk hout van de kachel en stak het omhoog.

Het witte ding was de verpakking van de vette worst. Het bewoog omdat het werd weggesleept door een enorme grijze rat. Ik gilde en gooide mijn toorts weg … en moest er toen naartoe rennen om de vonken uit te stampen. Toen hoorde ik een ratelend, rollend geluid achter me. Ik draaide me om en zag nog twee ratten, die ervandoor gingen met de notenschaal! Ik dook naar ze toe, greep de noot, stopte ze in de voorkant van mijn bloes en greep nog een brandend stuk hout uit de kachel.

Een tapijt van kleine rode oogjes flitste naar me. De vloer was bezaaid met ratten. Heel even was ik verlamd. Toen rende ik rond als een waanzinnige, gillend en zwaaiend met mijn toorts. Al snel waren ze allemaal verdwenen, in de kieren en gaatjes die ik niet kon zien. Ze zouden vast terugkomen.

Ratten! Ik *haatte* ratten. Ik kon hier niet blijven. Maar ik kon nergens anders heen.

Er was maar één ding dat ik kon doen. Ik trok me terug op de smeedijzeren trap met mijn sprei, mijn deken, de rugzak en de geredde worst. Na wat er met Teentje was gebeurd, had ik plechtig gezworen dat ik geen enkele kit meer naar het tweede stadium zou brengen. Maar ik had niet op ratten gerekend. Ik deed de noot en het vlies open. Drie van de kleine stamvaderwezentjes lagen diep weggedoken in hun nest. De vierde zat rechtop, met heldere oogjes, erg geïnteresseerd in alle opwinding. De kits zagen er identiek uit, maar ik begon de verschillen te voelen.

'Mama zei dat ik heel voorzichtig moest zijn met jou te laten groeien, meneer Carnivora. Ze zei dat je gevaarlijk kon zijn. Maar daar moeten de ratten zich maar zorgen over maken.'

Ik haalde hem eruit, sloot de anderen weer netjes af en gaf hem wat van de geredde worst, die ik in kleine stukjes scheurde. Hij vond het heel lekker.

De rest van de nacht bracht ik op de trap door, gehuld in mijn sprei en mijn deken, af en toe duttend, terwijl ik mijn nieuwe Lindquist voederde.

Toen de grijze dageraad kwam, leek hij op het dier dat ik jaren geleden op de deurmat had gevonden. Ik pakte hem mee toen ik op zoek ging naar meer spullen.

Ik had brandstof nodig, en nog belangrijker: een slee. Ik kon niet alles dragen wat ik nodig had. Ik was niet sterk genoeg. Zelfs als ik er een tas voor zou vinden. Ik probeerde eerst de kelder. Er was niets daar beneden, behalve lege dozen. Drie van de muren waren bevroren aarde. De vierde was afgezet met metalen platen. Ik hief mijn lamp op, me afvragend of ik de platen kon gebruiken, en zag dat er een kruis op was getekend, misschien in houtskool. Het wildernisteken tegen het kwade. Toen begreep ik het. Je kunt geen graven scheppen in de winter. Ik bleef een paar minuten staan, denkend aan de doden.

'Kom aan, Nivvy. Dit is niet voor ons. We moeten hier niet zijn.'

De kasten in de galerij bevatten oude, gebroken stukken van wetenschappelijke instrumenten. Niets wat ik kon gebruiken. Ik pakte me goed in en ging naar buiten. Het was weer een kalme dag, maar verwoestend koud. 'Ik hoop dat dit goed weer nog blijft duren,' zei ik tegen Nivvy, die weggestopt zat in mijn bloes en jas. Was er deze winter nog iemand hier geweest? Ik dacht het niet: de laatste aantekeningen in het boek waren ouder dan dat. Ik stampte wat in de nieuwe sneeuw, op zoek naar voetstappen, maar ik kon niet echt zeggen of er nieuwe bij waren. De houtstapel was naast de deur. Er waren geen bomen op deze vlakte, het was allemaal afvalhout. Een van de stukken trok mijn aandacht. Ik trok het eruit en zette het recht: een flexibele plaat, ongeveer zo breed als de lengte van mijn arm en bijna zo groot als ik.

'Nivvy! Dit is onze slee! Het heeft alleen een paar gaten nodig om het gareel aan vast te maken en spullen vast te binden …'

Op de vlakte schitterde iets. Ik keek opnieuw en het was weg, maar ik was er zeker van dat ik een lichtflits had gezien, als een weerspiegeling van glas …

Maar ratten houden van houtstapels. Net toen ik zocht naar die schittering, verstoorde een grote papa-rat mijn gesnuffel en sprong eruit, recht in mijn gezicht. Ik viel achterover en een slank, roodbruin lichaam wipte uit mijn jas. De rat verdween, achtervolgd door Nivvy. Er klonk een afschuwelijk gillen en vechten, toen verscheen er een smal kopje tussen het hout: heldere ogen, ronde oren en een vurige, bloederige grijns. Nivvy likte mijn vingers, tsjirpte en verdween uit het zicht. Hij was al snel terug en hij droeg de papa-rat mee. Hij legde het lichaam voor me neer, poetste zijn snorharen zedig met zijn voorpoten en verdween opnieuw. Weer een vreselijk gevecht en een volgende rat werd aangesleept. Hij herhaalde dit proces nog een keer en leek toen tevreden. Hij nam een paar symbolische beten en rende toen mijn schouder op en knorde en wroette in mijn oor.

Mijn Nivvy was terug! Mijn liefste eerste vriendje.

Die nacht maakte ik een groot vuur en maakte een blik con-stoverij klaar. Natuurlijk kwamen de ratten er snel op af, maar we waren er klaar voor, en Nivvy richtte een ware ravage aan. Ik had een schop gevonden bij de houtstapel, die ik gebruikte om de slachtoffers mee weg te dragen. Ik bouwde een triomfantelijke piramide buiten in de sneeuw en telde zevenentwintig lijken … Ik dacht aan Yagin, en wenste bijna dat deze vreemde man hier was geweest om deze vrolijke slachting te aanschouwen. Een kleine ongeremde roof van het leven, zou hij hebben gezegd, doet de natuur geen kwaad.

Daarna vielen de ratten me niet meer lastig. Ik vond een metalen pin in een van de planken van de houtstapel, verhitte die tot ze roodheet was en gebruikte ze om gaten te maken in mijn flexibele plaat. Ik maakte een gareel, met schouderstukken die ik uit de kapotte matrassen sneed. Ik pakte mijn voorraden in, opnieuw en opnieuw. Ik leerde de aantekeningen en grafieken uit het logboek uit het hoofd. Er kwam niemand, er bewoog niets op de vlakte of op de bevroren zee. Het weer bleef goed en rustig, ik at goed en sliep lekker. Nivvy verliet zelden mijn schouder, behalve wanneer hij op de ratten joeg. Ik speelde met hem en praatte tegen hem, zoals ik had gedaan toen ik vier was. 's Nachts (ik sliep bij de kachel, want ik was niet gek op die ratknagende banken) werd ik soms wakker met mama's noot in mijn armen en Nivvy in de vouw van mijn schouder en dan dacht ik dat ik weer een klein meisje was, in het kastbed met mijn mama, dromend van de grote reis die we zouden maken, naar de kust van de bevroren zee.

Ik voelde me gadegeslagen, de hele tijd. Maar ik dacht dat het mijn verbeelding was. Of misschien de spoken, of mijn mama, die aan me dacht, ver weg …

Op de vierde dag pakte ik mijn slee en sleepte ik ze het klifpad af. Er was een glooiing van bevroren grind, bedekt met sneeuw en ijs. Ik stond met de slee aan mijn voeten in de verte te staren. Yulia en Aliek hadden gezegd dat ik op gezelschap moest wachten. Maar wat als er niemand kwam? Ik kon trouwens niet wachten, vanwege Yagin …

Ik was uitgerust. Ik had alles wat ik nodig had. Behalve misschien de moed om alleen te vertrekken. Het was ongeveer zestig kilometer over de zeestraat. Volgens het logboek moest ik me voorbereiden op tenminste tien marsen, tien dagen en tien nachten op het ijs. Ik dacht aan hoe het daar zou zijn, helemaal alleen. Het ijs dat het begaf, ik in het vrieswater, mijn rugzak die zonk, niemand om me te helpen …

'Dit is onze testrit,' zei ik tegen Nivvy. 'Over de baai en terug over land.'

Het kostte me verschillende uren om de baai over te steken, inclusief een pauze in het midden waar ik oefende om mijn tent op te zetten, thee maakte, iets at en alles weer inpakte. Ik was moe maar tevreden met mezelf toen ik de westkant bereikte. Er was daar geen pad, maar de kliffen waren er veel meer gebroken. Ik trok, vocht en vervloekte de rotsen en de plotse afwijkingen.

Badend van het zweet bereikte ik uiteindelijk de heidevlakte. Ik liep meteen naar huis, want je kunt beter niet stoppen wanneer je oververhit bent, of je krijgt een verkoudheid. Maar ik hoorde een getingel, als onzichtbare boodschappen in de bevroren lucht, en aan de oost- en westranden van de hemel zag ik twee pilaren licht, onvoorstelbaar groot, schakerend van roze naar groen. Een grote zilveren boog ontvouwde zich tussen hen, de punt van de curve leek in zee te duiken. Ik had het poollicht niet meer gezien sinds ik de wilde sneeuwhaas had ontmoet voorbij de pelsboerderij.

'Dat moet een goed voorteken zijn!'

Nivvy maakte een knorrend geluid vanuit de warmte van mijn vette, vuile lagen kleren. Ik bleef gapen tot de magie vervaagde. Hoe mooi is de winterwereld, dacht ik. Ondanks alles. Toen besefte ik dat ik de lichten in de hemel nog steeds kon zien – gewone, gelige lichten, die vanaf de grond leken te komen … Ik hoorde een gemompel, een *menselijke stem*. Ik kon niets zien, maar geluid draagt ver in koude, droge lucht. Ik trok het gareel van me af en sloop naar de kim van een helling.

Ik keek over een vallei, een smalle spleet in de heidevlakte. Op de bodem ervan stond een groot, slank zwart voertuig met rupsbanden. Ik had het licht van zijn koplampen gezien. Ernaast stond een groep mannen. Twee van hen hadden een glanzende, vierkante donkere jas aan met brede schouders en een muts van sabelbont. Ze maakten een machtige indruk, maar ze zagen er niet uit als functionarissen. Het woord dat in mijn geest sprong, was *Maffia*. De mannen die bij hen waren, zagen er ruwer uit, en ze hadden geweren. Behalve een, die in uniform was, een tuniek met kraagstukken, een puntige pet en hoge laarzen. Het was Yagin, natuurlijk.

Hij had geen geweer maar wel een blinkende paal in zijn hand. Terwijl ik toekeek, plooide hij de glanzende paal op in zichzelf … Ik had in de Nieuwe Dageraad wel al een telescoop gezien.

Het was Yagin, die me had bespioneerd.

Hij zei iets tegen de Maffiamannen, hij legde iets uit. Een van hen wenkte naar een gewapende man, die naar hen toe kwam met een platte tas. Yagin pakte ze aan, keek erin en knikte. Ik kon niets horen. Maar ik had genoeg gezien. Ik schoot naar achteren en rolde naar de onderkant van de helling, waarbij mijn mond vol sneeuw kwam te zitten. 'Het is Yagin!' snikte ik terwijl ik mijn armen terug in het gareel stopte. 'Hij is hier al die tijd geweest, hij heeft ons in de gaten gehouden. Hij heeft ons verkocht aan de Maffia! We moeten gaan, nu meteen, gelijk waarheen, we moeten hier weg!'

Ik ging er in een uitzinnig tempo vandoor over de ijzerharde, oneven grond; de slee botste en schuurde. Ik had geluk dat ik geen enkel brak. Opeens verdween de wanhoop om me te haasten. Wat ging ik doen? Waar vluchtte ik heen? Ik liet het gareel weer van mijn schouders glijden en ging op mijn gebonden bundels zitten. De koude sprankeling van de sneeuw glinsterde tussen mijn voeten, elk gebroken en dooreengehaspeld vlokje was te zien.

Yagin is hier. De woorden bonsden in mijn hoofd.

Ik had beseft dat hij wel wist van het Observatorium. Ik had verwacht dat hij zou opdagen … Maar deze plek, zo stil en eenzaam, had me onvoorzichtig gemaakt. Hij had me verkocht aan de Maffia, daar was ik zeker van. Maar waarom hier? Waarom niet eerder? En waarom had hij me geobserveerd, in plaats van me meteen te grazen te nemen? Probeer hem niet te begrijpen, zei ik tegen mezelf. Denk na. Denk na hoe je hieruit komt. Yagin was in uniform. Dat betekende dat hij nog steeds een dubbele rol speelde, zelfs nu nog. Zijn mannen waren misschien dichtbij. Kon dat me op een of andere manier helpen?

Ik had alles wat ik nodig had; ik kon meteen vertrekken over het ijs. Maar ik zou te voet zijn. Mijn vijanden zouden achter me aan komen met motorsleeën.

Een zacht gegrom maakte me aan het schrikken. Nivvy was uit mijn jas gekropen en ik moest hem laten gaan; ik wist dat hij niet zou verdwalen.

Ik keek om me heen en zag dat mijn Nivvy een groter dier was geworden, hetzelfde lenige lichaam, maar veel sterker en langer, met dik donker haar en een grauwe snuit. Een paar snode gele ogen staarden me aan met bezorgde liefde, een poot met klauwen scherp als vleeshaken lag op mijn arm …

'Nivvy?'

Hij sprong op en duwde zijn snoet tegen mijn wang. De lucht was vol van zijn geur. Een opgewonden Nivvy had altijd al een scherpe geur verspreid, maar nu was het veel sterker. Ik knuffelde hem en voelde de geweldige spieren onder zijn pels. Ik moest kalm blijven! Als ik bang werd, zou hij opnieuw veranderen en sterven, zoals Neusje.

'Nivvy, ik heb een soort plan. Komaan! Terug naar het Observatorium.'

Ik stapte onder de sterren en Nivvy liep met grote sprongen aan mijn zijde.

Toen ik uiteindelijk het punt bereikte vanwaar ik het Observatorium kon zien, zag ik dat ik gelijk had: de surveillancewagen van de Ordepolitie stond daar. Ze hadden die niet op de landtong gekregen, hij stond geparkeerd op de heide. De veiligheidslampen gloeiden en verlichtten zo de leugenachtige belofte op de zijkant: *Beschermt jouw kwetsbare milieu.* Yagin was hier in zijn eentje geweest, met zijn telescoop. Maar de jonge agenten waren erbij gekomen. Had hij hen opgeroepen, met een zender of zo? Of waren ze zonder instructies gekomen en hadden hem zo bijna ontmaskerd als oplichter?

Er brandde ook licht in het Observatorium. De politie had vast mijn trotse aantekening in het logboek gezien: *Testtocht …* Nu wachtten ze op mijn terugkomst.

Ik had gepland om hier terug te komen en me te verstoppen: me verstoppen en kijken hoe ze me zochten, en stelen wat ik nodig had, op dezelfde manier als ik op de pelsboerderij had gedaan. Nu zouden de dingen sneller moeten gaan.

Nivvy's neus duwde tegen mijn hand.

'We moeten de sleeën vinden,' zei ik.

Ik sukkelde de helling af. Ik wist dat ik niet kon worden gehoord of gezien van binnen, tenzij ik op de besneeuwde ramen zou gaan kloppen, maar toen ik dichterbij kwam, bewoog ik me heel behoedzaam. De drie motorsleeën stonden in een rij bij de houtstapel. Ik legde mijn beladen slee boven aan het klifpad en kroop terug. Ik koos degene met de volste tank. Een van de jonge agenten had zijn geweer aan zijn slee laten hangen en ik besloot dat ook mee te nemen. Toen deed ik de motorkap van de andere twee open en trok aan alles waaraan ik kon trekken, opende de dopjes van de brandstoftanks en kieperde ze heel stilletjes en voorzichtig om in de sneeuw. We maakten twee uitstapjes naar de kust: eerst bracht ik de beladen slee, daarna ging ik terug voor de motorslee. Het was een trage, onhandige onderneming om die onder aan het pad te krijgen, ze zo stil mogelijk voortduwend met een voet. Toen ik klaar was, stond ik te trillen op mijn benen.

Ik besefte dat ik al uren niets meer had gegeten. Ik dwong mezelf te stoppen en het vuur in me op te poken. De sterren straalden op me neer toen ik in die ijzige duisternis op mijn bundels ging zitten en een pot con met opgelegde paprika's en een chocoladereep at. En aan mijn zijde hield mijn magische beschermer de wacht. Zijn tanden waren dolken, zijn gekuifde oren draaiden de ene en dan de andere kant op, alert voor elk gevaar; zijn pels was rijkelijk gevlekt. Zijn ogen stonden nog steeds liefdevol. Ik likte olie en kruiden van mijn vingers en bond mijn slee aan de motorslee vast. Ik zou ze nodig hebben wanneer ik zonder brandstof viel en ik had geen tijd om alles over te plaatsen. Ik sloeg mijn armen om Nivvy heen, begroef mijn handen in zijn mooie zachte kraag. 'Het is zover. Hier gaan we.' Hij sprong naast me op de slee. Ik draaide de sleutel om, greep de stuurstang en weg waren we. Het gehuil van de motor klonk afschuwelijk luid.

Het noorden. Bestond er een andere richting? Mijn hele leven lang was het noorden de droom geweest, de weg naar de vrijheid. Ik werd misselijk van de opwinding en hield de stuurstang vast met een manische greep. We schoten uit de mond van de baai, de open zee op. De sterren schenen in de zwarte hemel, de slee bokte en stuiterde, sprong vooruit over de bevroren schuimkoppen waar ik zou hebben gestrompeld en gezwoegd. Het leek alsof ik vloog.

En plots vloog ik echt: ik hing in de lucht en de sterren maakten een radslag. Ik landde met een klap op mijn billen en stortte in elkaar van doodsangst, biddend om geluk dat ik niet verdiende. Nivvy snuffelde ondertussen bezorgd aan mijn gezicht. Ik stond langzaam op, testte mijn armen en benen, en vond mijn pet terug. De rugzak hing nog op mijn rug, ik deed hem uit en keek naar de kits. Ze waren in orde, alleen bang. Ze keken me verbijsterd aan. 'Het was een klein ongeluk,' fluisterde ik. 'Niets ernstigs. Het zal niet opnieuw gebeuren.'

De motorslee lag op haar zij. Ik zette haar weer overeind en draaide de sleutel om. Ze startte.

Ik hobbelde weg om de houten slee te pakken, zocht mijn verspreide spullen weer bij elkaar, telde de bundels en bond alles weer stevig vast. Ik gooide het geweer over mijn schouder en knoopte het gareel van de slee weer vast waar het was geknapt. 'Dus zo makkelijk is het,' mompelde ik. 'Zo makkelijk is het om alles te verknoeien en dood te gaan.' Angst greep me bij de keel. Het duurde een lange, koude poos – slechts een paar minuten, maar lange minuten – voor ik mezelf weer kon overtuigen op de slee te stappen en opnieuw te vertrekken. Ik zocht uit hoe ik de stuurstang moest gebruiken – niet vastgrijpen en omklemmen, maar zachtjes vasthouden – en hoe ik de remmen moest gebruiken. Ik vond een tempo dat niet te snel ging, maar ook niet te langzaam, en hield een oog op de wijzertjes die helemaal uit zichzelf oplichtten in het donker. Ik kon het kompas herkennen, de brandstofmeter, en er was een klok, en een ding dat misschien de afstand aangaf. Nivvy drukte zich tegen mijn schenen, zijn kin op mijn knie, en we vlogen naar het noorden in het licht van de sterren, tot mijn handen de stang niet meer konden houden. Waarom worden mijn handen zo onhandig, vroeg ik me af, lichtjes geërgerd.

Ik vertraagde en we gleden tot stilstand. Angst greep me bij de lurven, maar ik dwong mezelf te doen wat ik moest doen om de angst weg te nemen. Nivvy omarmen, zijn warme adem en zijn ruwe tong voelen. Mijn bevroren gezicht in zijn prachtige zachte pels begraven. Water drinken en *iets zoets eten*, snel. De tent uitpakken, opzetten, alles wat je nodig hebt erin slepen, erin kruipen met grote Nivvy die nog steeds Nivvy is.

Ik vulde mijn kacheltje met brandstof, stak het aan en maakte een blik stoverij warm. Nivvy wilde het niet aanraken, dus at ik alles alleen op en ging liggen, gewikkeld in mijn sprei. Doe dat nooit meer! Laat het vuur vanbinnen nooit meer uitgaan! Je hersens zullen niet meer werken. Je zult iets stoms doen. Je zult sterven en het zal allemaal voor niets zijn geweest … Het was lang geleden dat ik mijn kleren nog had uitgetrokken. Ze plakten aan me met vet en vuil. Ergens onder al dat vuil zat Sloe, nog steeds gekleed in de mooie kleren die Kleine Vader haar had gegeven.

Ik moest slapen.

Toen ik wakker werd, was de hemel buiten mijn tent helderblauw, en de zon voelde warm aan. Nivvy was niet bij me. Er was nergens land te zien. Ik was alleen in de witte leegheid en het was zo magisch als ik het me had voorgesteld … Maar waar was ik? Toen ik op de slee de afgelegde kilometers bekeek, bleek ik al veertig kilometer achter me te hebben gelaten, maar de brandstofmeter vertelde me dat ik spoedig zou gaan lopen.

Ik haalde de noot boven en at een blik koude stoverij. Ik praatte met de kits en las de notities die ik over de route had gemaakt. Nivvy was vast iets gaan zoeken om te eten. Ik wou dat ik eraan had gedacht om wat bevroren ratten mee te brengen. Kon ik een gat in het ijs maken en wat vis vangen? Maar de gedachte aan een gat in het ijs, maakte de angst in mij weer wakker. Ik moest eraan denken dat de angst altijd net onder de oppervlakte zat en dat ik niets mocht doen om ze boven te halen. Ik moest mezelf blijven vertellen dat deze zee-engte smal was en dat mensen als ik er de hele tijd over liepen.

Nog twintig kilometer, maar zo eenvoudig was het niet. Op plaatsen waar de zee maar zelden bevroor, voorbij de rotsen, bevonden zich stromingen, het zogenaamde stadium van de *gebroken soep*. Op andere plaatsen bestond het risico dat het ijs richels vormde, *sastrugi*, als een nest slangen. Ik zou mijn benen breken als ik daar probeerde door te komen.

'NIVVY!'

Ik hield mijn hand boven mijn ogen. Ik kon hem niet zien, maar het ijs was verraderlijk. Het had bulten en blauwe torens waarvan je dacht dat ze zo groot waren als een vuist. Dan merkte je dat ze zo hoog waren als huizen. Hij kon dichtbij zijn, maar uit het zicht … Ik keek weer om me heen en zag een zwart puntje dat uit het zuiden kwam. De angst spoelde over me heen en verdween toen weer alsof ze er nooit was geweest. Ik had geen tijd om bang te zijn nu. Ik stopte alles wat echt dierbaar was in mijn kleren, zwaaide de rugzak over mijn schouder, haalde alles uit de tent en verzamelde alles in minder dan twee minuten. Ik schreeuwde opnieuw om Nivvy, maar voor één keer in zijn leven kwam hij niet naar me toe … Ga dan, dacht ik. Blijf weg, kom niet naar me toe. En als je ziet dat ik word gepakt, leef dan het leven dat je kunt. Ik bond de houten slee achter de motorslee, sprong aan boord, draaide de sleutel om en voelde me meteen weer hoopvol toen ik bewoog.

Toen ik achterom keek, diende de harde realiteit zich weer aan. De duivel haalde me snel in. Ik kon deze wedstrijd niet winnen. Hij wist hoe hij een motorslee moest gebruiken, ik niet. Hij kon vliegen. Als ik op ruw ijs terechtkwam, moest ik vertragen of …

Ik vloog weer.

Ik lag op mijn zij, mijn hoofd tolde. Ik was in een grote brok ijs gereden; ik begreep niet dat ik die niet had gezien. De slee lag in een verfrommelde hoop, mijn uitrusting lag verspreid op het ijs. Ik hoorde het gehuil van de andere motor opeens stoppen. Ik hoorde, met mijn oor op het ijs, het knarsen van zijn laarzen, en ik zag dat het geweer binnen handbereik lag. Ik rolde om, greep het en worstelde me op mijn knieën.

'Kom niet dichterbij!'

Yagin was helemaal niet dichtbij: hij was zo'n twintig meter van me verwijderd. Hij stak zijn handen in de lucht. 'Sloe! Je hebt niet genoeg brandstof!'

'Ik kan lopen.'

'Ik heb brandstof bij me. Ik heb het voor je meegebracht.'

Ik hield het geweer op hem gericht, terwijl hij zich bukte, in zijn slee greep en een blik tevoorschijn haalde. Hij liep rustig naar me toe en hield het omhoog. Hij hypnotiseerde me … Toen besefte ik dat hij aan het waden was. Hij stak een wijde rivier van ijsblokken over, die ik zonder het te weten al had overgestoken. Mijn handen begonnen te beven.

'Je staat aan hun kant. Je wilt de Lindquists vernietigen.'

'Ik probeer ze te redden. Sloe, luister naar me. Ik ben een Ordeagent, maar ik heb al die tijd voor een andere zaak gewerkt. Ik heb mezelf aan het hoofd gezet om jou op te jagen, zodat niemand anders dat zou doen. Ik had je al zo vaak kunnen binnenbrengen. Ik heb je in mijn handen gehad en hielp je ontsnappen.'

'Ja, ik weet waarom. De andere zaak die je dient, is Yagin. Je verkocht me aan de Maffia. Ik zag je met hen, op de heide, je nam hun geld aan …'

'Dat is de Maffia niet,' zei Yagin. 'Het zijn gewoon machtige zakenmensen. Ik overtuigde ze ervan dat ik je vertrouwen moest winnen, want dat je anders de kits zou vernietigen. Ik had het helemaal uitgedacht: hoe ik mijn zaak kon regelen en je toch veilig naar je mama kon brengen. Ik vertelde hun dat het beter was om je te laten lopen, met mij achter je aan, gebruik makend van mijn macht als politieagent. Ik zou dicht bij je blijven tot je aan de laatste ronde begon. Ik wilde je over het ijs loodsen. Die tent van je, en de voorraden, die heb ik gebracht, voor ons …'

Ik had de trekker toch nooit kunnen overhalen, ook al had ik geweten hoe een geweer in elkaar zat.

'Als je niet was weggelopen uit de blokhut, dan zou het zo gegaan zijn. Maar je liep weg en mijn vertrouwende jonge manschappen vonden me, wat het allemaal wat moeilijker maakte …'

Hij kwam naar me toe en pakte het geweer van me af en gooide het in de rivier van geplet ijs, waar het uit het zicht zonk. Ik had zo *verlangd* hem te vertrouwen.

'Geef me nu die rugzak en laat me uitleggen …'

'NEE!'

Ik vocht, maar het was nutteloos. Hij trok de rugzak van mijn schouders af.

'Jij verrader! Verrader!'

'Je moet sterven, dat is het enige wat werkt. Ze weten hoe het zit met de imprint. Ze willen jou, als deel van het geheel, en dat laat ik niet gebeuren. Dus sterf je, terwijl je probeert te ontsnappen. Ik red de goederen, en dat is het einde van de jacht. Begrijp je het niet, Sloe? Ik vertel ze dat ik je zag verdrinken …'

Hij trok de spijkerdoos uit de tas. Hij had de labtas in zijn handen. Hij scheurde ze open en staarde me aan.

'Waar zijn ze?'

Ik schudde mijn hoofd en deinsde terug. Ik kon donder horen, het geluid van mijn wereld die in elkaar stort, dacht ik. Maar er was iets anders, een boodschap, een dun, fijn geheim gezang dat alleen voor mij bedoeld was … Yagin, zijn vuist gevuld met poppenhuisglaswerk, draaide zich om, keek en vloekte.

Mijn geest knoopte de dingen niet aan elkaar. Ik zag de sneeuwwagen en besefte maar vaag dat de donder in mijn hoofd het geratel van de rupsbanden was. Maar het andere voertuig, het grote, glanzende, zwarte voertuig, haalde meer snelheid, kwam dichterbij …

Yagin liet alles vallen en begon te rennen en met zijn armen te zwaaien. 'Stomme kerels! Verdomde idioten! Stop! Je kunt niet! Het ijs zal niet …'

De wagen stopte bij Yagins slee. De jonge agenten stapten uit. Ze begonnen te rennen, zagen de ijsblokken en toen schreeuwde en wees een van hen. Nivvy was teruggekomen.

Hij was een beest op vier poten, maar groter dan een mens. Hij kwam vanachter een blauwe toren gegaloppeerd en bewoog met zo veel kracht en schoonheid dat ik alleen maar kon staren. Ik zag de Nivvy van wie ik nog steeds hield in een angstaanjagende grootsheid. Hij versnelde. Ik zag de ontstellende opening van zijn scherpgetande kaak. Ik zag de geweren van de Ordepolitie richten. Ze schreeuwden in paniek naar elkaar. 'Rennen!' huilde ik. 'Nivvy! Ren! Ga weg!'

Maar de band die we hadden, werkte zo niet. Ik kon de Lindquists niet vertellen wat ze moesten doen, net zomin als ik de cellen van mijn eigen lichaam kan vertellen om mijn hachje niet te redden als ze dat kunnen. Nivvy, die inderdaad de koning van de sneeuw was, viel Yagin aan. Rood vuur spatte over het ijs. Maar de boodschap werd duidelijker nu. Ik voelde het in mijn hele lijf, een onzichtbare zigzaggende bliksem, toen de breuklijn zich verspreidde, opende de barst zich. Een monsterlijk grote, gekartelde tafel van ijs rees op en viel weer neer met een krakende, splijtende kreun. De hele bevroren zee leek te verschuiven, ze schudde en maakte een kloof waarin de politiewagen en de Maffiawagen werden verzwolgen. De politiemannen gingen mee ten onder. De schokgolf bereikte Yagin, die achterwaarts in de open geul van nachtblauwe, moordende kou viel. Ik zag hem bovenkomen. Ik zag hem zwemmen, arm over arm, naar de plek waar de wagen was ondergegaan. Hij riep de namen van zijn mannen, toen verdween hij. Ik dacht dat hij weg was. Maar hij verscheen opnieuw, kwam vlak naast me opgedoken. Hij kwam bijna tot zijn middel boven, greep in de voorkant van zijn tuniek met een grijswitte hand. Op mijn knieën stak ik mijn hand naar hem uit …

'Pak mijn hand!'

Zijn ogen keken in de mijne. Hij duwde iets in mijn palm: koude, gladde ijsschilfers. 'Pinnipedia,' zei hij. 'Cetecea.'

De golf slokte hem op.

Ik hield twee breekbare glazen buisjes vast, met dopjes in kleurcode. Ik stopte ze in mijn kleren. Al het andere – de rugzak, de labtas, de opgeslagen overblijfselen van Neusje en Tandje – waren verdwenen. Ik mankte naar Nivvy, knielde naast hem en streelde zijn geweldige, wigvormige kop en zijn bebloede pels. Hij bloedde, maar ik probeerde de wonden niet te zoeken: ik kon niets meer doen. Ik bleef gewoon waar ik was, terwijl zijn lichaam sidderde van de ene verandering na de andere. Toen hij weer klein was, pakte ik hem op. Hij leefde nog, maar hij was slap als een vod. Hij maakte dat kleine tsjirpende geluid als protest, maar ik was niet van plan hem achter te laten. Er was te veel dat ik achter moest laten. Ik pakte alles wat ik kon redden op de houten slee en we liepen verder, onder de lage boog van de winterzon, die nog steeds helder scheen in de wolkenloze hemel.

Ik stopte vaak om mijn kompas na te kijken. Nivvy was steeds nog levend, maar niet meer dan dat. We maakten een kamp toen de zon onderging en stonden weer op en deden hetzelfde de volgende dag. De dag daarna bereikten we de plek die het logboek Reddingseiland noemde, en ik was gered.

Reddingseiland was niet natuurlijk. Het was een groot blok beton dat op het ijs dreef en verankerd lag in de zeebodem. Het was een olieplatform geweest toen de mensen nog olie van onder de zee haalden, in plaats van het te kweken. Het was omgebouwd tot een plek waar de mensen van de stad waarnaar ik onderweg was, zich ontfermden over de vluchtelingen die van over het ijs kwamen.

Een asielzoeker zijn is niet leuk. Er werden me hopen vragen gesteld en niet iedereen was begrijpend toen ik sommige niet wilde beantwoorden. Niet iedereen begreep hoe geschokt ik was. Ik stonk vreselijk en ik wilde niet dat iemand me uitkleedde: ik vermoed dat dat ook niet veel hielp. Maar ze pakten Nivvy niet van me af en ze fouilleerden me niet. Ze brachten me gewoon naar het veilige hospitaal, waar ik een badkamer kon gebruiken en waar ik schone kleren kreeg.

Op een dag kwam er een vrouw naar mijn kamer. Ze was van middelbare leeftijd, mager en streng. Ze had een witte jas aan met de Kervelring op de knopen ervan gedrukt. Ze had ook een hele schaal vol instrumenten bij zich.

'Sloe, mag ik Nivvy onderzoeken?'

'Ga je hem doodmaken?'

'Nee.'

Ze spreidde haar instrumenten uit en ik liet haar Nivvy van me overnemen, ook al protesteerde hij. Ze onderzocht hem, nam zijn maat, keek zijn tanden na en scheen met een soort straaldig door hem, zodat je zijn binnenkant kon zien. Uiteindelijk schraapte ze wat in zijn mond en bekeek het schraapsel onder een microscoop. De kamer werd heel stil.

Uiteindelijk hief ze haar hoofd en keek me met glanzende ogen aan. 'Dit is ongelooflijk. En jij bent? Zeg me je naam nog eens?'

Dus ik zei haar mijn echte naam, de naam die ik niet meer had uitgesproken sinds ik vier jaar was, en waarvan ik amper wist dat het de mijne was. Ze ging weg en kwam terug met een telefoon.

Voor de eerste keer in bijna vier jaar sprak ik weer met mijn mama. Ik hoorde haar stem en ik zei: 'Mama, ik ben op Reddingseiland. Wil dat zeggen dat het veilig is? Ben ik veilig?' Later vertelde ze me dat ik niet meer wilde zeggen, ik bleef steeds weer diezelfde vraag stellen. Maar ze wist dat ik het was. Ze wist dat ik het was …

Toen mijn mama me had verteld dat het veilig was, haalde ik de noot en de zaadbuisjes tevoorschijn, die ik in mijn kleren had verstopt toen ik Yagin op het ijs zag komen.

Insectivora, Lagomorpha, Rodentia, Artiodactyla, Chiroptera en de twee nieuwe: Pinnipedia en Cetecea. En natuurlijk Carnivora, van wie de levende typevorm nu op mijn schouder zat, gefascineerd door de vreemde gebeurtenissen.

De kits waren dood. Ze waren een natuurlijke dood gestorven tijdens de eerste dagen die ik doorbracht op Reddingseiland. Maar er was niets verloren, omdat de zaden veilig waren. Ik had ze erdoor gebracht.

Ze noemen het de stad waar de zon altijd schijnt vanwege de zonnepanelen, die het zonlicht zo efficiënt opvangen dat de stad geen andere stroombron nodig heeft. In de stad was het net als in alle andere steden, alleen vrij klein. Je kon erdoor wandelen, en dat deden de mensen dan ook meestal, ze wandelden overal.

Mijn moeders huis bevond zich op een plein met een prachtige tuin in het midden, en elk huis had ook zijn eigen voortuin. Naar haar voordeur lopen was als binnengaan in een sacraal bloemenperk in het midden van een groen en fleurig woud. Rozen en viooltjes en sneeuwklokjes stonden allemaal tegelijk in bloei, en elke rozenstruik had bloemen van tien of vijftien verschillende kleuren. Er zongen vogels en er was een klein stroompje, dat meezong.

Mama mocht niet naar Reddingseiland komen. De dingen veranderden wel, maar een paar belangrijke mensen in ons land zagen mama nog steeds als een gevaarlijke rebel en ze mocht de vrijstad niet verlaten. Ze stond aan de deur. Mijn prachtige mama was nog steeds precies zoals ik me haar herinnerde. Ik was een kind geweest toen we afscheid namen. Nu was ik groter dan mijn mama, ik zou binnenkort veertien worden en ik had zo veel slechte dingen gedaan … Ik keek naar haar en zij keek naar mij; we zeiden niets. Toen omhelsde ze me en ik omhelsde haar. Nivvy, die in een kleine kooi door de stad moest worden gedragen, begon verontwaardigd te piepen, dus haalde ik hem eruit en gaf hem aan mama. Hij werd gek van vreugde, rollebolde over haar heen, besnuffelde en likte haar, hield haar gezicht vast met twee pootjes. Mama begon tegelijk te lachen en te huilen, en dat deed ik ook.

We gingen naar binnen, naar een mooie kamer met tapijten, schilderijen en een breed raam dat uitkeek op de tuin. We gingen zitten in mama's sofa en hielden elkaars handen vast.

Ik had met haar gesproken aan de telefoon, na die eerste waanzinnige keer, maar er was nog zo veel dat ik niet had kunnen zeggen. Opeens barstte het allemaal uit me. Alle slechte dingen die ik had gedaan. Hoe ik gepocht had met haar wetenschapslessen, en de gele cake van Mevrouw de Directeur. Rose en het stelen, Regen en hoe ik hem naar De Doos had laten gaan en laten sterven. Alle verbijsterende dingen die Yagin me had verteld … op de Nieuwe Dageraad en daarna. Hoe ik mama had gezegd dat ik het begreep van de Lindquists, maar dat ik dat niet deed, dat ik geen idee had van wat ze betekenden en dat ik ze bijna was kwijtgeraakt in een stinkende pelsboerderij. Satijn en Smaragd en de anderen die ik had achtergelaten bij de slavenhandelaars. Hoe Tandje er vele werd en hoe Teentje stierf. En Yulia en Aliek, die me hadden geholpen toen ze wisten dat ik een vluchteling was en die waarschijnlijk problemen hadden gekregen met Kleine Vader. En het noorderlicht en het zilveren woud en de wilde rit over het ijs …

Nivvy raakte verveeld en ging op expeditie uit.

Mama vertelde me delen van haar verhaal. We zaten daar voor ik weet niet hoe lang, herhaalden onszelf, onderbraken elkaar, ontrafelden de verloren jaren en kropen dicht bij elkaar tot we weer een band hadden alsof we nooit gescheiden waren geweest.

Mama zei dat nadat ze buiten was gesmokkeld en de stad had bereikt, mensen geprobeerd hadden om toestemming te krijgen om mij bij haar te krijgen. Maar niemand had geweten hoe slecht het er in de Nieuwe Dageraad toeging, dus hadden ze niets extreems geprobeerd, zoals me kidnappen … Ze hadden het niet geweten van de Lindquists. Mama had het niemand verteld, geen levende ziel. Ze was één keer verraden, ze zou het niet opnieuw riskeren. De kits waren verloren, als ook maar één woord over hun bestaan bij verkeerde mensen terechtkwam. Niemand op de Nieuwe Dageraad had me iets verteld, natuurlijk. Niemand had me verteld dat mijn mama ontsnapt was, of zelfs of ze dood of levend was. Behalve Yagin, en zijn mysterieuze belofte over de lente, die een gevaarlijke tijd was …

'Mama?' vroeg ik. 'Wat maakte dat Yagin deed wat hij deed?'

Ik kende zijn echte naam nu, maar voor mij was hij nog steeds Yagin.

Ze schudde haar hoofd. 'Ik neem aan dat hij wilde overleven, al hield hij niet van de prijs die hij ervoor moest betalen. Hij was een wetenschapper geweest in het Biologisch Instituut. Toen de regering het Instituut overnam en er gewoon een afdeling van de Ordepolitie van maakte, had hij de keuze alles te verliezen, of erin meegaan. Hij koos ervoor een Inlichtingenagent te worden voor de Ordepolitie, maar hij bleef contact houden met de andere kant, hoewel hij niet te vertrouwen was. Zo wist hij dat ik veilig was. Ik ben er zeker van dat het waar is dat hij dacht dat ik een set kits had en hij wist dat ze niet waren gevonden. Toen jij op de Nieuwe Dageraad opdaagde, zag hij zijn kans om een fantastische schat in handen te krijgen. Maar toch wilde hij je leven nog redden.'

Ik knikte. Ik geloofde nu dat Yagin me niet had willen doden, daar op het ijs. Hij wilde me bestelen, de kits van me wegnemen en me laten gaan.

'Dat is wat ik bedoelde,' zei ik. 'Dat is wat ik niet begrijp. De manier waarop hij iets voor me voelde, de dingen die hij deed.' Ik aarzelde. 'Ik heb een poos gedacht … Ik dacht dat hij misschien mijn papa was. Dat mijn papa ontsnapt was en dat jij hem had gestuurd om me te helpen, maar het was een geheim, dus kon hij me niet vertellen wie hij was …'

'Jouw papa is dood.'

'Ik weet het,' fluisterde ik. 'Ze hebben het me verteld op Reddingseiland …'

'Rosita … Ik bedoel, Sloe. Ik blijf je beide namen geven. Welke heb je het liefste?'

'Ik weet het niet.' Maar toen wist ik het wel. 'Noem me maar Sloe, dat is mijn naam.'

Ze raakte mijn wang aan. 'Oké, Sloe. Het past bij je, mijn onverschrokken winterbloem. Luister, ik zal je een verhaal vertellen. Het is een verhaal voor grote mensen. Ben je daar klaar voor?'

Ik knikte.

Mama keek van me weg, naar de tuin. 'Nou, het begint meer dan tien jaar geleden. Er waren drie wetenschappers, die samenwerkten in het Biologisch Instituut. Twee ervan waren met elkaar getrouwd en ze hadden een baby, een meisje. Een heel stout, slim babymeisje, dat me de haren uit het hoofd deed trekken. Maar de drie waren heel goede vrienden … Toen je papa en ik ontdekten wat de regering met Lindquists van de wilde zoogdieren wilde doen, besloten we tot de actie over te gaan. We maakten twee sets kits, daarna vernietigden we al ons werk en we lieten geen spoor achter, zodat niemand wist hoe je de kits moest maken. Op dat moment verdwenen de zeezoogdierenkits en we waren bang dat dat wilde zeggen dat er een verrader was. Jouw papa probeerde zijn kits in elk geval in veiligheid te brengen. Hij werd gearresteerd. Zoals je weet, is het een zware misdaad om fabrieksdieren te vervoeren zonder vergunning. De Lindquists meenemen was veel erger en ik wist dat er nauwelijks hoop was. Maar ik dacht dat ik wist wie ons had verraden. Ik ging naar hem toe en hij …'

'Dat was Yagin.'

'Ja … Misschien moet ik je ook vertellen dat hij getrouwd was, maar met iemand van wie hij niet hield. Met de dochter van een heel hooggeplaatste functionaris, in feite.' Mama slaakte een diepe zucht. 'Zo was het leven als je vooruit wilde in de wereld. Nou, hij was dronken, die avond. Hij zei me dat hij altijd van me had gehouden en hij zei dat als ik zijn minnares werd, hij zijn invloed zou gebruiken om je papa's leven te redden. Ik lachte hem uit. Ik zei dat ik geloofde dat hij niets zou doen om Pyotr te redden, hoeveel ik me ook voor hem zou vernederen. Ik ging weg en ik heb hem nooit meer teruggezien … Ik weet niet welke macht hij precies had. Ik zal nooit weten of ik je vaders doodsvonnis heb getekend.'

Nivvy kwam aangehuppeld en rolde zich op in mama's schoot.

'Ik denk dat hij echt van je hield,' zei ik, na een lange stilte. 'En wat hij ook heeft gedaan, op het einde koos hij ervoor om de dingen recht te zetten. Ik denk dat dat het belangrijkste is.'

Mama keek me aan met een vreemde glimlach.

'Je bent uitgegroeid tot een knappe jonge vrouw, mijn kleine meisje.'

Ik hield haar handen in de mijne en we huilden weer, ook al waren we zo gelukkig. Voor mijn papa, en ook voor Yagin. Voor alle verliezen van de winterwereld, voor iedereen die bedrogen of gebroken was door de kou, en voor de kansen die niet terug zouden komen, ook al kwam de lente terug.

TERUGKEER ...

De trein hield halt bij een verlaten perron in een godverlaten gat, en een jonge vrouw stapte af met haar tassen. Er waren geen bewakers bij haar. Er vertrok niemand en niemand kwam aan. De hut, die misschien ooit een loket was geweest, had nog steeds dezelfde spat modder op de deur als zeventien jaar geleden. De lege grasvlakte van de zomerwildernis strekte zich aan alle kanten uit tot aan de rand van het woud.

Na een poosje kwam de Gemeenschapstractor aangegromd. De chauffeur stapte uit en zwaaide de tassen van de jonge vrouw in de kar, behalve de rugzak die ze droeg, want ze wilde niet dat hij die aanraakte.

'Je hebt me nooit die prentbriefkaart gestuurd,' zei Storm, met een trage glimlach.

'Ik vergat het.'

Ze stapten allebei in de cabine en de tractor reed weg.

Voor mijn mama was terugkeren naar het leven in de stad haar thuiskomst. Ze had haar werk, ze had haar vrienden, ze hield van haar huis en haar tuin. Ze wilde nooit terugkeren naar de stad waar ik was geboren, ook al zou ze nu als een gerespecteerde wetenschapper worden onthaald. Maar ze was erg gelukkig binnen. Mij was het niet gelukt eraan te wennen. Ik miste de open lucht, de wildernis. Ik miste het vuil, ik miste zelfs de kou. Ik keek naar Storm en rekende uit dat hij nu ongeveer vierentwintig was. Hij was niet veel veranderd. Hij had dezelfde trage glimlach, dezelfde droge manier van praten. Ik vroeg me af wat hij van mij vond. Het stadsmeisje dat terug naar buiten kwam, uit vrije wil, net wanneer de mensen uit de wildernis opnieuw in de steden mochten wonen. Hij dacht waarschijnlijk dat ik gek was.

'Wat ga je zoal beginnen, hierbuiten?'

'Ik ga lesgeven. Hier en op andere plekken.'

'Een baan die je doet reizen. Past bij je gewoonten.'

Hij grijnsde plagerig.

'Wat is er zo grappig?'

'O, ik dacht alleen maar aan jou en Malik. Wat ga jij beginnen als je een vreselijk brutaal klein meisje tegenover je krijgt die twee keer zo slim is als jij?'

'Dan leer ik haar om drie keer zo slim te zijn. En jij? Zit jij nog in de illegale interne import en export met Nicolai?'

'Gedeeltelijk … Ik ben deels ook boer. Kreeg een stuk land toegekend, leuker dan werkkamp.'

'Wat heb je zoal staan?'

'Op dit moment miezerige berkjes en bevroren moeras. Een paar bessen. Ik plan om af te wisselen.' Storm keek naar de rugzak die ik op mijn schoot had en vasthield. 'Wat zit daarin?'

'Zaden. Van een zaadbank. Het wordt tijd om eens te proberen ze buiten te planten.'

'We zouden partners kunnen zijn.'

Ik zei niet ja en ik zei niet nee. Ik glimlachte alleen maar. Ik dacht aan de jurken die het leven draagt, allemaal zo klein opgevouwen, en hoe ik ze kon uitschudden en ze kon laten dansen, in al hun moedige en grappige en sprookjesachtige verscheidenheid.

En de tractor gromde voort door de bloemen en de grassen onder de lege, magische onmetelijkheid van de wildernishemel.

De grootste zaadbank bevindt zich in Leningrad, een stad die we nu kennen bij haar oudere naam Sint-Petersburg. In de Tweede Wereldoorlog werd Leningrad negenhonderd dagen lang belegerd. Een half miljoen mensen verhongerden, maar de curators van de zaadbank sloten zichzelf op en verdedigden hun voorraad – de hoop voor de toekomst – tegen de verhongerende stedelingen. Toen de geallieerden het gebouw uiteindelijk betraden, vonden ze de uitgemergelde lichamen van de botanisten naast volle zakken aardappelen, mais en tarwe – een onschatbare genetische erfenis waarvoor ze hun leven hadden gegeven. Dit verhaal inspireerde me voor het avontuur van Sloe.

Susan Lindquist, wiens naam ik gebruikt heb voor de Lindquist-kits, is een bestaande persoon en een professor in de biologie aan het Massachusetts Institute of Technology. Ze is tot de vaststelling gekomen dat er een prion bestaat, een soort proteïne die als genetische schakelaar kan dienen en de manifestaties van vele kleine mutaties kan controleren, tot ze allemaal tegelijk worden getoond. De idee om een compendiumgenoom te bouwen, waarin verschillende soorten verborgen zouden zitten en tot uitdrukking zouden kunnen komen, zoals in dit verhaal, is volledige fantasie.

De winterwereld waarin Sloe leeft, kan echter wel de onze zijn. Zoals je misschien weet, kan een kouder Europa het gevolg zijn van de opwarming van de aarde. De grote stroom in de oceaan die we de Warme Golfstroom of de Noord-Atlantische Drift noemen, zou ook in omgekeerde richting kunnen gaan, waardoor hij koud in plaats van warm water naar de westerse kusten van Europa voert en zo de landtemperaturen fel doet dalen.

Je kunt je, als je dat wilt, voorstellen dat het avontuur van Sloe ergens ten oosten van Warschau begint. Ze reist naar de Baltische kust (een reis die ik zelf gemaakt heb, langs wegen die op sommige plaatsen nog steeds kraters bevatten van bommen uit de Tweede Wereldoorlog), en de stad waar de zon altijd schijnt, ligt over de zee in het zuiden van Zweden, ergens in de buurt van Malmö. Maar misschien ook niet. Het avontuur kan zich waar dan ook afspelen. Het Siberië waarover ik praat in dit verhaal is geen plek. Siberië is een gemoedstoestand.